白珂：只要你愿意，你就可以成为这世上最美的人。
俞沐辰：为什么我的女朋友到了六点就一定要回家？
余美：你爱的是我的容貌还是灵魂？

有爱的青春陪伴者

二分之一次初恋

Ci
Chu Lian
1/2

桂媛 著

贵州出版集团
贵州人民出版社

图书在版编目（CIP）数据

二分之一次初恋/桂嫒著.--贵阳:贵州人民出版社,2019.1

ISBN 978-7-221-15065-3

Ⅰ.①二… Ⅱ.①桂… Ⅲ.①长篇小说－中国－当代 Ⅳ.①I247.5

中国版本图书馆CIP数据核字(2019)第005879号

二分之一次初恋

桂嫒 著

出版统筹：陈继光
选题策划：大鱼文化
责任编辑：潘　嫒
特约编辑：廖　妍
装帧设计：Insect
封面绘制：池袋西瓜
出版发行：贵州人民出版社（贵阳市观山湖区会展东路SOHO办公区A座
　　　　　邮编：550081）
印　　刷：湖南凌宇纸品有限公司
开　　本：880×1230毫米 1/32
字　　数：194千字
印　　张：9
版　　次：2019年4月第1版
印　　次：2019年4月第1次印刷
书　　号：ISBN 978-7-221-15065-3
定　　价：36.80元

版权所有　盗版必究。举报电话：策划部0851-86828640
本书如有印装问题，请与印刷厂联系调换。联系电话：0731-82755298

一..001
她说，只要你愿意，你就可以成为这世上最美的人。

二..020
仿佛她孤独无援的人生就此结束，在这个人来人往的街头，她终于理解了一个词——安心。原来这就是安心的感觉，这种感觉真好。

三..042
陆肖忽而想起一个词：逢魔时刻。据说妖魔总是在白昼和黑夜交替之时出现，每到黄昏之时，妖魔就会悄然登场。

四..065
白珂冷笑着说："你应该问问你自己，你喜欢的到底是我，还是我这张脸。"
俞沐辰被白珂问糊涂了："你的脸不是你吗？"
白珂笑得越发古怪："人的脸就是人自己吗？"

五..084
他有一瞬间回不了神，凝视着余美的脸，莫名地有一种奇妙的感觉，这是他这么多年的人生里第一次有的微妙感受，他说不准这是一种什么样的感觉，又会带来什么后果。此时此刻，他只想静静地看着面前少女脸上天真无邪的笑容。

六..105
她忍不住问俞沐辰："如果我不漂亮了呢？"
俞沐辰笑了起来："你在我心里一直都是最漂亮的。"
"如果我长得真的很丑，你还会喜欢我吗？"余美急迫地问道。

七..124
余美抬头望着俞沐辰，阳光透过稀疏的树叶落在他长长的睫毛上，宛如一对蝶翼投在她的心上，他明亮的双眸里藏着一泓湖，里面埋藏的全是她的容颜。
是余美的容颜，而不是余美丽。

目录 contents

八 148

同样的脸庞,却与余美单纯天真的模样截然不同,不论眼神还是神情都带着一股凛然的气息,仿佛女王一般。

九 168

"所有人都不是好人,这世上只有我们两个人才可以互相信赖。"跟踪狂抓住了余美的胳膊,"我愿意为了你付出一切,包括我的生命。"

十 189

她想起第一次见他时,他对她的微笑,是她苦闷岁月里唯一的期盼。

十一 207

他捧起余美的脸,喃喃地说:"我不是故意的,你别生气,我爱你,我比谁都爱你,你知道的,只要能和你在一起,就算是纠缠到地狱里面,我也奉陪到底。"

十二 227

那是他们第一次相逢,从此两个不相干的生命绑在了一起,如同缠藤的植物绕在一起,若想分割彼此,只能割断彼此的生命。

十三 247

他仿佛看见了那年的秋天,细雨蒙蒙,他因为淘气被打,气呼呼地跑到了马路上,却意外地看见了一名少女低着头站在站台边。那场淅淅沥沥的雨在他心里一直下到今天。

番外 278

俞家夫妇的婚后日常

$\dfrac{1}{2}$ Ci Chu Lian

一

她说，只要你愿意，你就可以成为这世上最美的人。

1.

余美站在天台上望着远处的天空，夕阳将落，大片的火烧云宛如一块块绣工精致的锦缎，让夏日的傍晚格外迷人。

她喜欢这样的美景，常常能让她痴迷地看很久，有时也会对着夕阳高歌一曲，这是她苦楚的人生中唯一快乐的时刻。

此刻，没有人看见她，她可以自由自在地露出自己的脸，风直直地吹在脸上，多么舒服的感觉，只可惜她以后再也感受不到这样的舒适，这已经是她生命的最后一刻了。

余美拿出口罩再次戴上，往下面看了一眼，六七十米的高度让她眩晕。

这是一座地处偏远的烂尾楼，没有人来往于此，她如果跳下去大概很久都不会有人发现吧？这样也好，到时候就算被发现了，也是一堆烂骨头了，没有人看到她的脸到底是什么样的。

她抬头看了一眼瑰丽的夕阳，喃喃道："就算是天空也需要颜值，没有颜值的天空也不会有人爱吧。"她缓缓爬过护栏深吸一口气，如果有来生，请让她变成最美的人，哪怕短命都可以。

她闭上眼睛准备纵身一跳，就在她松开护栏的那一刻，她的胳膊被人抓住了。她扭头一看，一名身穿褐色短衣的长发女子抓住了她。那女子戴着一副宽大的粉色墨镜，遮住了半边脸庞，只露出一点薄唇。

"放开我！"余美下意识地掩住自己的面庞，生怕女子看见自己的脸。

"为什么要死？"女子的声音并不高，却带着让人不容拒绝的威严，"活下去不好吗？"

余美看了陌生女人一眼，虽然被墨镜遮住了半张脸，但剩下的半张仍然透出精致。余美冷冷地甩了下手，说："像你这样漂亮的人根本不会明白！"

"漂亮？不漂亮就不值得活下去吗？"女子并没有松手。

"当然！这世上不漂亮的人就不该活着！"余美大声喊道，胸口因为激动不断起伏，"颜值就是正义，丑就是原罪。你不知道吗？只要你漂亮，做错事都会有人原谅，可你如果长得丑，做好事也会被人骂想出风头，做错事那就是十恶不赦！你根本不会明白！"

"哼，这就是你要去死的理由吗？如果真的因为丑要去死,那你去吧。"女子松开了她的胳膊,冷笑道,"像你这样的人根本不知道什么才是活不下去的理由。"

余美愣住了,目瞪口呆地望着女子。女子望着远方道:"这世上真正应该死的是穷人,穷才是最可怕的原罪,当你有足够的钱,即便丑陋也会被人奉若神灵,每个人都会为你卑躬屈膝,可若是穷,即便你美若天仙,你也只能曲意逢迎。没有钱的人生才可怕,每一刻都是折磨。"

余美沉默了片刻,道:"那么又穷又丑呢?"

"又穷又丑就要想尽办法让自己不穷不丑。"女子摘下了墨镜,她的脸上有一道明显的疤痕,让她那张原本美丽的脸庞变得触目惊心,"相信我,你可以变得不丑也不穷。"

余美以为自己在做梦,她听着面前这位身材姣好的女子说的那些话,仿佛天方夜谭。更换躯壳?到底是什么意思?她呆呆地望着女子,问道:"不是整容?"

"整容不过是对原本人体的修正,根本解决不了根本问题,就好像贴在墙上的墙纸,时间久了墙纸剥落,原本里面丑陋的东西还是会露出来,只能再继续修补。但我说的是不同的,你可以彻底换掉你的身体,变得非常完美。"女子耐心地解释道。

"身体如果更换了,那我还是我吗?"余美还是不敢相信。

"人最重要的不是躯体,而是灵魂对吗?"女子笑了笑,露出一排洁白的牙齿,"从科学的角度来说,并不存在灵魂,但是只需要将你的意识注入其中,你就还是你。"

余美想了许久,越想越觉得糊涂:"我怎么从来没听说过这种事？"

"这是最新的科研技术，并没有向外界公布。"女子回答她，"目前只有一家科技公司正在做实验。"

"实验？"余美更加犹豫，"会不会失败？失败了会怎么样？"

女子露出一抹笑容，脸上的疤痕让她的笑容变得凌厉逼人："失败了又怎么样？你都敢从这里跳下去了，你连死都不怕，还怕失败？"

余美心头一震，低头望着高楼下的废墟。女子在一旁继续说道："成为一具烂在这里无人知道的尸体，还是从此改变自己的人生，全看你自己选择。"

女子指着远处的夕阳说："你看，那夕阳多美丽，你不想继续看看吗？"

余美抬头看了一眼天边的夕阳，瑰丽如梦，五彩斑斓的云彩烘托着夕阳，那是夕阳坠落前最后的绚烂。

2.

房间只有十几平方米大小，里面能被称为家具的东西只有一张极小的电脑桌和一张单人床，床边是一个粉色的简易衣架。电脑桌是余美的餐桌加书桌，单人床的下面放着日用品，简易衣架既是衣架又是鞋柜，收纳着她寥寥无几的几件衣服和鞋子。

余美依然没有从震惊中走出来，熟练地泡了一碗泡面坐在桌前细想那个女子说的话。

"即便是美丽的女人也有保质期，所以更换身躯才会让人永葆青春美丽。你不是说美丽的人才配活着吗？你难道不想变得更美吗？"

做梦都想啊，没有人会比余美更想变美，没有人比她更懂美貌的意义，没有美貌的她从小活得比任何人都艰难。自她记事开始，她就被自己的容貌所困扰，路人看她的眼神都充满了嫌恶和惊讶。

甚至她父亲也对她充满了嫌弃，不愿意多看她两眼……

唯有母亲不嫌弃她，时常唤她的名字鼓励她："美丽，你的眼睛真好看。"

每当此时，她心里更加难受。她叫余美丽，是母亲给她取的名字，名字和外貌的强烈对比让她遭到了更多的嘲笑和痛苦。

从幼儿园开始，就有小朋友取笑她，他们给她取外号，故意改了她的名字叫她"余不美""余好丑"。

上小学后，变本加厉，男孩子们不仅会把她的名字编进歌里嘲笑她，还会故意把她的作业本弄脏，把她的书包丢到厕所里。

女孩子们也不愿意和她做朋友，她们像隔离怪物一样隔离她。她走到哪里，女孩子们就会自动离她远远的，她甚至清清楚楚地听到她们在身后议论她的那些话，她们比男孩子更加恶毒。

曾经有个女孩子愿意和她做朋友，她感激涕零，恨不得掏心掏肺。她像一个奴隶一样努力讨好这个女孩子，帮她背书包，帮她写作业，请她吃东西，甚至那个女孩子做错了事，她也帮女孩受罚。她心甘情愿地付出着，直到那一天女孩子过生日，她打碎了自己存了几年的存钱罐，为女孩子买了一个大大的毛绒熊,想要送给女孩子,却发现女孩子的生日宴会并没有邀请她。

她站在门外听到她们的嬉闹声,还有女孩子那些嘲弄她的话语,每一个字都像针扎在她的心上:"我才不想和那个丑八怪做朋友呢,她长得那么丑,和妖怪一样,你们看过她的眼睛没?像两个金鱼泡,我每次看到都快吐了,要不是为了让她帮我做事,谁愿意搭理她。"

余美哭着抱着毛绒熊跑到了河边,狠狠地将那只毛绒熊丢到了河里。她看着河水倒映出的自己的容貌,第一次产生了轻生的念头,那时候她才十四岁。

余美在天黑后才回家,母亲狠狠骂了她。她没有作声,将自己关在房间里,哭得昏天暗地。母亲在门外敲门问她:"美丽,你怎么了?谁欺负你?"

她狠狠地将枕头扔在门上,对着房门尖声喊道:"我不叫美丽!我不要叫这个名字!"

母亲没有继续敲门,许久后才隔着门说:"美丽,妈妈觉得你很美……"

她隔着门大哭,直到母亲在门外答应她改个名字。母亲又说:"你这么聪明能干,学习又好,唱歌又好听,这才是真正的美丽啊。"

她靠在母亲的怀中哭到了深夜,她想这世上至少有母亲爱她。母亲说她唱歌好听,她就更加努力地唱歌,也许是上天为了补偿她,剥夺了她的美貌却给了她天籁般的嗓音。

她的嗓音细腻婉转,在家中歌唱时常常让路过的人驻足,所有人都称她的歌声是天使的声音。

母亲也常常说她应该做一个歌星。

她一直很努力地练习歌唱,梦想着有一天能够像母亲说的一样,成为光芒万丈的人。直到那夜,她起夜时听到了母亲用商量的口吻和父亲说:"能不能攒点钱以后给美丽整容?"

父亲很不耐烦地说:"她的脸那么难看,整容根本没用,除非是换个身体!"

母亲说:"能整成普通人一样就可以了,至少她平时出门不用戴口罩。"

父亲嘲笑道:"你不是一直说她很美丽吗?现在为什么要给她整容?难道你心里也觉得她很丑吗?"

余美站在门外,感觉自己碎成了碎片,原来母亲也一直在哄骗自己,原来她也觉得自己丑!

余美不记得自己是怎么回到房间里,等自己回过神来的时候,她已经收拾好行囊离开了家。她听到了母亲的呼喊,却没有回头,背着她的行囊跳上了长途客车。

3.

泡面软烂成泥,并不可口。余美麻木地将泡面塞进口中,洗干净碗筷,开始收拾自己的小屋。她已经在外面独自生活了四年,早已经习惯了照顾自己。

她没有联系过家人,像个孤儿一样活着。想念母亲的时候,她也曾冲动地拨打过母亲的电话,听到电话那头母亲熟悉的声音时,她又会匆忙挂断。

她很想念母亲,却不敢回家,她努力地在异地他乡生活,忍受别人的白眼,她不敢摘下口罩,也不敢抬头,如蝼蚁般卑微地活着。因为丑陋和年幼,她找不到合适的工作,一直靠着打零工挣点钱,做那些别人不肯干的活,甚至像男人一样在工地搬砖头。她也曾送过快递和外卖，因为长得丑，还被人投诉影响食欲。

公司的人大骂了她一顿，扣了她的工资，并勒令她除了戴口罩外必须戴上眼镜遮住她那双难看的眼睛，否则就立即开除她。

她不敢说什么，只得去买了一副平光眼镜，将自己的脸完完全全遮住。可是第二天接单的时候，下起了瓢泼大雨，她小心翼翼将那份外卖保护好，送到了客人的手中。

雨水浇透了她的眼镜，她连路都看不清，只得摘下了眼镜擦干。这时，她看到面前多了一包纸巾，她很惊讶，不自觉抬头看了一眼对方，只见那名接过外卖的客人笑眯眯地看着她："擦擦雨水吧，这么大的雨辛苦你了，多谢。"

那是她从未见过的美好笑容，美好得让她一度忘却自己眼睛难看这件事，只知道呆呆地看着他，连纸巾都忘了接，心跳骤然加快。直到看见他望着自己的眼睛，她才反应过来，急忙低下头戴上布满水痕的眼镜匆忙跑开。

"哎，你别走。"身后传来客人的喊声。她本想跑得更快，脚步却不听使唤地停下，但依然不敢抬头，只听着客人的脚步声越来越近，心跳也越来越快。

客人停在她面前，将纸巾递给她："喏，你忘记了。"

余美飞快地拿过纸巾，低声道："谢谢。"

客人笑了起来："你的声音真好听。"说完对她摆摆手走了回去，"我会给五星好评的。"

余美的心跳从来没有这么快，她紧紧攥着那包纸巾，一股暖流自她的心底升起，这么多年了，他是第一个对她如此和善的人。

她反复看着订单上面他的名字：俞沐辰。每一个字都如同一道光，为她黑暗的生命里照进了一丝光芒。

　　此后很长一段时间，她都在俞沐辰曾经点过的那家店附近徘徊，希望能够再次接到他的订单。但是很可惜，不知道是那天的外卖太不可口，还是俞沐辰换了口味，总之再也没有接到过他的订单。

　　余美很失落，却也不敢上门，只是常常找借口在俞沐辰的小区门口路过，希望能够有机会再次遇见。可是老天似乎对她特别刻薄，再也不给她机会，她只能在深夜里回味那时的场景，回忆他的模样。

　　俞沐辰穿着一件浅蓝色的毛衣和一条米色的休闲裤，头发略显凌乱却很好看。他长得也很好看，一点都不比那些人气偶像差，眉黑而长，鼻子很挺，他还有一张漂亮的嘴巴，笑起来时会弯成一个好看的弧度，叫人看了会心跳加速。

　　这大概就是上天眷顾的人吧。

　　余美不止一次地想，自己若是能再见他又能怎么样呢？这不是一个丑陋的女生该有的幻想，如果自己是个美人，就可以自信满满地和他打招呼，而现在的她连和他开口说话的勇气都没有。

　　丑陋就是她的原罪，不仅让她远离家乡，也让她远离爱情，她只能缩在厚厚的口罩后面躲着，直到夜晚。

　　4.
　　每天晚饭后，是余美最喜欢的时段，她会打开电脑上网。网络是个好东西，包罗万象，她可以知道各种各样的消息，最重要的是，隔着网络，谁也不知道她真实的容貌。

她可以用最漂亮的头像，尽情地在网络世界里扮演绝代风华的人儿。她用声音当武器，吸引了一众粉丝，他们为她痴狂，而她则是他们的女神。

这是她贫瘠生活中唯一的快乐源泉，然而这快乐在昨天却戛然而止，由于她从来不肯以真面目示人，粉丝们十分好奇，其中有几名粉丝为了逼她露面，说的话越来越刺耳。

昨天夜里，粉丝们再次纠缠着她露出真容，她不肯，那几名粉丝忽然骂她是丑人多作怪，言辞激烈，将她批得体无完肤。那一刻，她仿佛回到了小时候，原以为自己变得勇敢，却原来一点也没有。

她连反击的勇气都没有，坐在电脑前号啕大哭。那一刻，她忽然觉得一切都没有改变，她依然是那么丑，丑得连网络都藏不住。

既然不论藏到哪里都会被人发现自己的丑陋，那活着有什么意义呢？不如死了一了百了！

余美静静地躺在黑夜里，今晚她不想开电脑，她在脑海中不断思考着今天那个陌生女人说的话——如果有换一副美丽躯壳的机会，为什么自己不愿意呢？

余美的心中有一些不安。

她一向都是老天爷最嫌弃的那个，为什么这一次却被好运眷顾？

让她犹豫的原因还有一个，她没有那么多钱。足足要二十万呢，她上哪里去弄？这些年她天天打工，节衣缩食攒了点私房钱，想着要拿去整容。

她将所有账户里面的钱都拿出来盘点了一番，居然也有个小五万，那剩下的十五万呢？

她深深叹了口气，还是算了吧，她还是去做整容吧，等再过几年她攒的钱应该够整容了。

手机忽然响了一声，她拿过手机一看，是一个叫"俞子期"的粉丝发来的消息：你还好吗？

余美记得他，他算是她的铁粉，虽然和她互动不多，却会在其他粉丝黑她的时候跳出来帮她说话。

她没有回话。过了一会儿，"俞子期"再次发来消息：今天晚上你还上线吗？

她简略地回了一个字：不。

片刻后，他发来消息：我有一个好消息要告诉你，你的歌声通过了"最美歌声"的海选了。

余美很惊讶，"最美歌声"是当下最火的一档综艺节目，无数素人歌手通过这个节目火了。她没有动过参加的念头，因为她不相信自己可以通过海选。

余美瞪着"俞子期"的头像很久，颤抖着手发消息过去：可是我没有报名参加海选。

"俞子期"发来一个得意的表情：我替你报的名，你的歌声太好听了，如果不能参加这个节目，是他们的损失。

他还发来了海选通过的通知。

余美足足将那份通知看了十遍，才敢相信这是真的，她真的通过海选了！一瞬间，狂喜席卷了她，她几乎看到自己的人生终于迎来了光芒，她将在那个舞台上大放光彩。

只是下一瞬，她的喜悦就消失了。她怎么站在舞台上？凭她现在的容貌吗？那只会迎来无数的嘲笑和辱骂。

她坠入了万丈深渊，在看见希望后再次坠落，比从未见过希望时坠入深渊更令人绝望吧……

余美躺在黑暗之中，默默咀嚼掺杂着喜悦、绝望、痛苦的复杂情绪，望着"俞子期"的头像悲从中来，还不如不要帮她报名，不要让她看到希望呢！

5.

余美忐忑不安地摘下了脸上的口罩，等着站在对面穿着白大褂的男子对她的评判。整容医生虽然见多识广，但在看到余美的瞬间，脸上还是闪过了一丝惊讶之情——鼓鼓的金鱼眼，像插座一样的翻天鼻，又厚又大的嘴，一口不按常理出牌的龅牙，黑黄黑黄的皮肤……这需割双眼皮、眼皮抽脂、自体脂肪丰太阳穴、耳软骨隆鼻、鼻尖加长，还有下巴牙齿……

整容医生随即意识到这是一笔大单，热情万分地对她进行了全面评判，并且做出了整容建议。

根据他说的话，余美需要做最少十次以上的手术，才能达到正常人的审美标准。

余美不怕疼，只问了两个问题："需要多少钱？多长时间可以做完所有手术？"

整容医生在计算器上疯狂地按了一阵后，给了她一个所谓的良心折扣价，那一长串的零数得余美心惊肉跳，更令她心惊的是时间，最少需要两年，因为她的手术实在太多。

她连一个月都等不起，更何况她在两年内绝对拿不出这么大一笔钱。她只能用微弱的声音告别了医生，戴上口罩离开了医院。

穷困是原罪,她鬼使神差地再次想起那个女子的话,如果有钱她早就完成了手术,今天也不必躲躲藏藏,连节目都不敢参加。

"俞子期"很贴心,为了帮助她参加节目,还把节目的录制流程、报到时间等一系列内容都发给了她。她很想不看,可是又忍不住。"俞子期"对她很有信心,他说她的声音是自己听过的最美的声音,她一定可以成功。她苦笑一声,如果连节目都没法参加,怎么能成功?

网络上的粉丝们得知了这个消息,纷纷呼喊她出现,这几天她都没有上网,很多人怀疑她其实是网络虚拟人。也有所谓专业的修音师装模作样地分析她的声音,揣测她其实是个抠脚大汉,只是通过修音软件来骗人的。

"俞子期"和那些黑粉继续战斗,他并不骂人,只是用各种专业知识来和他们战斗,但是仍无法说服这些黑子。

所有人都只有一句话——为什么不敢露面?

"俞子期"发言:在该出现的时候,她一定会出现。

余美仔仔细细地看着"俞子期"的发言,忽而想起了俞伯牙和钟子期的故事,若她能是俞伯牙,他定是钟子期,没有人比他更了解自己歌声里表达的东西。虽未谋面,却有种相识多年的至交之感。

她不想让他失望,她不能让他失望。

她摸出了手机,看着里面存的号码,按下了拨号键。

6.

不到一个小时,余美就再次见到了那名女子,今日她穿着一身剪裁得当的白色小西装,戴着一副黑色墨镜,一头长发烫成了时尚的大波浪卷，脚上穿着一双白色细高跟鞋，走起路来格外耀眼，仿佛明星般惹人注目。

余美看着她觉得自己格外寒酸，她若是女王，自己恐怕连她的女佣都做不了。女子却全然不在意，对她招了招手笑道："你想好了？"

余美吞吞吐吐地说："我……钱不够……"

女子似乎并不意外："你有多少钱？"

"大概五万……"余美的声音更低，局促不安地望着自己脚上的破帆布鞋。

"比我想象的还要多一些。"女子的嘴角弯出一个好看的弧度。

"那个……能借钱吗？或者我后面还也可以……"余美从未开口借过钱，脸上火烧火燎地疼。

女子忽然笑了起来："我的钱也不够，和你差不多。"

余美愣了愣，想不到她居然钱也不够。隔着厚厚的墨镜，她看不清女子的眼神，只看到女子好看的红唇抿成了一条线，闪着妖异的光芒："我有一个提议，不如我们共享一具身躯，你看如何？"

余美沉默了许久，再次重复她的话："共享一具身躯？"这比天方夜谭更让人觉得难以置信。

"是的，我打听过了，他们可以尝试做到，如果我们愿意共享身躯，价格可以优惠到十万，这样我们两个的钱就够了。"女子侃侃而谈，"你看行不行？"

余美吃力地问道："那我们怎么共享一具身躯？"

"很简单，在设定里面设计好，比如你白天从六点到晚上六点使用这个身躯，我晚上六点到早晨六点使用，到了相应的时间,一个人的意识就会苏醒,而另外一个人的意识就会沉睡,这样就可以共同生活了。"女子似乎早有准备,"而且我们的身体不存在过度疲劳的问题,可以永远保持清醒。"

余美虽然还是觉得荒诞不经,却不自觉地跟着这个思路往下想:"你晚上使用身躯能做什么?"

"我是一名作家,夜晚才是我工作的时间。"女子扶了扶墨镜说,"白天是我休息的时间,我想你再也找不到像我这样合适的共享身躯的人了。怎么样?想不想去试试?"

"等我们成功后再付钱可以吗?"余美小心翼翼地问道。

女子笑了起来:"我和你有同样的顾虑,毕竟谁都不想人财两失。"

"为什么是我?"余美将心里的问题问了出来,"为什么不是别人?"

"因为我在天台上看见了你。"女子轻描淡写地说道。

"你为什么会在天台上?"余美望着她,那里那么偏僻,除了她很少有人会去。

"和你同样的理由。"女子耳朵上的耳环不断摇曳,闪闪发光。

"两个不怕死的人才可能创造出奇迹,不是吗?"

7.

所谓的更换身躯的公司藏在了一座普通的写字楼里,表面上和其他公司并无二致,然而里面却藏有玄机。余美很谨慎地看着那些造型奇异的机器。

那位看上去颇像电影里面怪异博士的男人滔滔不绝地向她解释躯壳和灵魂的分离:"人类最重要的东西并非是躯壳而是

意识，意识才是一个人和另外一个人区别的真正本质，但是躯壳却束缚着人类的发展。

"很多伟大的人死亡后，意识因为没有适合的躯壳来承接，所以不得不离开人世，这是人类的损失，我们通过研究发现人类的脑电波可以提取和复制，当旧有的身躯老化破损时将意识提取到新的躯壳上，那么就可以重新存活。

"这种脑电波你也可以理解为灵魂，我们做的事就是把你们的灵魂，也就是你们的脑电波提取出来复制到新的躯壳上面，这样你们就拥有了新的躯壳。"

余美听得目瞪口呆："那不是可以永生？"

怪博士点头说："这就是人类的终极梦想，目前我们已经成功实现了意识的提取，可以进行商业化，但是两人共同拥有同一个身躯的实验尚未在人类身上进行过。"

余美有些犹豫："那会不会失败？"

怪博士推了推眼镜说："理论上不会，我们在动物身上已经反复进行过多次实验，从数据来看，目前一切正常。"

余美将自己的困惑问了出来："可是为什么会需要两个人共同拥有一个身躯？这个实验有什么意义吗？"

怪博士还未回答，就被女子打断了："所有的科学实验未必都有意义，或者说暂时没有意义并不表示未来就没有意义，不过这些都不是我们该关心的范畴，对我们来说这是最好的选择，不是吗？"

怪博士笑了笑说："白小姐真是爽快。"

余美讶异地看了女子一眼，女子笑了笑对她说："忘记说了，我叫白珂。"

白珂淡淡说："你说的那些艰涩难懂的名词根本不会改变

我们的决定，只有身躯好不好看才会让我们改变想法。"

8.
一个个漂亮的身躯泡在营养液里面，余美有一种参观尸体的错觉，然而每一具身躯都美得让人无法直视。

她从未想过人会漂亮到如此地步，她无数次驻足在不同的身躯前，仔细看着，一个个都是杰作，不论身高、体型、容貌，甚至手、脚，都堪称完美。五官更是严格按照黄金比例打造，美得让人窒息。

为了让客人们有足够的选择空间，这里面的身躯还按照不同的类型进行了区分，甚至还有许多白人和黑人的身躯。

白珂很挑剔，和余美不同，她总能在这些完美的身躯上找到一两处不够完美的地方。余美觉得能够拥有任何一具身躯此生都无憾了，而白珂足足挑了三个小时，才选中了一具身躯。

她仔细端详了很久，才满意地问余美："你觉得这个如何？"

余美毫不犹豫地说："可以。"

那是一具柔美而不张扬的身躯，带着几分古典美，却又不失活泼，很适合她们这个年纪，二十岁，生命刚刚开始，含苞待放。

9.
余美从没签过那么多字，一摞摞厚厚的同意书看得她头晕，她看了一眼白珂。白珂看都不看内容，在每一页的下面飞速地签上了自己的名字。

余美忽而觉得自己有点谨慎过度，毕竟她都不想活了，看那么仔细做什么？她学着白珂的样子一页页地签完所有的名字，忐忑地等待命运改变的那一刻。

白珂冲着她笑着说："不用那么紧张，我问过了，手术并不疼。"

余美忽而想起一个问题："那我们现在的身躯呢？"

"这里会保留的。"白珂笑着说，"因为实验万一失败，我们还是可以回到自己的身体里面。"

"实验？"余美惊呼一声。

"对，实验，不然怎么可能这么便宜。"白珂的眼睛里露出了狡诈的光芒，"毕竟这可不是件简单的事。"

余美跳了起来，她居然成了实验品！

就在她想要逃离的时候，白珂悠悠地问她："你还没有受够自己现在的这张脸吗？"

余美攥紧了手机，手机里面"俞子期"发来了"最美歌声"的最新时间表，明天她必须去电视台报到。

"好了，既然决定了，就不要再反悔了，最坏的结果也不过和现在一样，你没什么损失。"白珂端起咖啡优雅地抿了一口，"对我们来说，现在最重要的事难道不是应该互相了解下吗？毕竟我们以后可是要在同一个身躯里面生活啊。"

余美鬼使神差地坐下了，结结巴巴地向白珂简单介绍了下自己的工作和生活。白珂听得很认真，末了说道："等手术成功后，你搬到我那里去吧，我可舍不得这么漂亮的身躯蜗居在你现在住的地方。"

余美愣愣地听着白珂的安排，原来她早就准备好两人居住的房子，每人住一间。白珂说："没办法，因为你太穷，所以这些费用暂时我来承担，不过你以后要还给我。"

余美点头同意，虽然两人共同使用一个身躯，但是依然是两个人，白珂的要求并不过分。白珂的安排很仔细，因为余美是白天使用身躯，所以对外都是以余美的名义。余美心花怒放，就算只拥有一半身躯那又如何？反正人也是需要睡眠的。

一时间所有的不安都变成了期待。余美仿佛看见美好的未来正向她款款走来。

$\frac{1}{2}$ Ci
Chu Lian

二

仿佛她孤独无援的人生就此结束，在这个人来人往的街头，她终于理解了一个词——安心。原来这就是安心的感觉，这种感觉真好。

1.

余美站在镜子前看了整整一个小时，还沉浸在一种不敢相信的惊愕之中。她轻轻地变换着动作，看着镜子里的人随着她的动作一起动，她轻轻地触碰身上的肌肤，真实的手感让她慢慢地相信镜子里面那个完美绝伦的人真的是她。

巨大的喜悦让她不知所措，她看着镜子里那个失态的女孩子，摸着镜子笑着自言自语："真美啊，随便做什么动作都这么美。"

她迫不及待地打开手机自拍了一张照片，这是她第一次自拍,拍的角度并不好,光线也欠妥,但依然漂亮得令她炫目。

她打开了粉丝群,果断地将自己的照片发了出去。不到几秒,整个群都炸翻了天,粉丝们都惊讶万分,纷纷向她询问这个美女是谁。她装作极平静的口吻回答道:是我。

为了证明真的是自己,她不但连续拍了几张照片,还发了一小段唱歌的视频。一时间,所有的粉丝都被炸出来了,连声高呼女神!

就连平日里最刻薄的黑子也都转变了态度,恭维的话语刷满了屏幕。

余美发自内心地笑了,她终于可以抬头看看这个世界,这个世界终于对她张开了温柔的怀抱。

2.

余美足足在外面逛了一整天,她穿着白珂准备的白色仙女裙,随意披散着头发,戴着一顶白色圆顶阔檐小帽,穿着一双帆布小白鞋,仙气十足地走在人群里,愉快地感受着别人或惊艳或欣赏的目光。

她惊讶地发现,原来低头和抬头看见的世界都不一样,从前的她只能看见布满污渍的地面,而今天她才知道街头如此五光十色,色彩斑斓。

每个人都在对她笑,找借口靠近她,想和她说话。他们将自己店铺里的试用品不断塞给她,一会儿工夫,她的手里已经被塞了十多种零食、护肤品、饮料,还有一个气球。

她来者不拒,这些东西并不珍贵,却是她第一次收到的礼物。她小心翼翼地将那些礼物都塞进了手提袋里,满心欢喜地享受着美貌所带来的好处。

她点的冰激凌也比别人的大一些，店员还额外送了她一小份水果。

不论上多挤的公交车，她只要轻轻一笑，立即就有了空位置。

那些眼高于顶的售货员亦对她笑脸相迎，不论她试穿哪件衣服，还是拎起哪个包包，都有人偷偷拍照或争相效仿。

她听到了许多人窃窃私语，猜测她是不是明星，更有许多人找理由想要她的联系方式。万众瞩目，她生平第一次深切地理解这个词语的意思。

她很欢喜，欢喜到忘记了时间，当她还纠结地站在奶茶店前选择时，忽而失去了意识。

3.

夏日早晨的六点，天色已明，阳光透过轻薄的纱帘落在床上，照在余美的脸上。她醒了过来，一瞬间有些失神，这柔软宽阔的大床，宽敞洁净的房间，让她发慌。她慌忙跳起身，疯狂地奔到镜子前，还好，镜子里面的那个人并没有变化，依然是如此完美。

她松了口气，这才留心打量自己所在的地方，这是一间干净而宽敞的房间，里面布置得很温馨，床是她从前睡的那张床的两倍大，褥垫柔软，被芯是蚕丝的。一旁的衣柜里面挂着整整齐齐十几件衣服，虽并不昂贵，但是每一件穿起来都异常漂亮。

余美想起了那句话，漂亮的东西都是给漂亮的人准备的，没有不好看的衣服，只有不好看的人。

她心里美滋滋的，随便选了一条碎花裙子穿上，一扭头发现化妆台前放着一张纸，纸上写了几句话，还有一把钥匙和门禁卡。余美拿过纸一看，是白珂给她的留言。

留言上面写了这里的地址、小区门禁密码等，交代了一些家中的细节。

末了，她还留下了一句话：即便是最美的身躯，如果不能够好好保养也会不复美丽，垃圾食品少吃。

宛如当头棒喝，余美担忧地在镜前仔细观察，生怕昨天的放纵让这具身躯丢失了一点美丽。还好，美丽依旧。

4.

余美很喜欢这个房子，并不大的两居室处处透出温馨的味道，一切都整整齐齐，客厅的书架上整齐地摆放着一排排书，蓝色的沙发宛如海洋，浅黄色的墙壁上挂着世界名画，桌子上面有一只矩形的花瓶，里面放着一把黄色的小雏菊。

窗台上面摆着一排生长茂盛的绿植，到处都是一尘不染。她环顾四周，心满意足，这比她幻想过的家还要美好。

电话恰在此时响起，余美看着手机来电人的姓名，有些不敢相信自己的眼睛，竟然是俞沐辰！他怎么可能会打自己的电话？

她又想起那个雨天的中午，他穿着浅蓝色的毛衣靠在门框上对她浅笑的模样，不由得心跳加速。她曾通过外卖上的联系方式偷偷存了他的电话，可她从未打过啊！

余美指尖微微发颤，深吸了一口气接通了电话："喂？"

"你好，你是夜歌吗？"电话那头传来了充满磁性的嗓音，"我是俞子期，希望我没有打扰到你。"

余美的呼吸差点停滞，他竟然就是俞子期！那个一直以来默默支持她的俞子期!

"不好意思贸然打你的电话,因为有些特别的原因,'最美歌声'通过海选的歌手的录制马上要开始了,我之前发给你的资料,一直没有得到你的回应,所以只好冒昧打扰,希望你不要介意。"俞沐辰的声音听起来格外悦耳。

余美这才想起之前一直没有回信息给他,连忙说道:"对不起,是我忘记了。"

"应该说抱歉的人是我,"俞沐辰歉然说,"是我擅作主张为你报名,不过我是真的觉得你的歌声很好听,想让更多的人听见。"

余美激动得眼眶湿润:"谢谢你,若非是你,我想我是不敢报名的,我以为我肯定无法通过海选。"

俞沐辰笑了:"你的声音是我听过最好听的声音,怎么会不通过?冠军都非你莫属。"

余美握着电话的手微微发抖,她沉浸在巨大的喜悦之中,语无伦次地向俞沐辰道谢:"谢谢你……真的谢谢……我现在马上过来。"

5.

余美在约定的地点再次见到了俞沐辰,正是初夏,俞沐辰穿着轻薄的米黄色短袖衬衫和浅色的长裤,悠悠地站在阳光下等她。

他的身后是一个花栏,浅紫色的朝颜花连成了一片,他低眉垂眸站在这紫色的花丛前,早晨的阳光为他美好的侧颜镀上了一层金色的轮廓。余美的心跳再次加快。

她拼命按捺住自己紧张的情绪,走到俞沐辰面前,冲他微微一笑,假装若无其事地对他说出在心里演练过无数遍的话:"你好。"

俞沐辰惊讶地望着眼前这个女孩子,她比照片上还要美。

这个时代,美貌已经泛滥,看过太多的美人,已经产生审美疲劳,而眼前这个女孩子单纯干净的笑容,清澈的目光却叫他的心猛然跳了几跳。他的脸上蓦然发烫,向来自信的他突然有点手足无措,甚至有点结结巴巴地说:"我是……"

"你是俞沐辰。"余美脱口而出,"我是夜歌。"

俞沐辰望着余美的面庞,丝毫没有听出余美说出了他的真名,他像喝醉了一样,脑子里晕乎乎的。

6.

节目录制格外顺利,电视台对于这位从天而降的美女歌神赞不绝口,不厌其烦地采访她,为她精心拍摄了一个又一个小视频。她的歌声更是打动了所有人,有人开始预测,余美就是黑马,就是这一届"最美歌声"的冠军。

余美站在镁光灯下,听着四面八方传来的如潮掌声,巨大的幸福包裹着她,可她还是有些害怕,只怕这一切在转瞬间消失。

录完节目后,她急忙逃到卫生间,畏畏缩缩地照着镜子,镜子里面的她依然完美,她松了口气,再次走了出来,却意外地看见俞沐辰在等她。

余美的脸上飞过一抹绯红,不好意思地走到俞沐辰面前,本想说点什么,却听俞沐辰对她说:"你想过了吗?"

余美一愣:"什么?"

"签约哪家公司。"俞沐辰神色郑重,"我有点后悔让你参加这个节目了。"

"为什么？"余美很奇怪。

"这个节目的冠军需要和他们组建的娱乐公司签约，这家娱乐公司偏娱乐，但是音乐性不够。你如果想在音乐的路上走得更长久，应该考虑专业的音乐公司。"俞沐辰显然经过深思熟虑，他将业内的数家音乐公司的特色和利弊都分析给余美听，让余美做出最合适的选择，"不论你选哪家，我都可以帮你寄样本唱片，以你的实力，签约任何一家都没问题。"

余美想了想问道："你为什么会这么了解这一行？"

俞沐辰有些不自在地挠了挠头发，吞吞吐吐地说道："我也算是这个行业的人吧。"

"那你是在哪家公司？"余美立即问道。

"一家很小的不出名的公司。"俞沐辰说，"我是里面的创作人。"

"那如果我加入你们公司，是不是可以唱你写的歌？"余美觉得自己的心跳都快停下了。

俞沐辰惊讶地睁大了眼睛，不可思议地看着余美："你想唱我写的歌？你还没听过我写的歌呢……"

余美笑了起来，露出雪白的牙齿："不用听，你写的歌一定好听。"

俞沐辰的心不受控制地狂跳起来，他一向自诩自己不是颜控，可是眼前的女孩却一次次让他心跳加速。他感到舌头打结，连一句完整的话都说不出来："我……我……"

余美笑道："就这么决定了，我要加入你们公司。"

7.

余美的退赛让节目组心如刀割，他们苦苦劝说，她却望着不远处的俞沐辰充耳不闻。俞沐辰的心也受到了巨大的冲击，一度停滞的创作也有了灵感，他彻夜不眠地为她写了一首属于她的新歌。

他有预感，余美是他人生的奇迹，她无心的一句话，随便的一个小动作，都能叫他心跳不已。

怎么会有这样美好的人呢？他坚信这是上天给他的恩赐，他一定要努力让她成为万众瞩目的明星，才能对得起她的美好。

除了为她写歌，他破天荒地为余美跑起了关系，努力向各路人马推荐她。

很快，余美在圈子里有了点名气，私下里不少人偷偷联络余美，想要将她挖到自己的公司，不管对方开出了什么样的天价，余美一律拒绝了。

现在是她人生最幸福的时刻，每天早早地去公司，试唱俞沐辰为她写的新歌，帮着俞沐辰改编歌曲，或者什么都不做，只是看着俞沐辰忙碌，心里都觉得满满的。

俞沐辰的努力很快有了结果，一家电视台的节目邀请余美去当嘉宾，虽然是个收视率不高的小节目，出场的时间也并不长，但是总算是有了第一份通告。

余美接到通告后却没有那么兴奋，因为节目录制的时间是晚上六点以后。这不是她的时间，她很想婉拒，可是看到俞沐辰那么兴奋的神情，她实在说不出口。

一整天她都心事重重，俞沐辰以为她紧张，一直安慰她："不要担心，和你平时一样就好。"

余美努力挤出笑容回应俞沐辰，心里却更加郁闷，到底怎么办？

失去意识之前，余美给白珂留下了一张字条，希望能和她换一天身体使用时间，然后怀着忐忑不安的心情睡下了。

8.
第二天的清早，余美醒过来后第一件事就是看自己留言的字条，只见下面写着白珂的回复：可以。

她沉重的心情一扫而空，整个人雀跃不已，她不停地在衣柜前试衣服，寻找能够录制节目的合适衣服。等到一切准备妥当，俞沐辰也来接她了。

俞沐辰看她精神很好，悬着的心终于放了下来，他一直担心她今天会状态不好。

"这是什么？"余美在车上发现了一个小小的公主玩偶。

俞沐辰笑了笑说："你以前不是说过很喜欢公主吗？"

余美心中一动，她从前在网上曾经无意中提过自己很喜欢公主玩偶，没想到他还记得。她抱着那只漂亮的公主玩偶问俞沐辰："你记得？"

俞沐辰点点头："当然记得，那天是你生日，你说小时候最大的愿望就是收到一个公主娃娃，可是从来没有收到过。"

余美的眼角微微湿润，去年她生日的时候，她看到别人拎着生日蛋糕和鲜花礼物，而为了存钱整容的自己却连一块小蛋糕都不舍得买。

那一天，她照例吃了一碗泡面，她安慰自己说长寿面和泡面都是面，没有祝福的生日也是生日，她心中一时难过，在群里说了几句伤感的话。

过了一会儿后，俞沐辰发了一首歌给她，那是他为她唱的生日歌，祝她生日快乐。

她坐在电脑前，反反复复地听着那首简单的生日歌，听得泪眼婆娑。

"说实话，我一直都不相信，像你这样漂亮的人，会有人不舍得送你礼物。"俞沐辰开玩笑地说，"如果你早点发照片，估计粉丝群里的人送你的娃娃都要堆出房间了。"

余美的心里一惊，抱紧了娃娃，笑得有些尴尬，她突然觉得这个娃娃是送给漂亮完美的余美的，而不是曾经的那个丑八怪。

9.

节目的录制很顺利，虽然从来没有录过节目，可是余美的综艺感却很好，她很卖力，十二分配合，她不希望让俞沐辰失望。

节目组非常满意，再三向俞沐辰表示，一定会大力推她，多给她镜头，他们开玩笑地说："这样的美人，剪掉任何一帧都是罪过啊。"

俞沐辰亦很高兴，他暗自下定了决心，要给余美找个专业的经纪人，不能因为他而耽误她的前途。

节目录制完后，已是深夜，余美感到有些疲惫，虽然身体可能感觉不到辛苦，可是意识已经疲惫不堪。她连妆容都没有完全卸干净，就疲累地在化妆间睡着了。

她睡得很沉，直到感觉到有人轻轻推她。她恍恍惚惚地醒了过来，却见面前是一名男子，样貌普通，身体瘦弱，戴着一顶鸭舌帽，帽檐压得很低，穿着廉价的黑色短袖和短裤。

余美不认识这个人:"你是谁?"

男子微微皱了皱眉头,抓着她的肩膀,仔细看着她的脸。他的眼神很古怪,热烈又冰冷,叫人不寒而栗:"是我。"

余美陡然感到一种恐惧,她不由得喊出了声:"来人啊!救命啊!"一边喊一边将能抓住的化妆品扔向男子,拼命地挣脱他的手。

男子急忙伸手捂住了她的嘴:"别出声!"

余美吓得不轻,拼命地挣脱。就在这时,门外传来俞沐辰的声音:"余美!余美!你怎么了?"

男子紧紧捂住余美的嘴,警惕地望着门外。俞沐辰的声音再次传了进来:"发生什么事了?我能进来吗?"说着猛然用力推开了门,手持着三脚架冲了进来。

男子见势不妙,将余美用力往他怀中一推,拼命地往窗边跑。他猛然推开了窗户,利索地翻身跳出了窗外。

俞沐辰的手中拿着三脚架,见余美被推出来,急忙将三脚架扔掉向余美扑过去。他用力过猛没有接住余美,趴在了余美面前,余美重重摔在了他的身上。

余美惊魂未定,她并未受伤,俞沐辰成了她的人肉靠垫。

等她回过神来时,发现自己正以一种奇怪的姿势趴在俞沐辰身上,登时脸上火烧火燎。

俞沐辰顾不得被撞得疼痛的身体,翻过身抓着余美的手问:"你没事吧?"

余美摇摇头,脸颊烧了起来。此时的俞沐辰在她的身下,他们的身体紧紧地贴在一起,她感受到了俞沐辰坚挺的胸肌,俞沐辰也一定感觉到了她急促的心跳……

微黄的灯光照在他紧张的脸庞上,余美偷偷地想,他的睫毛好长，他的嘴唇看起来好软……她的心不受控制地跳了起来，情不自禁地伏下身，轻轻地在他的脸上落下了一个吻。

俞沐辰怔怔地看着余美，她的双眸灿若星辰，脸颊红得仿佛盛开的花朵，她这么美，美得让人不敢相信。他牢牢抓住她的手掌，内心像被一阵电流击中，他居然一个字都说不出来，脑海里却闪过无数情歌的旋律。

余美的脸烧得更厉害，她这才发现自己做了什么，想要逃离，手却被俞沐辰牢牢地抓住无法逃离。

她艰难地别过头去，从俞沐辰的身上移开，良久后吐出两个字："谢谢。"

俞沐辰也红着脸松开了手，绅士地将她扶了起来。

10.

这一场蹩脚的英雄救美的戏份结束后，俞沐辰问余美："饿不饿？吃点夜宵吧。"

余美早就饿得前胸贴后背，听到夜宵两个字，顿时眼前一亮。

她送外卖的时候最怕人家点夜宵，她经常饥肠辘辘地送着各种好吃的外卖，那香味让她垂涎欲滴，但为了省钱，她从不给自己奢侈的机会。

俞沐辰见余美愿意，一连列举了七八个选择，余美每个都想吃，最后选择了她心心念念的小龙虾，俞沐辰带着她欣然前往。

夏天夜晚的街头是小龙虾和烧烤的圣地，一字排开的大排档散发着食物的香气。

余美深吸一口气，这人间的烟火是她渴望的。

俞沐辰带着她去了一家不大的排档，点了两份不同口味的小龙虾。余美简直两眼放光，她试着夹起一个小龙虾送到口边，却见俞沐辰笑看着她，不由得脸红了："怎么了？"

俞沐辰笑着说："小龙虾一般都是用手吃的。"说着，他拿过一个小龙虾剥开虾壳示范给她看，他一边剥一边告诉她，哪里能吃哪里不能吃。

余美不知道吃小龙虾居然还有这么多讲究，她看着鲜红的虾壳感觉有点下不去手。这时，俞沐辰将剥好的虾肉放到了她的碗中。

俞沐辰笑着说："女孩子都不爱弄脏手，这事我来吧。"说着挽起衣袖继续拿过一只小龙虾剥壳。

余美愣愣地看着他，他的嘴角带着笑容，修长的手指上沾满了龙虾汤的汁液，一边闲闲地和她叙话："你好像不是这里人？"

余美点点头："我是三年前来的这里。"

"哦？那么小就来这里了？"俞沐辰很惊讶，"你一个人来的吗？"

余美的脸上浮现一抹苦涩的笑容："是的。"

俞沐辰停下了动作："你家人呢？"

"在家里。"余美的心里一阵刺痛，不想再多说。

俞沐辰见她如此，聪明地没有再问，而是转头说起了笑话，逗她开心。他说笑话的水平很糟糕，但余美不介意，她发自内心地开心。

俞沐辰剥了整整两盆虾，虾肉几乎全送到了余美的碗中。余美的碗里堆得高高的，没办法再多放一只。

俞沐辰将手中的虾肉递到了她的嘴边，余美愣了愣张开了嘴,鲜嫩多汁的虾肉送入了她的口中,带着一点点他的味道。

两个人的心在瞬间跳得极快,都有些恍惚自己怎么会做出这样的事,对于认识不久的异性来说,他们这样会不会太亲密了一点?

可是好像又极自然。

俞沐辰突然有点不好意思,无意识地将面前的虾壳捏得粉碎。余美赶紧低下头,一口接一口地吃着虾肉,掩盖着扑通扑通的心跳。

这顿夜宵吃了很久,待到大排档的老板快要收摊了,两人才依依不舍地离开。

11.

凌晨的街头,只听到路旁草丛里的虫鸣,夜风习习吹着,夹着一缕淡淡的桂花香。路灯将两人的身影拉得很长。

余美一时顽皮脱下了鞋子,光脚走在路上,俞沐辰很是担心:"脚可别受伤。"

余美却满不在乎:"我小时候经常这样走,没有关系。"

俞沐辰望着她笑:"你还做过这样的事呢?"

余美点头说:"是啊,我最喜欢在晚上的时候,一个人在外面走,路上一个人都没有,我就一个人在路上唱歌。"

"为什么?"俞沐辰很奇怪。

"这样谁也看不见我啊。"余美笑着说。

俞沐辰愣了愣:"所以你叫夜歌?"

"对,歌声本来就是听的,不需要看,不是吗?"余美喃喃地说,"只要听到好听的歌声就可以了,至于长什么样子又有什么要紧呢?"

俞沐辰愣了许久后说:"你说得对,其实人听的就是声音,这也是你之前不肯露面的原因吧?"

余美的心中一紧,含含糊糊地点头:"我怕你们看见了,就不会再听我的歌声了。"

俞沐辰越发觉得惭愧,他也曾对余美的容貌产生过怀疑,认为她是不能见人的那种,没想到她居然这般貌美。他看着她,觉得自己是个彻底的俗人,而她大概是坠落凡间的天使吧。

两人故意绕着圈走,围着城区转来转去,心动的人有无限的体力,怎么走都不觉得累,说多少话也不觉得乏。

走到余美的住所时,天边已经泛出鱼肚白,晨曦透过薄如蛋壳的天幕,一点点照向人间。已经五点半了,俞沐辰抬头看了看楼上,对余美说:"我送你上楼吧。"

余美很犹豫,她的时间快要结束了,可是她说不出拒绝。

俞沐辰见她如此,笑着说:"我是担心你有危险,这样吧,你到了家给我开一盏灯,我就知道你安全到家了,好吗?"

余美点点头,依依不舍地告别了俞沐辰,飞奔回家,打开了客厅的灯。她拉开窗帘往楼下望去,俞沐辰依然站在楼下冲着她笑。

她恨不得奔到楼下抱紧他,可是时间一点点流逝,她只能望着那个身影,一点一点失去了意识。

12.

余美再次醒来的时候,已是第二天的早晨,她靠在沙发上，面前摆着一张纸，上面写满了白珂的留言。

白珂对她吃小龙虾这件事极度不满，认为她弄了一身难闻的气味在身上，并且严厉警告她再也不许去那种可疑廉价的大排档。

余美并不是很在意，白珂对她的生活虽然有诸多要求，但是她依然拥有这身躯的一半，她有资格去支配。

她也并不完全喜欢白珂的生活，有时候醒来会觉得腰酸背痛，大多是因为白珂写了一夜的小说；有时候还会感觉到嘴巴里留着咖啡的味道，她并不喜欢咖啡；还有白珂的穿衣品位和化妆手法，性感成熟得让她有些错觉，仿佛自己变成了成熟女性。

不过既然是共用一具身体，彼此就只能忍耐。余美很明白，自己现在和灰姑娘一样，钟声响起，就会被打回原形。

她打开了手机，里面有几条俞沐辰发给她的消息，消息显示已读，显然白珂已经看过了，不过她很识趣，并没有回复。

余美很有些恼怒，看来是时候和白珂说清楚，不许看对方的手机这件事。她忽然想到，这么久了，她从未看过有人给白珂发消息，也没有人给白珂打过一个电话。

真是个怪人，余美暗想，白珂脸上的那道疤痕显然很有故事，可是白珂为何如此神秘？就连她都没有发现白珂任何的生活痕迹。

她打开了网络，搜索白珂的消息，发现网上的消息也是寥寥无几。看来白珂是个并不出名的作者，要么就是她用了其他笔名。

余美想了想，这与自己无关，对她来说最重要的是"余美"在网上的消息。她习惯地搜索了自己的名字，发现自己名字的搜索量渐渐增多了。

俞沐辰给她发了一个视频,是那天她录制节目剪出来的片花,视频里她笑得很甜,偶尔还可以看到观众席里一扫而过的俞沐辰,他的眼神专注得让人心动。

余美想起了那一夜,嘴角不自觉地上扬,她拿着手机给俞沐辰发了消息:我看到片花了,剪得很好。

俞沐辰很快回了消息:这周五节目就会播出,等着看吧。

余美很惊讶:你怎么这么早?

俞沐辰的电话拨了过来:"要不要一起吃早餐?"

余美很兴奋,对着电话连连点头:"去哪里吃?"

"我一会儿就来接你。"俞沐辰说,"你等着我。"

余美很激动,她飞快地换掉了身上的衣裳,洗干净脸上的妆容,打扮得如同邻家女孩般,方才出了门。俞沐辰早已在楼下等候,一看见余美立即笑了起来。他喜欢余美这身打扮,不谙世事的俏皮天真少女,不动声色地刺激着他的神经,让他忍不住想保护她。

13.

俞沐辰带着余美去了一条很老的巷道,巷道很深,中间一株两人合抱的香樟树,枝叶繁茂,盖住了巷道。早餐铺子就在树下支着,一只不大的小火炉上面放着一口大锅,里面咕嘟咕嘟地煮着面条和馄饨。老板年纪很大,站在锅边熟练地捞馄饨和面条,身上的衣服很旧,却很干净,一旁还有位老太太正在专心致志地包馄饨。

旁边零零散散地摆着几张桌子,桌子边围满了吃早饭的人。俞沐辰向老板打了一声招呼,点了两碗馄饨,带着余美挑座位。

来吃早点的人很多,只剩两个空位了,俞沐辰看了看两张小椅子,掏出了纸巾细细擦干净,又将他们面前的桌子擦得干干净净,才让余美坐下。

"这家的馄饨很好吃,来这儿吃的人特别多,一般超过八点就没了。"俞沐辰拿过了勺子仔细擦干净后递给余美,"你试试看喜不喜欢。"

两碗鲜美的馄饨很快端了上来,汤色透亮,内馅鲜美,余美刚要吃,俞沐辰又叫住她:"小心烫。"说着舀了一勺馄饨吹了两口,再送到她的嘴边。

余美没有吃,只是眼圈红红地望着俞沐辰。俞沐辰愣住了,手忙脚乱地放下了馄饨:"你怎么了?是不是烫着了?"一边说一边仔细检查她的手和脸上有没有溅到油。

余美拼命地摇头,俞沐辰更加着急:"到底怎么了?"

余美含着眼泪看着他:"我……我爸爸都没有像你这样对待过我。"

俞沐辰愣了,余美的眼泪滑出了眼眶,爸爸不喜欢她,从来对她冷嘲热讽,即便她摔倒了,他也不曾伸手扶她,只会厌烦地骂她笨。在她的记忆里,爸爸从未为她做一件事,即便举手之劳也不肯。

俞沐辰看着余美努力忍着泪水的模样,更加心疼,如此美的女生,却拥有如此小心翼翼的灵魂,她的一颦一笑都带着胆怯,仿佛遭受过太多的苛责,对这个世界充满了畏惧和讨好。

俞沐辰什么都没有说,只是伸出手来将她搂在怀中。

余美伏在俞沐辰的怀中,他的胸膛很宽阔,足以将她整个抱在怀中,一时间她有种有了依靠的感觉。

仿佛她孤独无援的人生就此结束，在这个人来人往的街头，她终于理解了一个词——安心。原来这就是安心的感觉，这种感觉真好。

14.
吃过早饭，俞沐辰对余美说："我为你新写了一首歌，你去试试吧？"

余美望着俞沐辰的眼神都在发光，他多好看呀，她终于可以直视他了。她目不转睛地看了俞沐辰一路，连路都懒得看，差点撞到了前面的电线杆。

俞沐辰急忙将她拉到怀中，余美猝不及防被俞沐辰抱住，脸瞬间红透。俞沐辰轻轻松开她，望着她的模样，伸出了手，扣紧了她的掌心。

两人的手一直没有松开，连开车的时候他也牵着她的手，他从前认为这是傻子才会做的事，今天却觉得丝毫没有问题。

他们手牵手进了公司，惹来无数人的瞩目，大家都知道俞沐辰是冰山才子，却没想到也会这样。

俞沐辰却丝毫不在乎他们的眼光，径自牵着余美进了录音棚。

俞沐辰为余美写了一首情歌，无论是歌词还是曲调都明显超出了俞沐辰原有的水平，配上余美天籁般的嗓音，听到的人都忍不住停下了脚步……

余美也沉浸在歌曲的意境里，偶尔抬头时，一下就看到了俞沐辰火辣辣的目光，余美也不回避，笑眯眯地回望过去，四目相对时，火花四溅。

录音棚的其他人都被迫吃了成吨的狗粮。

余美有生以来第一次觉得自己被幸福笼罩,她很满意现在的状态。

唯一遗憾的是,她只有半天的时间,周五的夜晚她不能和俞沐辰一起看节目,俞沐辰很热情,她好不容易才狠下心来编了个理由搪塞过去。

看着俞沐辰失望的眼神,余美心里也空落落的。

15.
节目播出后,余美成了节目里最大的黑马,很多人都开始关注她、讨论她。

她甚至收到了一张邀请卡,邀请她去参加一场酒会。

她没有参加过这种酒会,但也知道这种高档地方需要穿高档礼服,她没有这个经济实力,也不喜欢这样的场合,便将那张邀请卡扔在了茶几上,一心一意地想着俞沐辰,想着下一次该和他去哪里约会。

俞沐辰很细心,每次都会带她去不同的地方,虽然都不是什么高档会所,却都是她喜欢的地方。她每天最大的期盼就是见到俞沐辰,每次看见他时,都觉得他在发光。可惜只有十二个小时,她黯然神伤,若是自己有钱,独占这个身躯该多好?

但这只是一闪而过的念头,据说因为是实验阶段,所以费用低廉得可怕,如果真的按照市场价格,她连十分之一都无法支付。

16.
余美不记得自己是什么时候睡着的,等她醒来的时候,她还躺在沙发上，只是这一次她满身酒味，身上的衣裳却是她从未见过的高档奢侈品，她的身上还佩戴着价值不菲的珠宝。她很惊讶，站在镜子前看着自己这一身不知所措。白珂到底做什么了？这些衣服和珠宝又是从哪里来的？

就在她惶恐不安之时，她看到了手机里面陌生的信息：余小姐，昨夜你真是明艳动人，所有人的风头都被你盖住了。

余美更惊讶，白珂到底做了什么？为什么对方会称呼她为余小姐？

对方还向她连续发了好几张照片，照片里的她穿着这身衣裳面带微笑，散发着一股高贵冷艳的气息。

余美这才明白，昨夜白珂冒充她去了酒会。她有些恼怒，白珂凭什么这样做？又有些担心，不知道白珂昨夜到底干了什么，是不是把她的脸都丢光了。

很快她就有了答案，她收到了许多陌生人的信息，他们一致称赞她美丽大方，举止优雅，学识渊博。

甚至还有人问她是不是贵族的后代，亦有人问她是哪家富家千金，余美既惶恐又惊讶，没想到白珂居然是这样的人。

余美望着那扇紧闭的房门，忽然很想打开看一看里面到底有什么。她走到门边一看，门是密码锁，她不知道密码。她只能悻悻地放弃，心里面却对白珂更加好奇。

她仔细翻看了化妆台前的化妆品和护肤品，每一样都是昂贵的名牌货，贵到她在商场里都不敢上柜台问的那种。

她选了几样东西查了下价格，算下来竟然要两万多块，余美咂舌！

与此同时，她心里也起了一些疑惑，白珂如果这样有钱，为何要和她共同使用一具身躯？自己独自使用一具不好吗？

她想不出白珂这样做的原因，单单面前这些奢侈品就足够支付实验昂贵的费用了，难道只是为了救她吗？

尽管她和白珂相识不久，但是她并不觉得白珂是一个能彻底奉献的好人。

她想了很久，还是决定给白珂留言询问。

17.

一整天，余美过得忐忑不安，她哪里也没去，只是在家里仔细查验白珂留下的每一件东西，然而一切都很正常，她看不出来任何端倪。她比任何时候都急切地盼望着天黑，急切地盼望明天的来临。

第二天的晨光唤醒她的那一刻，她一睁眼就立即寻找留给白珂的字条，上面果然有白珂的回话，内容寥寥几句：东西都是借来的，已经归还。替她去参加宴会，只是为了帮助她，不希望她错过这么好的机会。

至于化妆品和护肤品，白珂反问了一句：女人最重要的衣服难道不是护肤品和化妆品吗？为了最重要的衣服，花多少钱都是应该的。

余美想了想倒也觉得合理，或许正常的女人就该这样，她自嘲地想，肯定是自己太不像女生了。

$\frac{1}{2}$ Ci
Chu Lian

三

　　陆肖忽而想起一个词：逢魔时刻。据说妖魔总是在白昼和黑夜交替之时出现，每到黄昏之时，妖魔就会悄然登场。

1.
　　宴会的意义是什么？余美并没有答案，在她的概念里面，大约是和电视剧里面演的一样，俊男美女觥筹交错，酒醉神迷，天亮后便如露水般散去。
　　她很向往，却也明白那样的夜晚不属于她这样的人。
　　可是白珂去了，宛如一朵盛开的昙花，怒放在那一夜，惊艳了夜色，也在许多人的心里种下了种子。

　　余美的生活里开始有了更多的人影，这些人影带着各种光鲜亮丽的名头，某五百强公司财务总监，某上市公司首席运营官，某投行的投资人，一个个在她看来都是云端的人向她抛出橄榄枝。他们称呼她为余小姐，每日绞尽脑汁想要和她聊天，使出浑身解数逗她开心，还有那些从天而降的礼物，都是她从前想都不敢想的名包、华服。

她有种微妙的感觉，既觉得这些男人逗她开心让她虚荣心爆棚，又觉得这样对不起俞沐辰。

她不敢动那些礼物，她想归还给这些人，但是又有些虚荣心作祟，这些东西可真漂亮啊，又这么适合她。

她试着将衣服一件件套在身上，这些衣服仿佛是专门为她定做的，贴合着她身体的曲线，镜子里面的她宛如一件精雕细琢的艺术品，还有那些包，在她的手中是如此匹配，既得体大方又不过分张扬。

她很喜欢，恨不得每一件都留下，可是想到俞沐辰，她又赶紧换回了自己那些廉价的衣裳，拎着那个便宜的帆布包。

她告诉自己，有俞沐辰就够了，她一样样清点礼物，将这些人的礼物一件件退回去，而后满心欢喜地去找俞沐辰。

2.

修长挺拔的背影站在粉色的蔷薇花墙前面，远远看去像是一幅赏心悦目的画。

余美轻手轻脚地走过去，在他身后踮起脚尖捂住了他的眼睛，娇声笑道："猜猜我是谁？"

对方回头。原以为会是俞沐辰笑盈盈的面孔，可是对上的却是一张陌生的脸！

紧接着，一双过分有力的手几乎是毫不客气地将她扯到面前，害她差点摔在地上。

余美惊恐不安地望着眼前陌生的男子，他有一双锐利得让人害怕的双眼，他一手勒住余美的脖子，一手抓住她的手腕，紧紧盯着她。

过了好一会儿，似乎是确认眼前的美人对自己并没有威胁后，陌生男子才松开了手，充满歉意道："不好意思。"

余美吓了一大跳，往后退了一大步，惊魂未定地准备离开，又被那男子叫住了："抱歉，你是余美小姐吗？"

余美听他叫出了自己的名字，不由得愣了愣，站在了原地，她并不认识这个男子。

男子冲她笑了笑："我叫陆肖，我是来找你的。刚才我以为被人袭击，一时紧张力气大了点，余小姐你不要紧吧？"

余美更加纳闷："你找我？你是什么人？找我干什么？"她还是有些害怕，这个男人虽然长得一脸正气的样子，但是并不表示他不是坏人。

陆肖笑道："我是欧皇音乐公司的音乐总监，我听过你的样本唱片，用俗气点的话来说就是宛如天籁。"说着，他从口袋里掏出了一张名片递给余美。

余美接过名片一看，有种做梦的感觉："你是欧皇音乐的？"她知道欧皇，那是业内最有名的音乐公司，旗下知名歌手无数，尤其擅长推新人，能够进欧皇公司是无数音乐人的梦想，想不到欧皇的人居然来找她了！一瞬间，她仿佛看见大街小巷都张贴着她的照片，无论哪里都能听到她的歌声。

"余小姐应该也听说过我们欧皇吧？"陆肖笑盈盈地问道。

余美飞快地点头。陆肖笑着示意她："方不方便请余小姐坐坐？"

就在余美要答应时,她听到了俞沐辰的声音。

"小美,怎么了?"

3.

俞沐辰警惕地打量着眼前这名自称陆肖的男人,年约二十七八,这个男人长得着实不像个音乐人,头发剃成了平头,身上穿着一件样式极其规矩的短T和牛仔裤。

他长得英气逼人,气质不俗,却没有搞音乐的人那种缥缈的气质,相反有种坚毅的感觉。

俞沐辰尤其不喜欢陆肖的眼睛,盯着他看的时候,让他有种被看透的感觉。

俞沐辰拿着名片反复打量,名片做得很精致,看起来并不像假的,可他总觉得有些古怪。他故意和陆肖聊音乐,没想到陆肖竟然可以和他从摇滚乐、蓝调聊到流行乐、古典音乐,分析得头头是道,对当下的流行音乐节目评论更是一针见血。

余美看着陆肖的眼神充满了崇拜,这个人真不愧是欧皇的人啊,懂这么多。

俞沐辰看着余美望着陆肖的眼神,心里掠过一阵不爽,他越聊越觉得眼前这个男人身份可疑,可又说不上到底哪里可疑,他甚至还可以和自己聊最新的音乐表演形式、乐器的使用等,专业到令俞沐辰也不得不佩服。

陆肖的眼神一直在打量着余美,和俞沐辰聊天之余,时不时地和余美说话。余美的心情很激动,被这样一个了不起的音乐人看中,幸运之神真的降临在她身上了吗?

"余小姐是在哪里学的音乐?"陆肖好奇地问道,"唱法风格自成一派,很有意思。"

"我没有学过音乐。"余美有些局促不安,"我自己随便唱的。"

"这么说果然是天赋啊。"陆肖笑了起来,"当今歌坛还没有这种风格呢,相信假以时日你的歌声必定会震惊整个歌坛。"

余美听到欧皇的人这样的评论,心不禁怦怦跳了起来,她真的可以红吗?

"不知道这种风格是怎么形成的呢?你平时是怎么唱的?"陆肖又问道。

"我心情不好的时候就会唱唱歌。"余美的脸色微微一红,"唱了歌就会感觉心情好多了。"

"余小姐经常心情不好吗?"陆肖挑挑眉头,"真是让人意想不到呢。"

余美一怔:"我为什么不会经常心情不好?"

陆肖笑眯眯地摸了摸下巴:"怎么说呢?一般来说,像你这样美艳动人的女子不会经常心情不好。看余小姐的面容,也没有太多心情不好的面相。"

"面相?"余美越发觉得惊奇,"难道经常心情不好的人看得出来吗?"

"当然会,通常来说经常心情不好的人面色为苦相,让人看到就知道她过得不好,这是因为长期心情不佳留在脸上。而脾气不好的人,脸上会有凶相。余小姐你的面相上来说,是一个……怎么说呢,应该是一个完美绝伦的面相,没有受过苦,过得幸福而满足,是非常幸福,不谙世事宛如新生儿的面孔。"陆肖说完这句话,诡异地笑了笑,"但是……"

余美听到"新生儿"三个字时,不由得心惊肉跳,脱口问道:"但是什么?"

"但是你的歌里却带着痛苦、呐喊、怨愤等情绪,甚至还有死亡、黑暗的倾向。"陆肖的眼睛紧紧盯着余美,"仿佛是受尽了折磨的呐喊。我看到你的照片时,真是有点不敢相信呢。"

余美感觉身子发软,陆肖的每个字都说进了她的心里,这个人竟然通过她的歌声窥探了她的内心。

"可能是我想多了。"陆肖又笑,"最近年轻的音乐人都有不同的风格。"他又侃侃而谈了许多关于年轻歌手的话题。

余美听得分外入迷,之前的心慌全然消失,眼前这个男人仿佛浑身上下都散发着光芒,每一个动作都充满了自信,每一句话都加深了她对他的崇拜之情。

俞沐辰紧紧闭着嘴巴,那张名片在手心里攥成了一团,他冷眼看着这个夸夸其谈的男人,又看着入迷地听陆肖说话的余美,越发觉得陆肖如此惹人厌烦。

"陆先生,十分感谢你对小美的赏识。"俞沐辰的心里酸溜溜的,"今天我们还有点事,希望下次有机会和你再谈。"

陆肖毫不意外,嘴角勾出一抹笑意,对余美伸出了手:"余小姐,你的天赋这么高,希望你不要浪费这么好的天赋。下次有机会欢迎到欧皇去坐坐,对了,我知道有几个编曲不错,下次介绍你们认识。"

俞沐辰心里闷闷的,却又不好发作,眼见着余美抬起手和陆肖的手握在了一起,陆肖似乎很贪恋余美的手心,迟迟不松手,俞沐辰还看见他握着余美的手指加重力道捏了捏她的手掌,又对她笑着说:"期待下次和你再见面。"

余美浑然不觉陆肖的动作,一个劲地点头,陆肖在她眼里俨然已经成了神。陆肖又大大方方地问她要了联络方式，余美忙不迭地交代了所有的联络方式，生怕以后会错过陆肖的任何消息。

俞沐辰的不高兴已经从内心深处浮出了表面，他瞪着陆肖对余美说："有心联系你的人，怎么都会找到的，你用不着给那么多联系方式。"

陆肖仔细记录下了余美所有的联络方式，对俞沐辰笑道："俞先生说得没错，可是与其浪费时间东找西找，不如别错过任何一次机会。"他彬彬有礼地向两人摆了摆手转身告辞。

俞沐辰望着陆肖远去的背影，将那团皱巴巴的名片打开，拨通了电话："哥们，你认识欧皇的人吗？帮我查查有没有一个叫陆肖的音乐总监？"

余美听到俞沐辰打电话，不由得愣了："你调查他？"

俞沐辰皱紧眉头说："这个人很可疑，欧皇是绝不可能自己主动去找歌手的，都是歌手主动去找欧皇。他自称音乐总监，却来找你，这事太反常了。"

余美的柳眉倒竖："你的意思是我不够格进欧皇？"

俞沐辰的话如同一盆冷水泼在她的身上，浇得她滚烫的心一阵阵疼。

俞沐辰忙解释说："我不是这个意思……"

"算了，你不用解释了。"余美的心情降到了冰点，她冷冷地对俞沐辰说，"我今天觉得有点累，就不出去了，改天再出去吧。"

俞沐辰知道自己说重了，内心很是懊恼，急忙拉着余美想说几句好话挽回："别气别气，是我说错话，我请你吃酸汤鱼赔罪怎么样？你不是最喜欢吃这个吗？"

余美看了俞沐辰一眼说:"最重要的不是吃什么,而是和谁一起吃。我今天不想和你一起吃饭了。"说着头也不回地走回楼道,留下俞沐辰一人在楼下懊悔不已。

4.

余美的心情很复杂,她梦想中的时刻真的快要来临了,而俞沐辰却说出了打击她的话,她气得想哭。

她一直认为俞沐辰会是那个最了解她的人,可是今日初见的陆肖却能说出她内心深处的东西,准得令她颤抖又有些难以置信。

她站在窗边往楼下看,俞沐辰的身影早已不在,她心里有些失望,她之前生一时之气拒绝了俞沐辰的求和,现在又有几分后悔。

她没什么恋爱的经验,不知道接下来该怎么办,她担心俞沐辰以后都不再理她,也担心俞沐辰会为此而伤心。

余美越想心里越慌,恨透了自己的一时嘴快,恨不得立即出去找俞沐辰。

就在余美决定冲出门外找俞沐辰的刹那,手机里收到了一条陌生号码的信息:余小姐,我是陆肖。今天我们聊得很愉快,我这边刚拿到了一首新歌,我觉得很适合你,不知道你几时有空来试唱。

余美顿时激动起来,陆肖居然这么快来找她,还让她试唱新歌!

她头脑一热立即回复:我现在就有空。

陆肖很快回复她:我现在在复兴路的录音棚,方便的话,请立即过来。

5.

余美换了一身衣服,之前她准备和俞沐辰约会,所以衣服都是按照俞沐辰的喜好来穿。她觉得这身衣服偏幼稚,不符合她作为歌手的定位,于是换了一套偏成熟的衣服,还化了一点妆。她看着镜子里面的人,果然是人靠衣装,整个人从邻家少女变成了成熟女性,看起来还有几分像白珂呢。

余美想起了白珂的那几张照片,学着她的姿势摆了几个动作,优雅端庄,让人赏心悦目。

她走了出去,按照陆肖给的地址搭乘出租车,很快就到了陆肖所说的录音棚。

陆肖在门口等她,见到她的模样,不由得愣了愣又露出了笑脸:"余小姐真让人意外。"

余美故作镇定地望着陆肖:"怎么了?"

陆肖一边打量她一边打趣道:"多面娇娃,风采独具。"

余美分辨不清陆肖话里的意思,不知该说什么好,只是望着前方。

陆肖引着她往里面走,一边走一边笑:"余小姐不要生气,我只是发自内心的赞美。"

余美僵着脸笑了笑,心里有一丝丝后悔,她没跟俞沐辰打招呼就跑出来见陆肖,俞沐辰知道了肯定要生气。

"余小姐现在在什么公司?"陆肖又问。

余美说出了公司的名字,陆肖挑了挑眉头应了一声,没有表示。余美像是为公司辩解,对陆肖说:"我们公司人虽然不多,但是都很有才华,将来一定会成为了不起的公司。"

陆肖不置可否地笑了笑，又问："俞先生也在那家公司是吗？"

余美点点头："是的。"

陆肖的脸上露出了然的表情："原来如此。"

余美急忙解释："沐辰不是你想象的那种人。"

陆肖饶有兴致地望着余美："哦？"

"他很好。"余美说，"当初他为我考虑，建议我去别的公司，是我自己愿意留下的。"

"为什么？"陆肖的兴趣更浓了。

余美的脸顿时红了，她没有说话，陆肖却笑了："余小姐是个重情义的人。"

余美没有说话，陆肖又问："你们是怎么认识的？"

余美简略地说了几句关于俞沐辰是自己粉丝，帮助自己报名参加"最美歌声"节目的事。陆肖听得津津有味，差点忘记带余美进棚。

直到余美不说话了望着他，他才恍然发觉，歉意地向余美笑了笑，推开了大门。

6.

余美不是第一次进棚，但是依然被这个录音棚震惊到，里面的设备远远好过俞沐辰的公司，装修得明亮豪华，墙上还挂着合作公司的商标，其中欧皇的标志最为明显。

录音棚里人并不多，陆肖拿了一首歌给她，让她进棚里试唱。余美深吸一口气，将那首歌的旋律在心里一遍遍地唱。

她一开口就惊艳了整个录音棚的人，那仿若洞穿世间苦楚，充满了沧桑的歌声让人潸然泪下。

余美闭着眼睛唱得很用心,她想起了从前那刻入骨髓的痛苦,想起了母亲,想起了小时候,想起不谙世事的岁月。那时候她还不懂得什么是恶意。

一首歌终了,余美泪流满面,她跑出录音棚,顾不得别人诧异的眼神,冲到了外面的露台上捂住嘴小声地呜咽起来。

不知哭了多久,忽而觉得身旁多了个人,余美急忙收住眼泪。

陆肖递给她一包纸巾,余美道了声谢,擦去眼泪:"对不起……"

"没事,你唱得很好,我很感动。"陆肖将双手插入裤子口袋,目光落在了远方,"我……很想念我的父亲。"

余美偷偷看了一眼陆肖,他和之前的模样大不相同,仿佛将铠甲卸下,露出柔软的内心,连目光都变得柔和许多。

"我已经有五年没有和我父亲说过话了。"陆肖的声音并不大,露台外面的风很大,吹得他的话音都有些发抖,"其实以前我们也很少说话,他很严厉,我一直都很害怕他。我们在一起的时候,也很少说话,后来我去了外地,他也没有主动给我打过一个电话。我也没有打过电话给他,每次都打给母亲。时间长了,我们交流越来越少,即便是坐在一起也无话可说,感觉很尴尬,大家彼此都不知道该怎么开口,比陌生人还陌生。"

余美的心中一动,想起了自己的父亲,他们也很少说话,他基本无视她的存在,偶尔开口也多是难听的话。

"有时候不说话还好些,总比吵架好。"

陆肖望了她一眼:"你和你父亲经常吵架?"

余美摇摇头:"我们也很少说话。"

陆肖愣了愣："为什么？"

余美的舌尖泛着苦味："他不喜欢我，嫌我给他丢人，恨不得我不要出生在这个世上。"

陆肖望着余美，似乎很不相信："你做了什么事，让他这样对你？"

余美差点脱口说出自己长得丑，话到嘴边又及时咽下，只是忧伤地笑了笑："我没做什么，大概他就是不喜欢我吧。"

陆肖若有所思地点点头："人有时候真的很奇怪，父母对子女也未必个个都是爱，你也不必太过伤心难过。"

余美想起了母亲："能有一方爱自己就已是幸运了。"

风抚动着余美的长发，她的眼睛微微有些红肿，脸上的妆容虽然花了，却露出了天然的美丽，那是一份摄人心魂的美，美到让人觉得任何一个让她为难的问话都是犯罪。

陆肖望着余美的模样，将嘴边的问题咽了回去，只是静静地欣赏着远处的夕阳。

不远处，落日的余晖宛如一块巨大的金色浮雕，流云飞动，远处的建筑上金粉涂壁，宛如黄金打造的模型，美得惊心动魄。

陆肖忽而想起一个词：逢魔时刻。据说妖魔总是在白昼和黑夜交替之时出现，每到黄昏之时，妖魔就会悄然登场。

此时就是这样的时刻，陆肖扭过头想要和余美说一说这个传说，缓解下两人之间的气氛，却见余美的神情忽然变得古怪。她二话不说，扭头就往门内跑。

陆肖急忙追过去："怎么了？"

余美跑得飞快，匆匆向他说："我现在有急事。"

陆肖拉住余美问："发生了什么事？"他顿了顿又说，

"你不想听听你刚才唱得怎么样吗?"

余美的脸色很难看,用力抽回手对陆肖说:"我真的有急事,下次再说吧。"说着奔到马路边,拦了一辆出租车。余美关上车门的刹那,看见时间的指针跳向了六点,她松了口气软软坐了下来。她最后看了一眼车外,只见陆肖站在不远处的台阶上望着她,神情十分奇怪。

7.

余美收到自己的录音已是一天后,陆肖发给她的邮件里只问了一句话:你还好吗?

余美没有回复信件,只是打开了自己的歌,歌声在房间里回荡,悠扬的曲调让余美再次想到从前,她窝在沙发里泣不成声。

许久后,她打开手机,翻出了那个很久没有拨打过的电话号码,按下了通话键。嘟嘟声响起的时候,她的心怦怦直跳,无数的话在她脑子里面翻涌,设想了无数开头,却在电话那头传来熟悉声音的那一刻愣住。她张了张口,又和从前一样不知该怎么说。

"是美丽吗?"母亲连声喂了几声后,忽然问道。

余美眼圈一红,喉头哽咽说不出话来。母亲在电话那头固执地重复着:"是美丽吗?你是美丽吗?我是妈妈。"她很激动却极力控制着自己的情绪。

余美哭着点点头,对着电话那头失声喊道:"妈!"

母亲难以抑制自己激动的心情,连声喊她:"美丽!美丽!你在哪里?你过得怎么样?我和爸爸都很想你……"

余美一听到父亲,陡然觉得心里一阵发冷,之前的情绪褪去了大半,她匆匆忙忙地说:"我过得很好,你不用担心。"说完就挂了电话。

只是不到一分钟的电话却抽干了余美全身的力气,她再一次大哭了起来,最后哭累了,靠在沙发上抽泣着睡着了。

8.

也不记得睡了多久,忽而听到了门外传来敲门声,余美惊醒过来,起身去开门,意外地发现是陆肖。

陆肖看上去很焦急,跑得气喘吁吁,看见余美的时候才松了口气:"太好了,你没事。"

余美奇怪地问道:"怎么了?"

陆肖一边喘气一边说:"你刚才拨了我电话却不说话,我很担心你有事。"

余美的心里一阵感动,拿出电话看了看,果然有和陆肖的通话记录。她满是歉意地说道:"可能是刚才睡觉的时候不小心碰到了,让你担心了。"

陆肖笑着说:"你人没事就好。"说着对余美摆了摆手,"那我先走了。"

余美一怔,望着陆肖的身影,鬼使神差地说:"进来喝杯水再走吧。"

陆肖似乎就在等她这句话,余美一开口他就立即应道:"好啊。"

余美说完又有些后悔,只能硬着头皮请陆肖进门,这里连俞沐辰都没有进来过。她飞快地想了一遍屋子里面的东西,确认没有会暴露她身份的东西才对陆肖甜甜一笑:"你喜欢茶还是咖啡?"

陆肖笑着说："你这里有什么咖啡？"

余美愣了愣，她不过随口一说，想不到陆肖居然这样问，一时想不起来柜子里面都有什么咖啡，急忙走到厨房里看，里面有约莫十几袋不同的咖啡，她便全都拿了出来问陆肖："你想喝哪个？"

陆肖的目光掠过所有的咖啡，微微一笑从当中拿了一包对余美说："怎么好意思劳烦你，我自己去泡吧。"说着人就进了厨房。

余美心里又是一愣，这个陆肖还真是自来熟，一点都不拿自己当客人。

9.

咖啡的香味很快弥漫在整个房间里，陆肖坐在窗台下的沙发上，阳光透过窗户落在他的脑后，看不清他的脸。余美觉得他的目光仿佛更加锐利了，有几分不自在地端起面前的柠檬茶小口地啜。

"余小姐对咖啡也挺有研究的。"陆肖笑着说，"虽然是速溶咖啡，但是薇吉伍德比其他的牌子要好喝点。"

余美很尴尬，她压根不喝咖啡，这些都不是她买的，她不知道说什么，只是抿着嘴唇对陆肖一笑，心里越发不自在。

陆肖放下了咖啡杯，又笑着问她："余小姐很喜欢侦探小说？"

余美一愣，明白他问的是摆在客厅书架上的几本侦探小说，那也是白珂摆放的，她压根没有看过。她胡乱地说道："随便看看而已。"

"是吗？我还以为余小姐是侦探小说爱好者呢。"陆肖走到书架前一本本地翻过,"这些都是本格推理大师的作品,每一本都是经典代表作。"

余美压根不知道什么本格,只好硬着头皮说:"凑巧罢了。"

"我也是侦探小说爱好者,"陆肖笑眯眯地说,"不过除了这些大师的作品,我还很喜欢我们本土一名作者的书。"

陆肖一只胳膊搭在书架上,抽出书架上的一本书:"啊,原来你这里也有。"

余美愣了愣,向陆肖的手中看去,只见他的手里拿着一本蓝色封面的书。她以前似乎瞥过一眼,不记得那本书是哪个人写的。

陆肖将书在手里摇了摇,笑着说:"想不到你有全套白夜的书,我非常喜欢他的书。"

余美尴尬地一笑,这个白夜又是谁?

陆肖却兴致勃勃地和余美聊起了白夜:"据说这个白夜从来没有露出过真面目,连出版社都不知道他到底是来自何方。只知道他的书写得非常好,尤其是犯罪现场和犯罪心理,描摹得非常真实,和那些本格推理小说作者的书相比,他的书更加真实。"

余美的脸都僵住了,不知道陆肖在说什么,只能面带微笑地听他在那里滔滔不绝地发表对推理小说的各种看法,从爱伦坡说到柯南道尔,从江户川乱步说到东野圭吾,又点评了国内的许多侦探小说和电视剧。

余美完全听不懂,脑子里面拼命地想着该怎么结束这场尬聊。陆肖发表了约莫五分钟的长篇大论后方才醒悟过来,深表歉意:"抱歉余小姐,我一遇见自己感兴趣的东西就有点收不住，话说得有点多。"

余美暗自松了口气，对陆肖说："陆先生见识广博，我听着也很长知识。"

陆肖话锋一转又问余美："你的试唱听了吗？"

余美点点头："刚刚听过。"

"觉得怎么样？"陆肖望着她。

余美还是第一次被人问觉得自己唱得如何，有些不好意思地说："还行吧。"

"岂止是还行，你太谦虚了。"陆肖望着她的眼睛闪闪发光，"你的歌声有蛊惑人心的力量，所有听过你歌声的人都流下了眼泪，余小姐你真是了不起。"

余美听到他这样不加掩饰的赞美，更加不好意思了，红着脸说："哪有。"

"你的感情如此充沛，是因为想到了谁吗？"陆肖饶有兴致地问道。

余美沉默了片刻后说："没想到谁。"

陆肖走到她面前蹲了下来，轻轻握住了她的手掌："那昨天你为何？"

余美抽回了手，掩饰自己的情绪，淡淡地说："昨天只是意外。"

陆肖笑了笑："抱歉，我不该问这个问题，只是自你昨天走后我就一直很担心，害怕你会出什么事。"

余美听出了他话里的关心，这种关心已经超过了一个刚刚认识的商业伙伴所该有的。她狠狠心对陆肖说："不好意思，我想我们还不是太熟。"

陆肖点头赞同："是我多管闲事了，不过我希望我依然拥有可以多管闲事的权利。"说完,他站起身向余美彬彬有礼地告别,"余小姐,打扰了,我先告辞了,有事情请你打电话给我,虽然你觉得我们不是很熟,可是在我心里却不这么认为。"

余美关上了房门,对陆肖的话困惑不已,莫非这个男人和其他那些男人一样,也对她一见钟情,找理由接近她?

10.

陆肖离开后不久,余美再次听到了敲门声,她很纳闷,平时都没有人来这里的,莫非陆肖忘了东西在这里?

她打开门一看,却是俞沐辰。一天没见,他颓靡了许多,眼睛下面多了两抹青色,下巴上也稀稀拉拉地冒出了许多胡楂。

余美吓了一跳:"你怎么了?"

俞沐辰二话不说将余美搂在怀中,他用了很大的力气,恨不得将余美嵌入自己的身体里,直到余美喘不过气来方才放开。

"对不起。"俞沐辰的声音闷闷的,"昨天是我不好。"

见俞沐辰这样,余美哪还有半分火气,光看到他难过的样子就心疼得不行,赶紧柔柔地对他说:"昨天的事我也有错。"

俞沐辰见余美全然不介怀,眼睛顿时亮了,他担心了整整一天一夜,昨天下午来敲门的时候,无人应答。昨天晚上,他在小区门口看到余美下车时,赶紧迎了过去,没想到余美看着他的眼神仿若看陌生人,让他丧失了所有勇气。

一整夜,他都没有睡,一想起余美的眼神就万念俱灰,他突然发现自己在不知不觉中竟然深深爱上了余美,爱到让他患得患失。

俞沐辰眼眶湿润,失而复得的喜悦令他语无伦次,抱着余美一刻都不肯撒手,仿佛一松开,余美就会消失。

余美哭笑不得,只得让俞沐辰进了屋。

俞沐辰打量着这间房子,有几分好奇,这是他第一次进到余美家中。这里和他想象的差不多,干净整洁,不过他觉得有点太过简洁,在他的想象里,余美的房间应该摆满了布娃娃,缀满粉色蕾丝边小摆件,像是童话里面的小屋。可这间房子却什么都没有。

"我上次送你的娃娃呢?"俞沐辰紧张地问道,"你是不是不喜欢?"

余美笑着摇头:"你送我的娃娃在房间里摆着。"

俞沐辰听说余美将自己送的娃娃珍藏在房间里,心情顿时明亮了许多,他又好奇地看向了白珂的房间:"你住这间?"

余美慌忙摇头:"那间只是储藏室而已。"她打开了自己的房间,"这才是我的房间。"

俞沐辰探头看了一眼,里面的摆设也很简单,床头上靠着一个布娃娃,正是他送的。

那是整个房间里唯一的布娃娃,还端端正正地放在床头,余美晚上会抱着它睡觉吗?

想到这里,俞沐辰的心变得更加柔软,他拉过余美的手轻轻吻了吻,目光里满是柔情:"我保证以后再也不惹你生气了。"

余美点点头,笑了起来,她看着俞沐辰的眼睛,她想她看见了整个世界。

11.
两天后,余美接到了陆肖的电话。
"余小姐吗?我介绍你认识一位编曲。他听过你的歌声后对你很有兴趣。"为了不让余美拒绝,他又补了一句,"他可是国内著名的编曲,现在很多知名歌手的歌都是他编的曲。"

余美有些矛盾,这是个难得的机会,好歌手常有,好编曲却不常有。一首歌到底能不能让歌手发挥到最佳,编曲功不可没。可是她不想让俞沐辰生气,俞沐辰对陆肖依然深表怀疑,想来想去,只能独自前往。

陆肖跟她约在了一间咖啡厅,正是上午,咖啡厅的人并不多。陆肖和一名身形瘦弱的男子坐在一处僻静的角落里等余美。

余美来后,陆肖热情地向她介绍这名男子,国内最著名的编曲宋摇,陆肖连珠炮似的报出了宋摇曾经编曲过的歌,每一首都是当今歌坛赫赫有名的歌曲。

余美惊喜万分,想不到这个很不起眼的男子竟然是大名鼎鼎的宋摇,余美满怀崇敬地向宋摇打了个招呼。

宋摇上下打量了一阵余美,露出了笑容:"你就是余美?老陆给我听了你的歌,你的声线条件很不错啊。"

余美受宠若惊,一口一个宋老师,仿佛小学生见到老师般恭敬。宋摇很随和,和余美聊了几句音乐,便有事提前离开了。

宋摇走后,陆肖望着余美笑:"怎么样?没白来吧?"
余美连声向陆肖道谢:"实在太感谢了。"

陆肖搅动着杯中的咖啡笑着问她:"你打算怎么谢我?"

余美想了想说:"我请你吃饭吧。"

陆肖挑了挑眉头说:"好。择日不如撞日,就今天吧。"

余美一愣,这陆肖还真是个怪人,不过她诚心请陆肖吃饭,此时正好。她想了想,问陆肖:"你想去哪里吃饭?"

陆肖说:"难道不应该客随主便吗?"

余美颇为为难,她送过外卖,只熟悉一些小店,和俞沐辰去吃饭的地方也不是什么拿得出手的地方,想了半天说:"我不大熟悉。"

陆肖见状说:"我知道一家西餐厅,里面的牛排还不错,要不要去试试?"

余美心里犯怵,她没进过西餐厅,完全不会西餐礼仪,要她进西餐厅不是丢人吗?

陆肖却似没有看出她的为难,利落地结了账,带着余美走出了咖啡厅。

12.

去往西餐厅的路上,余美飞快地在网上搜索吃西餐的礼仪和餐刀的用法等,可是内容太多太烦琐,她看得头晕眼花,不等她看完,两人已经到了西餐厅门口。

店铺的装修很低调,并不是奢华路线,看着却很舒服。

沿街的一面是落地玻璃窗,两人坐在窗边。

陆肖帮余美点了一份套餐,问余美:"有没有什么不吃的东西?"余美摇摇头,她并不挑食。

点完餐后,陆肖饶有兴致地望着余美,余美被他盯得不自在:"怎么了?"

陆肖摇了摇头说:"没什么,总觉得你很有意思。有一种非常矛盾的感觉,让人觉得神秘。"

余美心里一惊,喝了一口水掩饰心慌,故作镇定地问道:"你觉得哪里矛盾?"

"说不好,"陆肖的眼神很复杂,"只是一种让人摸不透的感觉,让人觉得你既单纯又不简单。"

余美轻笑一声,这几句话倒有些熟悉,最近加她好友的很多男人都发过类似的话。

"在宴会上看见你的时候,觉得你像是富家千金,不知道你父母是做什么的,怎么能培养出你这样优秀的女儿。"陆肖的话宛如惊雷,炸得余美的手微微发颤,他竟然也去过那个宴会,也看见了她!

陆肖看着余美骤变的神情:"怎么了?"

余美忙低下头,心里乱成一团麻。

陆肖关切地问她:"你是不是身体不舒服?"

余美站起身对陆肖说:"抱歉,我今天没办法请你吃饭了,我身体突然感觉很不舒服。"说着立即往门外跑去。

陆肖紧随其后:"余小姐,你到底怎么了?要不要我送你去医院?"

余美急忙摆手:"不用了,陆先生,真的非常抱歉,下次再请你吃饭吧。"

陆肖还要拉她,这时候一辆出租车停在了她身旁,她急忙打开车门坐进去,丢下陆肖一人在路旁。

余美的心情很乱,如果陆肖是因为那晚见过白珂,找理由来接近她的话,那这一切似乎都说得通了。

她忽然觉得心里很难受,到底陆肖是不是真的欣赏她的歌声呢?

13.

就在余美心情郁闷的时候,忽而发现车子正在往她住的地方开,司机根本没有问她要去哪里。

她吓了一跳,刚想要和司机说话,却透过后视镜看见了司机的脸,那是一张曾令她毛骨悚然的脸,那个她以为已经彻底消失在黑暗之中的男子竟然再次出现。

余美吓得心怦怦直跳,她不敢说话,也不敢抬头再看司机的脸,只是盯着外面,眼见着街道两旁越来越熟悉,悬着的心方才缓缓落下。

车子停在了小区门口,她逃也似的下了车,头也不回地跑回了房子里,将门紧紧反锁。前所未有的恐惧紧紧攥住了她的心。

就在她惊魂未定的时刻,门外传来敲门声,一声接一声非常坚定有力。余美吓得魂不附体,蜷缩在沙发的一角,一动也不敢动。直到门外的敲门声消失很久后,她才悄悄地溜到了门边透过猫眼往外一看,门外空无一人。

她还是不敢开门,她拨通了俞沐辰的电话,捂着话筒慌慌张张地说了自己的处境。

俞沐辰一路狂奔到余美家门口,门外空无一人,只有余美的包挂在门把手上。

$\frac{1}{2}$ Ci
Chu Lian

四

白珂冷笑着说:"你应该问问你自己,你喜欢的到底是我,还是我这张脸。"

俞沐辰被白珂问糊涂了:"你的脸不是你吗?"

白珂笑得越发古怪:"人的脸就是人自己吗?"

1.

不论俞沐辰怎么说,余美都不答应搬家,俞沐辰十分无奈,他最后尝试了一次:"那能不能找个人和你一起住?"

余美的头摇得跟拨浪鼓一样:"不,我不和任何人住在一起。"

俞沐辰耐着性子劝说她:"你这样太不安全了,我很不放心。"

余美安慰他说:"那天也许是我看错了,人家还好心好意地把我的包送回来了。"

俞沐辰没办法，只得给她准备了许多防身利器，还教她练习女子防身术。余美乖乖按照他说的做了，末了俞沐辰还是觉得不够安全，提议要给余美买条狗防身。

余美连忙拒绝："那是一条生命，我目前对它负不了责。"

俞沐辰见她态度坚决，只得作罢，再三叮嘱她如果有事一定要第一时间通知他。余美都应下后，俞沐辰方才放心离去。

2.

一连数日，余美再也没见过那个男子，提起的心终于放下了。她有了几分不同的感受，从前她并不知道漂亮的女生会有这样的烦恼，总以为她们的美貌是阳光下最美的花朵，不知道黑暗会以这种方式存在。

唯一庆幸的是，她的工作越来越多了，俞沐辰有意留在她身旁，每天拉着她在公司录歌，还教她学习吉他。她的歌声在网上传播得更广，她从一个无人知晓的小透明，慢慢有了自己的粉丝群体。

余美很高兴，虽然不是一夜爆红，但是比起从前她已经很满足了。唯一让她郁闷的是每天晚上六点钟声响起，她就必须成为那个逃跑的灰姑娘。无论多舍不得俞沐辰，也只能咬牙回去。

俞沐辰理解支持她，可是经纪人李力很不理解，无数次和她说："余美，你想要在娱乐圈发展，绝不能这样啊，就算是上班族也要加班的，你这样做，以后公司很多工作没办法开展。"

余美心里知道李力说得有道理，却只能硬着头皮保持沉默，俞沐辰帮着她说话，李力逼急了甩下话来："你到底还想不想红了？如果你不想红，就别耽误我们的时间！"

余美委屈得快要哭出声，俞沐辰看她这样，心疼得拉着李力说了半天好话。李力长叹一口气说："沐辰，咱们两个关系好，我才和你这样说，一个混娱乐圈的人怎么能没有夜生活？"

俞沐辰的心里也纳闷疑惑，但是他不愿意委屈余美一点点。

"走吧，我送你回家。"

余美坐在车子里望着天色，心情亦落到了低谷："沐辰，我是不是特别奇怪？"

俞沐辰斟字酌句了良久："小美，你是不是有什么苦衷？"

余美沉默了许久没说话，她没办法回答这个问题。俞沐辰见余美情绪低落，急忙安慰她："如果不方便告诉我也不要紧，我能理解。"

余美的心狠狠地痛了一下，这世上真的有人能理解她吗？

她抿紧了嘴唇，半晌吐出两个字："抱歉。"

俞沐辰忙说："不用说抱歉，虽然我不知道你到底是有什么苦衷，也很担心，但是你既然选择不告诉我，就有你的理由，我不会逼你做不想做的事。"

余美的眼圈泛红，她逼着自己不要哭出声，只是望着天边如火的夕阳，燃烧了半边天际，逢魔时刻再次降临。她想了很久，吃力地对俞沐辰说："谢谢你，我确实有我的原因，以后有机会的话，我会告诉你。"

俞沐辰的唇边泛出了笑容，天边最后一抹暮色落在他琥珀色的双眸里:"小美,不论什么时候,只要你需要我,我都会在。你什么时候愿意说,我都愿意听。"

3.

五点五十九分,余美冲回了家中,她不顾一切地找了一张纸给白珂留言,能不能换个时间?她想说的很多,可是时间来不及了,她闭上双眼之前赫然发现沙发后面有一双眼睛冷冷地盯着她。她惊呼一声,在下一秒失去了意识。

4.

余美不敢睁眼,她很害怕一睁眼自己身处可怕的地方,或者自己遍体鳞伤。那双眼睛太可怕,她闭着眼睛活动了身体,似乎没有疼痛的感觉。

这才偷偷地睁开一道缝,她发现自己还在家中,一切如常。她还是睡在床上,白珂照样穿了自己喜欢的睡衣。床头俞沐辰送的娃娃也还在,一切如旧,没有任何异常。

她爬了起来,将房门打开了一道缝,望向客厅。客厅里面也和从前一样,没有任何变化。

她一手举着防狼喷雾,一边小心翼翼地往客厅里面走,仔细检查任何一个可能藏人的地方,什么都没有。沙发旁边的报刊夹照旧整理得很整齐,茶几上的花束已经换成了绣球花,白珂似乎有些洁癖,家里容不得任何垃圾,每一处都和平时一样。

余美怀疑自己是不是眼花了,昨天回家时刚好天黑,她又没开灯,兴许真的眼花了吧。她松了口气,忽然发现了白珂给她的留言:你我的时间早已经定好,不是你一个人有事,我也有自己的安排,希望你能尊重事先的约定。

余美很气馁,她早就该知道白珂不可能答应,只是还心存一线希望,毕竟她是个作家,六点还是九点开始写作区别并不大。

余美又给白珂留了一张字条,希望她能帮帮自己,她诚恳地写了很多关于这个时间对她来说无法开展工作的事情,暗自希望白珂会同意调整时间。

可是她的希望再次落空,白珂表示自己的生活有属于自己的规矩,在余美看来晚上六点还是九点写作的区别并不大,那对她来说余美是六点唱歌还是九点唱歌也没什么区别。如果余美非要换时间的话,那就缩短使用身体的时间来换。

余美不愿意,她现在都嫌自己使用的时间太短,绝不可能再减少。

5.
最令余美担心的事还是发生了,因为李力的争取,余美获得了一个重要的通告。

"余美,这个通告非常难得,这个节目是目前卫视台的收视冠军,你这次如果错过了以后就休想上任何通告。"李力非常郑重地说,"以后我也不再做你的经纪人了,我没本事能把你推出来。"

余美很纠结,她知道这个节目的录制时间比较长,肯定会超过六点。可是如果连这样的机会她都放过,这辈子大概都没有机会再上节目了。

俞沐辰知道余美的纠结,对李力说:"你让她考虑考虑吧。"

李力气得指着俞沐辰骂道："你以为她是谁啊？还考虑考虑？多少人求之不得的机会，她还要考虑？俞沐辰！你给她重新找经纪人吧！这个艺人我带不了！"

俞沐辰忙拉住李力赔着笑脸说："李哥，李哥先别生气，气坏了身子不好。"

李力冷笑着说："俞沐辰，我李力在业内也算有口皆碑，推出过不少明星，带过那么多新人，就没见过这样的！不要以为你长得漂亮就有恃无恐，告诉你，娱乐圈最不缺的就是长得漂亮的人！"

余美气不过，争了一句："难道我的歌唱得不好吗？"

李力气笑了："唱得好听？你以为这世上唱得好听的人就你一个吗？余美，你太看得起你自己了。这世界根本不缺千里马，也不缺伯乐，缺的是有能力的伯乐，缺的是能把你推上高处的伯乐！余美，你什么都不懂，我劝你好好想想吧。"

说完，李力头也不回地离开了，余美的脸上青一块白一块的，她没想到李力会这样说，她一直以为自己可以凭着歌声一步步完成理想，可是李力给了她一记响亮的耳光。

俞沐辰见余美的脸色不好，忙上前哄她："小美，你不要太在意李力的话……"

"他说的是真的吗？"余美打断了俞沐辰的话，直直地盯着他的眼睛，"长得漂亮，歌声动听，也可能不会红是不是？"

俞沐辰艰难地挤出一句话来："娱乐圈里面想要出头的人很多，但是能红的人并不多，并不是所有条件优厚的人都会得到展示自己的机会。"

余美听明白了，她忽然想笑，俞沐辰本身就是个例子，才华横溢,样貌不俗,至今依然不红。俞沐辰委婉地说道:"现在很多人都参加各种综艺节目,就是为了刷个脸熟。这也是一种办法,现在想要一首歌红遍大江南北的机会比较少了。"

余美脱口问道:"那欧皇的歌手呢?"

俞沐辰的脸上闪过一丝不悦之情:"欧皇也一样。"顿了顿又说,"那个陆肖,我还没有打听到他的消息。"

余美笑了笑说:"不用打听了。"

俞沐辰很惊讶:"怎么了?"

余美摇摇头不想再解释,只是问俞沐辰:"你为什么不参加那些综艺节目?"

俞沐辰抿了抿嘴唇说:"我不想做明星,我只想做个歌手。"

余美愣了:"什么意思?"

俞沐辰说:"当明星才希望红,但是歌手不一样,歌手只需要认真地唱好歌。"

余美没有考虑过这两者的区别:"那没有人听你的歌的话,你做歌手的意义是什么?"

俞沐辰的表情少有的认真:"我写歌唱歌是很希望有人来听我的歌,但是我不希望因为想红而束缚了它们。它们都是有自己灵魂的,如果为了红而写,那么歌就变味了。虽然现在的世界是这样的,以变现为目的,可我依然希望能够尽量保存它们的灵魂。"

余美很震撼,她从来没有想过那么多,在她看来唱歌就是为了让更多的人听见,让人为她沉迷俯首,唱歌还能够挣钱。她从不知道每首歌都有自己的灵魂。

俞沐辰笑着对余美说:"我们不一样,你不要被我影响了。我不是不想红,只是不想用这种方式红。"

余美望着他问:"我们有什么不一样呢?难道我就没有灵魂吗?"

俞沐辰愣了愣:"不,你有,你的歌声里面饱含着别人没有的情感,是来自灵魂的歌声。"

"那我为什么要用这种方式红呢?我不能和你一样吗?"余美目光灼灼地问道。

俞沐辰没想到余美会说出这样的话,她的脸完美无瑕,如神灵般纯洁,灵魂也如天使般纯洁,他忽然有想亲吻她的冲动,可是这样纯洁的人怎么能够被玷污?

他小心翼翼地捧住她的脸,在她的额头上落下一个纯洁无比的吻。

6.

余美做了决定后无比轻松,从今以后她要和俞沐辰一起做一对真正的歌手情侣,和这个浮躁的世俗斗争到底。

可是现实很快给了她一记响亮的耳光,她没钱了。

白珂和她的手术费用是平摊的,她连续几个月都没有什么正经收入,积蓄也都花光了。她翻着厚厚的账单陷入了痛苦和纠结,她很清楚,俞沐辰也没什么积蓄,身边也没什么人可以借给她钱。

她将所有账户里面的钱都算了一遍,真是山穷水尽,只有不到两百块了。她绞尽脑汁地挣钱,可从前的很多活她现在再也不能做。她想去应聘外卖员,对方都瞪大了眼睛,以为她在开玩笑。

她也曾想去当车模这类,可是对方对她不怀好意,让她穿的衣服极其暴露；想要去酒吧驻唱，可是只有夜场。余美陷入了前所未有的困局，她终于明白了白珂的那句话，穷比丑更可怕。

她左思右想，还是拨通了李力的电话："李哥，我想参加节目的录制。"

李力冷笑一声："余美，你现在想通了？已经晚了，你的名额被人顶了。"

余美十分懊恼，只得讪讪地向李力道谢，希望他能再给自己一次机会。李力话锋一转："刚还有个节目来约我，你看要不要去？"

余美毫不犹豫地应下："去！"

李力满意地笑了："你早有这个态度不就好了吗？人别活得太自我，要认清自己的身份，不要仗着自己有几分姿色就以为可以为所欲为，懂了吗？"

余美不敢反驳，这是她最后的希望，她不能放弃。

7.

李力新接的这档通告是个搞笑类型的节目，节目主持人喜欢捉弄嘉宾，看嘉宾出丑。余美对这档节目并不感冒，虽然她综艺感很好，但是这个节目里面有很多涉及运动的项目，她很不擅长。但是为了通告费，她还是硬着头皮上了。

也不知道是什么缘故，她总觉得节目主持人林月很针对她，从她和其他几个嘉宾一起登场开始，林月就故意忽视她，介绍她的话也很简短，到了游戏环节她总是被安排最难的关卡，她根本没办法顺利完成任何一个任务。

林月很生气，将手里的话筒一扔，对现场的导演喊道：

"不录了，不录了！这也太笨了，一个任务都完不成，大家都陪着她玩啊！"

林月是个有后台的女主持，平时架子就不小，导演们都给她几分薄面，见她动了怒个个上前来说好话，还有人来问余美，到底为什么过不去？

余美很慌，她还从未遇见过这种事，人越慌动作越乱，之前能做到的现在一个都做不到。

林月在旁讽刺道："有些人就算长了那么长的腿，也就是个摆设，一点用都没有。"

众目睽睽之下，余美的脸上红一块白一块的，恨不得找个地缝钻进去。所有人都望着她，其他几位嘉宾也有些不耐烦了，虽然没有说话，眼神也扎得她浑身难受。从前那种被集体羞辱欺负的感觉再次浮现，自信不翼而飞，她又成了那个胆小怯懦的余美丽。

林月靠在椅子上，对导演说："等她练会了再录吧，省得耽误大家时间。"

林月的话一说完，导演急了："月姐，这可不行，再这样拖下去，节目后期制作的时间都没了。"

林月冲着余美努了努嘴说："你和我说没用，你和她说去。"

导演径自走到余美面前问："你到底能不能做到？做不到的话我们就换人了。"

余美忍着羞辱，对导演说："可以。"

林月在旁冷笑，好整以暇地望着余美，她不喜欢这个女人，因为余美实在太漂亮了，更让她讨厌的是，这张脸竟然是天生的，找不到一点整容的痕迹。

女人对女人的敌意往往来得莫名其妙，尤其是漂亮的女人，只喜欢比自己难看的女人，朋友是可以衬托出她的绿叶，若是盖过了她的风头，就只能是敌人。

林月利用手中的职权小小地惩戒了这个天真的女人，让余美在所有人面前出丑。以为她的节目那么好上的吗？太天真了，能顺利从她手中通过的新人还没几个呢，尤其是这些自以为漂亮的天真女人。

余美再次尝试失败，林月笑出了声，对导演说："我们还是赶紧换人吧，免得耽误了进度，下次麻烦你们挑挑人，不要什么阿猫阿狗都让上节目，不知道的，还以为我们这个节目是垃圾回收站呢。"

林月的话借着麦克风传遍了整个录制大厅，所有人都望着余美，目光里带着一丝同情，现场气氛尴尬到极点。林月喜欢折磨新人的爱好他们多少都知道，只是话说得这么难听，足见今天这个新人有多漂亮。

可是他们不会为了一个漂亮无辜的人得罪林月，林月在台里的地位众所周知，虽然算不得一姐，但是后台够硬，得罪了她，基本也别想在台里混了。

连李力都不敢为余美说一句话，他只是站在台下看着余美艰难地尝试做一个高难度的动作，双臂都已经微微颤抖。他不想得罪林月，至少为了余美不值得。他很希望余美早点放弃算了，省得在这里丢人。

出人意料的是，余美居然一直咬牙在坚持，一遍遍地重复着动作，居然也有模有样地做出了个大概。要知道他们今天的节目里挑战的动作都是街舞里面的地板动作，男性舞者都需要练习很久才能控制住全身的肌肉。

全场不禁暗自佩服起余美，但是没有人为她鼓掌。就在她努力地用单手顶住身体停悬在半空之时，整个人忽然倒了下来。

林月笑了起来："我还以为你真有这个本事呢，得了吧，赶紧下去，别在这里丢人了。"说着，她走到余美身旁，暗自用脚踩住余美的头发。

余美没有动，整个人躺在舞台上，像睡着了一般。林月用力踩她的头发时，她都没有动。林月看她这副模样，心里更加得意，轻轻用脚尖踢了她一下，居高临下地说："好狗不挡道。"

林月以为余美会乖乖地从舞台上滚下去，没想到下一刻，她忽然睁开了眼睛，冷冰冰地说："闭上你的臭嘴！"

林月愣了，余美躺在地上，看上去像一头待宰的羔羊，可是她的眼神却与刚才截然不同，凌厉得让人心里发寒。林月不打算再和她纠缠，正要跨步离开，却感到脚下一阵力道拉住了自己，摔了个狗啃泥。

这一下捅了马蜂窝，整个现场全乱了，林月愤怒至极，她的脚居然被余美拽住了。她没想到这个新人居然这样大胆。

林月跳了起来，气势汹汹地直奔余美而去，还未开口就被余美连续打了几个耳光，打得她发蒙。第一次！居然有人敢打她！还是一个名不见经传的新人！

林月捂着脸几乎难以置信，尖叫着喊道："你敢打我？你不想活了！"

余美冷冷地说："打的就是你，不过一个小小节目的主持人而已，就敢这样嚣张跋扈，欺负新人。"她的声音很平静，在一片混乱之中镇定自若地整理头发衣服，完全不将林月放在眼中。

众人哪见过这种阵仗,一开始全呆住了,紧接着分别扑向了林月和余美,林月气得发疯,破口大骂余美。余美也不示弱,不仅拨开了所有上前来阻止她的人,还将之前故意为难她的各种道具尽数砸了。

所有人都惊呆了,原以为余美是个忍气吞声的包子,没想到片刻之间彻底翻脸,最令他们胆战心惊的是,这个女人看起来绝不像是因为忍受不了欺辱起来反抗,她神色非常冷静,每一步行动都很清楚明确。

李力惊得从观众席上跳了起来,到处堵得水泄不通,他奋力扒开人群冲到余美面前,狠狠甩了余美一记耳光,怒喝道:"你疯了吗?"

余美被李力突然的一记耳光打得发蒙,她眯着眼睛望着李力说:"你算哪根葱?"

李力原本想要破口大骂,却在看见余美的眼神时全都咽了回去,他见过很多人的眼神,猥琐的,懦弱的,充满欲望的,野心勃勃的,却没见过这样的眼神,无法用言语形容,让他心里生出一股胆怯。他匆匆扭过头丢下一句:"我们合同终止了,你被解雇了。"转身奔向林月。

林月气得快要发疯,李力竭尽全力哄她,娱乐圈的关系网纵横交错,他得罪不起林月这个资源,他非常后悔当初看余美的外在条件不错签下了这个人,让他陷入了这样的境地。

8.

这一场闹剧结束之时,墙上的时钟指向了六点十五分。白珂镇定自若地离开了演播厅。

白珂丝毫不在意身旁人看她的眼光,她只在乎她这张完美的小脸会不会被刚才那个该死的破经纪人打坏了,白珂在心里咒骂了一句,刚才应该问那个该死的男人索赔。

她这张脸可不便宜。

对着手机的前置摄像头,白珂仔细检查了脸,还好,只是有一点点发红,微微有些浮肿。可是手上的几处伤痕却见了血,头发也被踩得凌乱不堪,她很气恼,余美竟然为了红,连身躯都不好好爱护!全身到处都很酸,不知道刚才做了什么离谱的事。

她气得要命,就在她醒过来的那一瞬间,看见一个女人对她指指点点,还踢了她一脚,她完全不知道发生了什么事,只是本能地将那女人拉倒。

打倒欺辱她的人,这是她的做人原则,谁也不能骑在她的头上。她才不在乎余美的想法,她只心疼她的身躯,让这完美的身躯受到一点点伤害都是罪恶。

9.
她走出电视台时,手机响了起来,来电人是一个叫俞沐辰的男人。她看过几次这个名字的来电,只是从未接过。今天她鬼使神差地点了通话键。

电话那头传来俞沐辰气喘吁吁的声音:"小美,你还好吗?你在哪里?我现在来接你!"

白珂心情很不好,对电话那头说:"不用!"说完挂断电话,关了手机。

她看了看四周,电视台的位置比较偏僻,荒无人烟。她摸了摸余美的包，里面只有十块钱，连打车费都不够。真是穷鬼，她暗自骂了一声，只得重新打开了余美的手机，试图在她的手机里面找电子钱包。

手机刚开机，俞沐辰的电话再次响起，白珂一连挂断了好几回，最后一次她挂断时突然听到一个男子的声音："小美！"

白珂还未看清楚，就见一名身形高大的男子一阵风似的跑到她面前，紧紧地拥住她，随即，他又疯了一样检查她的身体，不住地问她："你怎么样？受伤了吗？我现在带你去医院！"

路灯昏暗，她只能看清这个男子的身材剪影和穿着，他穿着浅色的短袖衬衫和休闲裤，身后还背着一把吉他，看起来并不富裕，听他的声音似乎就是俞沐辰。俞沐辰见白珂不说话更加紧张，他试探着检查她的头，却被白珂避开了。

白珂往后退了半步，她此时没有心情和他纠缠，正想着该怎么打发走他，俞沐辰已经拉着她上车。白珂微微皱眉，俞沐辰的车是一辆国产车，虽然保养得不错，但却透出一股廉价感。

白珂很不明白余美是如何使用这副身躯的，怎么和俞沐辰这样的穷人混在一起，真是暴殄天物。有些人之所以穷，完全是因为笨，即便掌握了最好的资源也不懂得运用。余美就是这样一个笨蛋，放着这样的美貌不用，却要和这样的穷人在一起，有什么用？

她决定替余美解决掉这个无用碍事的男人，她用力抽回自己的手，冷冷地对俞沐辰说："请你离我远一点。"

俞沐辰愣了愣，急忙解释："小美，今天真的对不起，我本来下午就过来陪你录节目的，但是……"

"不用什么但是，"白珂的眼神冷得像冰一样，"我什么都不想知道，你也不必再来找我。记住，我说的是以后都不必再来。"

俞沐辰望着白珂，只觉得一阵陌生，他没见过这样的余美，眼神冷得让人心里都结起了冰。他是为了给余美谈一个合作才拖到现在，接到李力电话时就不顾一切疯狂地奔向了这里。

可是没想到余美会是这样的态度，令他不知所措。他还想要说点什么，可是余美却扭头离开了，当着他的面拦住了一辆豪车，冲着那个豪车车主微微一笑："可以捎我一程吗？"

豪车车主看见白珂的笑容顿时身子软了半边，头点得如鸡啄米一样："可以，可以，美女，你想去哪里？"

10.
一整个晚上，白珂都感到无比心烦，这个讨厌的俞沐辰像一坨甩不脱的鼻涕虫紧紧跟着她，不论她去哪里，他都紧随其后。

她故意气他，和别的男人搭讪，只说了不到两句话，俞沐辰便冲上来拉着她就走。她说再难听的话，他都置若罔闻，像一块甩不掉的牛皮糖，令她深感心烦。

白珂无奈地问道："你到底要怎么样才肯走？"

俞沐辰额头上的汗珠在霓虹灯下折射出细碎的光芒，仿若钻石的光芒，他的声音却低沉得没有半分光芒："不确认你安全我绝不会走。"

白珂的嘴角浮出一抹讥讽的笑容："说得这么伟大，其实你和别的男人没什么区别。"

俞沐辰的眼神里闪出一抹讶异，似乎不敢相信余美会说出这种话。白珂眨了眨眼笑着问他："如果我不是长着这张脸，而是长得非常丑，你还会像现在这样对我吗？"

俞沐辰睁大了眼睛望着她："小美，你在说什么？"

白珂冷笑着说："你应该问问你自己，你喜欢的到底是我，还是我这张脸。"

俞沐辰被白珂问糊涂了："你的脸不是你吗？"

白珂笑得越发古怪："人的脸就是人自己吗？"

俞沐辰被问住了，怔怔地望着白珂。白珂的身影被路灯拉得又长又大，他突然觉得他不认识面前的这个余美，此时的她不再清纯可爱，像一个面容狰狞的怪物，吓得他一身冷汗。等他回过神时，白珂的身影已经消失在街头。

11.

余美不敢相信自己的耳朵，经纪人李力在电话里骂她骂得十分难听，她的头嗡嗡作响，勉强在他的骂声里知道了事情的原委。她几乎不敢相信白珂竟然会做出这种事，完全断了她的前途！

她愤慨至极，洋洋洒洒地写下了一大堆质问的话给白珂。写完之后，她觉得心中的郁闷无处发泄，她在屋子里面走来走去，将白珂的书扔了一地，又将白珂喜欢的咖啡全都扔进了垃圾桶。

做完这一切后，她鬼使神差地打开了电脑，白珂和她各有一个登录账户，今天她打开电脑时却发现白珂的账户依然保持登录，大约是没有关机成功。

她移动鼠标，几秒钟后打开了桌面，她看着那个过分简洁的电脑桌面不由得惊叹了一声，整个电脑屏幕上除了不能删除的图标，只有一个文档，干净得令人发指。

桌面背景图片也很简洁，只是一只纯黑色蝴蝶的剪影，看不清楚蝴蝶的样子，让人觉得异常神秘又充满了吸引力。

她对着那张图片看了良久，方才点开桌面上的那个文档。令她更加意外的是，那份文档竟然是一篇小说。余美向来不喜欢看小说，却被这篇小说的内容吸引了，她一动不动地抱着电脑看了整整一天小说。直到晚上六点，她才想起来要做什么，但是已经来不及了，她在指针指向六点的前一秒匆匆按了关机键。

12.

第二天清晨，余美睁眼一看，屋子里面已经被重新整理干净，仿佛一切都未发生。桌面上只有白珂留下的几句话，内容简单而严厉：身体是两人共有物，我不愿意为你的梦想买单，如果下次再敢弄乱屋子就对你不客气。

余美很气愤却又无处可发泄，窗外乌云密集，厚厚的云层压在她的心上透不过气来，她不知道以后该怎么办。俞沐辰也一直没有消息，仿佛也对她彻底丧失了信心。

原以为只要她拥有了美貌就可以轻松拥有一切，而今天看来这一切都不过是自己太天真。

百无聊赖地躺在沙发上，什么都不想干，她又想起了昨天那篇未看完的小说。现在只有小说可以让她逃避了，她再次打开电脑，可惜这次白珂没有忘记关闭电脑，她没办法再进去看小说了。

余美想了想,在网上搜起这本书,可是她找了半天只找到了这本书的开头,后面完全没有,她怅然若失,点开书的封面陡然发现作者是白夜。余美的心里闪过一个念头,莫非白珂就是白夜?

$\frac{1}{2}$ Ci Chu Lian

五

他有一瞬间回不了神,凝视着余美的脸,莫名地有一种奇妙的感觉,这是他这么多年的人生里第一次有的微妙感受,他说不准这是一种什么样的感觉,又会带来什么后果。此时此刻,他只想静静地看着面前少女脸上天真无邪的笑容。

1.

余美入迷地翻看着白夜的小说,她从来没读过侦探小说,只觉得白夜的每一本书都让她看得毛骨悚然又停不下来,堪称犯罪的教材。白夜的文笔极好,描写得细致入微,渲染的气氛代入感很强,让人不由自主跟着主角一起心跳。

就在她看到最紧张刺激的情节的时候,电话铃忽然响了,她吓得扔掉了手里的书,心脏怦怦乱跳。过了好一阵子,她才敢拿过电话,意外地发现竟然是陆肖打来的。

自从上次她在西餐厅跑掉后，陆肖很久都没有出现在她的生活里了。

她有点怕陆肖，尤其是他看着自己的眼神锐利得像要把她看穿，这个男人对自己到底怀有什么目的，她并不清楚。

她挂断了电话，抱着书正要继续看时，却收到了陆肖的信息：宋老师给你新编了个曲子，你要不要试唱？

余美犹豫了，宋摇的编曲她很喜欢，虽然她被公司开除了，可是她依然可以唱歌吧？

她纠结了很久，还是给陆肖发了个消息。

消息发出去几秒后，陆肖回她消息请她去上次的录音棚。

余美决定去试试，她是要当歌手的人，在综艺节目上面丢脸也不要紧，只要歌唱得好就行。

2.

当她抵达录音棚时，陆肖和宋摇都在等她。余美有些忐忑，没想到陆肖却公事公办将新歌交给了她，让她和宋摇沟通，然后独自一人在一旁专心地玩手机，不像之前那样盯着她的一举一动。

余美觉得很意外，却也松了口气。她酝酿着感情按照宋摇的要求试唱。

这是一首送给孩子的歌，她却怎么也唱不出那种天真和纯美。

宋摇有些恼火，连说话的语气也变重了："你到底会不会唱歌！我让你唱得甜一点，甜一点不会吗？"

余美不敢说话，心情沉重，越被骂唱得越糟糕。到了后面，宋摇脸色一变，将手机一扔，皱着眉头走了出去。余美呆滞地站在录音棚里，一遍遍地想，怎么才能唱得甜一点？

陆肖推开了录音棚的门，对余美说："出来休息一会儿吧。"

余美讪讪地走出来，看着里面的其他人，更加觉得手脚都不知该怎么放了。陆肖倒是很自然地递给了她一杯柠檬水润润喉咙，余美接过水杯勉强喝了一口，一眼瞥到一旁生气的宋摇，水都咽不下去。

陆肖对她递了个眼神，打开了大门，若是平时余美定不会跟着陆肖走，可此刻房间里面的低气压让她透不过气来，她恨不得马上逃得远远的。她不假思索地跟着陆肖一路小跑出了房间。

陆肖带着她去了天台。正午时刻，天台上阳光倾洒下来，热风吹过，像蒸笼一样热得人受不了。陆肖找了一处屋檐，站着跟余美一起吹风。

这个位置很奇妙，进一步是热浪滚滚的风，退一步却很阴凉。余美茫然地站着，望着远处的天空，烈日当头，天空也蓝得格外透彻，覆在头顶，触手可及。

"你看过电影《追捕》吗？"陆肖忽然问道。

余美听过这部老电影的名字，但是并未看过，略一迟疑，摇了摇头。

陆肖似乎并不意外，嘴角上浮出一抹浅浅的笑意："这个电影很有意思，有空的话你可以看看。我最喜欢的一幕是杜丘在天台上，坏人站在那里告诉他，天空很蓝，你只要往前走就可以融化在蓝天里。那个场景和现在一模一样。"

余美觉得陆肖的话有点莫名其妙，望着远处的蓝天又望了望陆肖，开玩笑地问道："你想让我往前走？"

陆肖笑着说："我就算想让你往前走,你也不会听我的话,电影里面的杜丘吃了药,丧失了自己的意识。你又没有吃药,怎么会听我的?"

余美觉得这番话有些古怪:"怎么会有这种药?"

"电影里面有,相信现实中也应该会有。"陆肖狡猾地一笑,"更何况你有天然的药,可以让男人为你神魂颠倒,听从你的命令。"

余美仿佛听到天方夜谭,自嘲地笑道:"我要真有这个能力的话,就会让世上所有人都好好听我唱歌。"

陆肖望着她的眼神很玩味:"就只是想让他们听你唱歌?"

余美反问道:"不然呢?"

陆肖笑道:"如果你拥有可以蛊惑人心的力量,不想做点什么别的事吗?"

"别的事?"余美茫然地望着陆肖,"什么别的事?"

"比如让别人为你做你想做又做不了的事,"陆肖带着开玩笑的口吻道,"为你赚钱,为你披荆斩棘,甚至为你犯罪。"

余美震惊地望着陆肖:"犯罪?"

陆肖久久地盯着她无辜的双眼笑了起来:"我开个玩笑罢了,只是想起了几本侦探小说里面的人物罢了。东野圭吾的《嫌疑人X的献身》是他的代表作,可是我最喜欢的却不是这本,我喜欢他的《白夜行》,不知道余小姐看过吗?"

余美"啊"了一声,摇了摇头:"没有看过。"

陆肖笑眯眯地说:"我向余小姐推荐这本书,你有空可以看一看,故事其实很简单,却又很不简单。里面的人物很有意思。女主角叫唐宫雪穗,是一个十分有魅力的女性。"

余美问道:"你很喜欢唐宫雪穗?"

陆肖嘴边的笑意更浓:"我对她很有兴趣。"

余美想起上次陆肖和她尬聊的内容,随口说道:"《白夜行》我没看过,但是白夜的书很好看。"

陆肖饶有兴致地问余美:"你最喜欢白夜的哪本?"

余美说出了正在看的书名:"《恶魔的救赎》。"

陆肖若有所思地点点头:"原来是这本正在连载的书,你觉得贺滋林是不是罪犯?"贺滋林是该书里面的一个重要角色,不仅帅气多金,而且温柔体贴,最重要的是他是一名侦探。

余美惊讶万分:"他怎么可能是罪犯?"

陆肖笑着说:"你不相信?我们可以打个赌,贺滋林如果不是罪犯的话,我答应你一件事。"

余美听着这个公平合理的赌约却隐隐觉得有些不安,可又说不出哪里不安,她摇了摇头说:"我不喜欢打赌,还是算了吧。"

陆肖的手插进了口袋里面,取出了一方雪白的手帕在指尖轻轻擦拭没有说话,他似乎对余美不肯打赌很失望,他不说话的时候,五官显得冷硬,带着几分漠然的气质。

余美觉得有些不自在,正准备离开,陆肖忽而问道:"对了,我这边有个综艺节目,你有兴趣参加当节目嘉宾吗?"

余美一听到综艺节目就头疼,头摇得跟拨浪鼓一样:"不去,我不去!"

陆肖奇怪地看着余美:"为什么?这可是个很好的机会。"

余美难以启齿，只是坚决重复："反正我不去！"

陆肖见余美如此，兴趣更浓："你不是想红吗？参加综艺节目很容易红的，这个节目叫《谁才是侦探》，是个比较有趣的节目。"

余美听到节目名字的时候，眼睛里闪过一道亮光，她听说过这个综艺节目，虽然是网综但是极火，参加过这个节目的明星都提升了不少人气。这无疑是她陷入低谷的人生里的一道希望之光，可是……

陆肖见余美心动，又问道："难道是担心经纪人不让你上？还是你公司不允许？"

余美摇摇头，露出一丝尴尬的笑容："我没有经纪人，也没有公司了。"

陆肖很意外，问道："为什么？发生了什么事情？"

余美不想和陆肖多说，只是问陆肖："那个节目录制的时间大概是多久？"

陆肖眨了眨眼："这个节目考验智商，基本录制六个小时就可以了。"

余美心中燃起一线希望："那是什么时候录制呢？白天可以录制完吗？"

陆肖点点头："一般来说没问题。"

余美再次确认时间："真的可以吗？晚上下班之前录完没问题吧？"

陆肖想了想，说道："如果有突发事件，可能会拖到晚一点，大概六七点吧。"

余美心里盘算了片刻，如果真的如同陆肖所说，她完全可以参加这个节目，毕竟录到晚上六七点的几率不大。她对陆肖说:"如果是这样的话,我可以去试试。"

陆肖笑了笑说:"好的,那我这边帮你联系。"

余美很兴奋,不论怎么说,陆肖给了她新的机会和希望,令她对他的那几分敌意烟消云散,至少他一直为她提供更多的机会。她郑重其事地向陆肖道谢:"谢谢你。"

陆肖紧盯着余美,她的脸上绽放着纯美的笑容,真挚而美好,他忽而想起了夏日里开放的栀子花,洁白芬芳,那是他最喜欢的花朵。

他有一瞬间回不了神,凝视着余美的脸,莫名地有一种奇妙的感觉,这是他这么多年的人生里第一次有的微妙感受,他说不准这是一种什么样的感觉,又会带来什么后果。此时此刻,他只想静静地看着面前少女脸上天真无邪的笑容。

陆肖不记得后面和余美说了什么,只记得聊得很愉快,余美对他的戒心降低了许多,说了许多话。可是他总觉得有些恍惚,细细想起来每句话都记得,但是每句话的意义他辨别不出来。

他看着余美再次回到录音棚,一改之前的状态,将那首歌唱得极好。宋摇很满意,表示要将她唱的歌拿去试投电视剧插曲。余美很高兴,笑得像花一样,连声说要请他们吃饭。

宋摇看了看陆肖,对余美笑了笑说:"等你的歌被选中了再说吧。"而后很识趣地先离开了。

余美见宋摇不肯,看了一眼陆肖,想起了那日她请他吃饭却半路逃跑的事,讪讪地不知道该怎么开口。倒是陆肖很大方地对她眨眨眼问道:"我有这个荣幸和你一起吃午饭吗?"

余美很不好意思地答应了,心里又隐约地有些不安,不知道单独和陆肖吃饭会怎么样。

3.

余美本想请陆肖吃自己喜欢的东西,可是不论是小龙虾还是香辣蟹,陆肖似乎兴趣都不大,他径自开着车带着余美去了映月湖旁边的一间饭店。

那饭店和别处的饭店不同,掩映在一片茂密的竹林当中,白墙灰瓦,青石板路。正门是一个圆形拱门,步入其中乃是一个大的院落,院子绿荫青葱,花繁叶茂,当中有不大的人工湖,湖中红白两色新莲绽放,一片片莲叶覆盖其上,莲下不时有红色锦鲤游弋而过。

地面上铺的是鹅卵石,陆肖轻车熟路引着余美沿着小径走到一旁的房屋当中,房屋里古色古香,摆设并不多却优雅古朴,若干轻纱隔断将大厅隔成一个个小间,供客人使用。

陆肖和余美坐在了其中一个隔断间中,余美并未被这里面的幽静古朴所吸引,她的心七上八下一直在揣测,在这里吃一顿饭要多少钱?

她囊中羞涩,看着这个环境恐怕随便几个菜就要吃掉她一个月的薪水吧?她偷偷看了一眼陆肖,他将做工考究的菜单推到余美面前,让余美点菜。

余美翻看着菜单,手心里冒出了汗,她果然还是太年轻了,这价格比她想象的还高!

陆肖笑着在一旁说:"这里面的东西比外面略贵些,但是菜的原料和品质远比其他店的好。"

余美尴尬地一笑,将菜单推给他:"我不知道吃什么,还是你点吧。"

陆肖深深地看了她一眼:"那我就按照我喜欢的来点

了。"说完,他合上了菜谱,熟稔地点了七八道菜。余美每听到一个菜名,就忍不住联想菜的价格,心里一阵肉痛。

陆肖看着她的模样问道:"你不喜欢这些菜吗?你喜欢吃什么呢?菜单上没有没关系,他们可以另外做的。"

余美急忙摇头:"我都喜欢吃的。"

陆肖含笑看着她:"那就好,我怕我点的东西你不喜欢。"

很快,菜肴上桌,每一道菜肴都像精雕细琢的艺术品,叫人不忍下箸。余美惊叹不已,忍不住拿出手机将菜肴一一拍下。陆肖任由她拍照,只是静静地望着她,眼神复杂。

这顿饭足足吃了一个小时,两人聊得很愉快,愉快到余美忘记要买单这件事。直到服务员将账单送来,她看了一眼上面的价格,惊愕到心跳都快停了,还未等她想到该怎么支付时,陆肖已经拿出了自己的手机支付了款项。

余美的脸涨红了,结结巴巴地说:"说好是我请客的。"

陆肖笑着说:"男人只有一种情况会让女人买单。"

余美不解地望着他:"什么?"

陆肖俯下身子在她耳畔轻声说:"只有这个女人是他老婆,管着他的钱包,才会让她买单。"

他贴得很近,喷出来的热气吹在她耳朵上,她的脸瞬间被这股气流吹出一抹红晕。她急急忙忙扭过头去,却发现不远处的隔断间里面有一个戴着鸭舌帽、穿着很严实的男人一直盯着她。男人发觉她发现了自己,不慌不忙地收回了视线,扭过头望向窗外。

陆肖发现余美有点不对劲,顺着她的视线望过去,却见男子大大方方地站起来结账,而后大摇大摆地当着两人的面离开了。

余美脸色骤然一色,陆肖忙问道:"怎么了?"

余美哆嗦着嘴唇说:"那个人……那个人……他跟踪过我!"

陆肖惊讶万分,二话不说跟着追了出去,那男子却如同烟一般消失得无影无踪。陆肖追了半天毫无成果,又急忙返回,见到余美依然安然无恙地站在吧台旁,方才松了口气:"走吧,我送你回去。"

回去的路上,陆肖仔细询问了余美那个跟踪狂的事,余美将发生的事告诉了陆肖,然而陆肖追问细节时,余美又说不清楚,她心烦意乱,深感恐惧。

陆肖见她如此,也不再追问,只是将她平安送到家门口。为了防止有意外,陆肖在余美家中仔细检查了一番,而后才让余美进去。

余美情绪渐渐平静,对陆肖道谢:"谢谢你。"

陆肖很严肃地叮嘱余美:"如果那个跟踪狂再出现,你就给我打电话。"说着,他拿过余美的手机,将自己的手机号码设置为紧急拨号,"你按'1'就会接通我的电话。"

余美见陆肖如此郑重,也再三认真保证,陆肖这才亲自将她的房门关上。

4.

余美靠在沙发上一个字都看不进去,满脑子都是今天发生的事还有陆肖。

陆肖长得并不难看,五官凌厉分明,和俞沐辰是不一样的风格,他更偏向冷硬的感觉,如果说俞沐辰是一首民谣,那陆肖就是摇滚，而且是死亡摇滚，让人无法忽视。

可是这样一个男人为什么会对她这么好？余美不相信这世上有掉馅饼的好事，可是她现在也不得不怀疑美女是不是有这样的特权，很明显陆肖看她的眼神有时分明和俞沐辰一样。

她的心怦怦直跳，这是前所未有的体验，她很确定自己对俞沐辰的感情，可是陆肖的横空出现让她有种说不明的感觉，有些害怕，有些高兴又有些烦恼，多种情绪混合让她陷入了纠结。

她打开手机翻出俞沐辰的微信，正想要联系他时，门铃再次响起。余美走到门边刚想开门，又想起了陆肖的警告，她透过猫眼往门外看去，只见俞沐辰站在门外。

俞沐辰看起来很颓废，穿着一件米白色的旧T恤和一条卡其色长裤，下颌处泛起了青色的胡楂。余美大惊失色，连声问道："你怎么了？"

俞沐辰一言不发张开双臂将她箍进怀中，他的力道极大，勒得余美喘不过气来。

"对不起，我还是做不到。"俞沐辰的下巴抵在她的肩膀上，喃喃轻语，"这几天我度秒如年，我以为可以坚持得更久一点，可是我……"

余美听得莫名其妙，不知道俞沐辰在说什么，就在她打算问个明白时，俞沐辰忽然身子一软倒在了地上。余美吓了一大跳，只见面前站着一名男子，那男子手中举着一根木棒，戴着一顶帽子，分明就是中午吃饭时遇见的那个跟踪狂。

余美无法控制地尖叫起来，她害怕极了，男子上前一步捂住了她的嘴，将她抵在门上。余美恐惧至极，男子距离她很近，没有说话，两只眼睛牢牢盯着她，像是秃鹫盯着猎物，又有些怪异。

他伸出手缓缓地摸过她脸颊上的每一寸皮肤,粗糙的手指掠过她细嫩的脸庞,像是粗糙的砂纸滑过肌肤,让余美浑身起了鸡皮疙瘩。他的动作很缓慢,像是在品味什么一样,余美觉得恶心至极,闭上了眼睛。

就在余美努力在脑子里搜索该怎么办时,忽而感到压在身体上的力道一松,紧接着听到奔跑的声音。她急忙睁开眼一看——陆肖出现在了楼道的一头,拼命地跑过来。

男子发现了陆肖,立即松开余美跑了,他跑的速度非常快,很快就消失在楼道里。陆肖正打算追时,扭头一看受惊过度的余美蹲在地上不住地呼唤俞沐辰的名字。

陆肖咬咬牙,放弃了继续追男子,返回到余美身旁,帮着她将俞沐辰抱进了屋子里。

5.

余美受惊过度,说什么都不让陆肖离开,她像一只受尽委屈的小猫团在沙发里瑟瑟发抖。陆肖给她倒了杯热水,她的手不住地颤抖,连杯子都握不紧。

陆肖叹了口气,安慰她道:"没事的,俞沐辰不会有事,他一会儿就会醒过来的,我在这里,那个疯子也不会再出现的。"

然而这些话并没有什么用,她歇斯底里地喊道:"我看到他了!他就在这里!"一边语无伦次地喊,一边泪如雨下。

陆肖抓住了她的手腕,将她揽入怀中,柔声安慰道:"别怕,别怕,我在这里。"

陆肖的动作坚定而温暖,声音也如同催眠曲般温柔,余美渐渐平静下来，等她回过神来时，发现自己靠在了陆肖的怀中，她能听到他的心跳，闻到他身上淡淡的气味，不是香水的味道也不是烟草的味道，就在她还没想出来这到底是什么味道时，却发现陆肖有些异样。

她透过陆肖的胳膊缝隙，看到了躺在对面沙发上的俞沐辰睁开了眼睛，他一动不动地望着他们两人，面如死灰。

6.
余美急忙推开陆肖，她完全不知道该怎么解释这一切。俞沐辰却缓缓站起来，垂下了双眸，丢下一句"打扰了"，就往门外走，声音里满是落寞和寂寥。

余美急忙跳起来，不顾一切拦住俞沐辰，焦急地说："不是这样的！不是你看到的那样！"

俞沐辰没有说话，只是继续往前走，余美更加焦急，拉住了他的胳膊急切地将前因后果说给他听。俞沐辰满脑子都是余美靠在陆肖胸口的样子，一个字都听不进去。

就在俞沐辰拧动门把手的时候，陆肖突然说道："你要走就快点走，别在这里磨磨蹭蹭的。"

俞沐辰怒火中烧，这个该死的男人，自从他出现后一切都变了。他扭头冲到陆肖面前，二话不说抡起拳头砸向陆肖，可一拳打出却砸在了软绵绵的沙发上。陆肖身手很敏捷，他飞快地避开了俞沐辰的攻击，跳起来狠狠给了俞沐辰一拳。俞沐辰的肚子吃痛，整个人不受控地往后一仰，重重摔在沙发上。

余美万万没想到两个人会打起来，惊得不知道该怎么办才好，拦在两人当中坚决不肯让陆肖再动手。

陆肖不屑地俯视俞沐辰，冷冷说道："最愚蠢的就是你这种人，什么都不明白，却总是在坏事。"

俞沐辰恼羞成怒："是啊，我没你这种人聪明，打着实现梦想的旗号到处骗人！"

陆肖冷笑着说："你保护不了自己的女人不说，连对自己喜欢的人一点信任都没有，还有脸在这里说我骗人？如果她离开了你，那也是你自己的责任，是你把她往别人怀里推的！"

说完这句话，陆肖的手机响了。他拿起手机接通了电话，听完电话那头的话，他低声说："知道了，我这就来。"说着他挂断电话。离开之前，他又看了看余美和俞沐辰，想说的话又咽了回去，就这么离开了。

7.

余美跪坐在俞沐辰面前，俞沐辰坐在地毯上，身体靠在沙发上，他的身上很疼，陆肖下手并不轻，而之前挨的那一棍，后脑勺依然感到隐隐作痛。

余美不知该怎么办才好，像只小猫一样凑在俞沐辰面前，伸出手摸了摸他挨揍的地方，像哄孩子一般温柔，小心翼翼地问道："痛吗？"

俞沐辰看她这么紧张的模样，忽而心头一软，满腹的怨气都烟消云散，他摇了摇头："不痛了。"

余美松了口气，问俞沐辰："你要喝水吗？我给你倒水。"

俞沐辰摇摇头，低声道："对不起。"

余美愣了愣："什么？"

"我不应该不相信你，那个浑蛋说得对，我应该相信你的话。"俞沐辰抬起双眸望着她，眼里满是愧疚，"我没有保护好你，还不相信你，你刚才吓坏了吧？"

紧绷的神经在这一秒松懈，大颗大颗的眼泪抑制不住地涌出，余美从来没觉得自己有这么委屈。

俞沐辰被她哭得心软成了棉花糖，抬起手擦拭她脸上的眼泪，一边语无伦次地道歉："都是我不好。"

余美的眼泪越来越多，俞沐辰四下望去没看到纸巾，他径自将余美的头纳入怀中，任她的眼泪浸透自己的衣裳。余美被他这个荒唐的动作逗笑了，俞沐辰见她笑了，终于如释重负，他轻轻将她抱在怀中说："你要是一直这样多好，有什么都说出来。"

余美听得莫名其妙："我怎么了？"

俞沐辰没有说话，余美想起他今天突然跑来说的那半截莫名其妙的话："你今天来要和我说什么？"

俞沐辰咬了咬嘴唇，摇了摇头："没什么。"

余美却越发觉得不对劲，死活追问，俞沐辰这才讪讪地说："我是来认输的。"

"认输？"余美蒙了。

"你让我离你远远的，我努力坚持了几天，可我发现我坚持不下去，这几天我每一刻都过得非常煎熬。"俞沐辰紧紧攥着她的手，"就像歌里面唱的一样，你是我的空气，离开你我真的活不下去。"

余美的心里打了个激灵，迟疑地问道："我是哪天让你离开我的？是我录节目的那天晚上吗？"

俞沐辰毫不犹豫地答道："是的，你那天心情非常差，看我的眼神像陌生人一样，一直让我离你远点……是我不好，不该让你去录那个节目，我都听说了，那个主持人故意为难你……"

余美的头嗡嗡作响,白珂对俞沐辰说出这样的话,她到底想干什么?这不只是白珂的身体,也是她的!

俞沐辰察觉余美的神色不好,忙问道:"怎么了?是不是我不该说那天晚上的事?"

余美勉强挤出了一抹笑容:"没关系,那天晚上是我太失态了,因为心情太差,实在对不起。"她搂着俞沐辰的脖子,仔细望着他的双眸,"你听好,要相信白天的我说的所有的话,如果是晚上的我说的话,你不要相信。"

俞沐辰听得稀里糊涂:"什么?"

余美温柔地伸手捂住了他的嘴唇,将他的话堵了回去,凝望着他的双眸说:"你不是一直奇怪我为什么不能晚上加班,不能见你吗?因为白天和晚上是两个我,晚上的我脾气很古怪,会伤害到你。"

俞沐辰想了想问道:"你的意思是你有双重人格?"

余美心头一喜,她倒是从未想过这样的解释,忙点头说:"是的,我有双重人格,这是我的秘密,也是我不能见你的原因。"

俞沐辰一把抱住余美,恨不得将她举起来,满心的不安全部消失,他一直都忘不了那天晚上余美看他的眼神和所作所为,每每想起都心中绞痛,如今知道了她并不是这么想的,顿时开心得什么问题都忘记了。

快到六点的时候,余美赶紧把俞沐辰打发走了,俞沐辰虽然百般不舍,但还是听话地离去。俞沐辰离开后,余美内心的愤懑并未消散,她愤怒地给白珂留言,质问白珂怎么敢这样对待俞沐辰,凭什么要干涉她的生活!

她写了一整页的话，却远远无法表达她内心的愤怒，可惜时间不足，她只能含恨闭上眼睛。

原以为白珂会对她道歉，可惜第二天清早她只看到白珂的寥寥数语，毫无歉意。白珂只写了两句话：身体是你的也是我的。管好你的人，晚上的我不会为白天的你负责。

余美气得肺都快炸了，除了狠狠打自己几下，毫无办法，这是她的选择，也是她变美丽的代价。

余美的不快很快被兴奋所代替，陆肖通知她去录节目。她很清楚，这次是她最后的机会，去之前仔仔细细地化好妆，斟酌再三选择了一套比较正式的礼服。

陆肖亲自来接她，看见余美的样子皱了皱眉头，说："衣服换掉，妆也卸掉。"

余美愣了："很难看吗？"

陆肖摇了摇头："不，很好看，非常漂亮，但问题就是太好看了。"

余美更加惊愕："为什么？"

陆肖望着余美两只漂亮无辜的大眼睛，耐心地解释："太漂亮了会抢了其他人的风头，你是新人，不能风头太过，会让其他人感觉不愉快，明白了吗？"

余美如同醍醐灌顶，陡然明白了那天为何林月那么针对自己，原因就是自己抢了她的风头。余美苦笑一声，自己真是天真得可怜。

"谢谢你的提醒，我……我不知道。"说完，她立马回家卸掉妆容换掉衣裳。

陆肖望着余美的背影，心里有一种说不出的复杂情绪。她真是天真得让人意外。

8.

节目录制格外顺利,余美的天真为节目增添了许多喜剧效果,编导很满意。

五点过后,节目顺利完成了录制,余美松了一口气,她客气地向工作人员告别,准备搭车回去,却意外地发现陆肖站在出口等她。

"你怎么在这里?"余美意外地问道。

"你应该问我怎么还在这里。"陆肖笑了笑说。

"你一直没有走?"余美惊讶地问。

陆肖点点头:"真聪明,我没有离开过。"

余美更加惊讶:"你在这里有什么事吗?"

陆肖露出一抹笑意:"对,有事。"他顿了顿,望着她的眼神更专注,"我的事情就是看你。"

余美听着这么露骨的话,顿时脸上一红,有些手足无措起来。陆肖见她如此,笑着说:"我知道你有男朋友,你不用担心,我不会对你怎么样的。"

余美面红耳赤,不住地将耳边垂落下的鬓发勾到耳后,支支吾吾地说不出话来。陆肖望着她笑了笑:"走吧,我送你回去。"

余美忙说:"我自己回去。"

陆肖挑了挑眉头说:"这里很偏僻,很难坐到车。网约车都不愿意过来,公交车的话需要走3公里才有,你确定要自己走吗?"

余美看了看时间,已经快要五点半了,她必须快点回去。她望着陆肖那张真诚的脸,想了想他也未曾害过自己,便对他说:"麻烦你了。"

陆肖笑着拍了拍车子说:"这是我车子的荣幸。"

9.

录节目的地方偏僻,虽然天色尚早,可是往城中去的时候,路上的车子渐渐多了起来,越靠近城区,车子越多。余美看着车窗外渐渐拥堵的道路,心里开始发慌。

陆肖见她焦灼不安,对她说:"堵车是现在城市的通病,不管哪座城市,一到高峰期都会堵。"

余美挤出一丝笑容,不住地看着时间,手机上面的时间不断地往前跳。陆肖见状又问:"你有事吗?"

余美摇了摇头,陆肖奇怪地说:"既然没有事,你何必这么着急?"

"我不喜欢堵车。"余美硬邦邦地蹦出几个字。

陆肖轻笑一声:"没有谁喜欢堵车,但是这既然是不可避免的,那就只能享受。"

"享受?"余美惊异地望着他,"堵车怎么享受?"

"堵车当然不能享受,可是你可以享受堵车这段时间。"陆肖说,"其实现代人很忙碌,没什么太多时间休息放松,所以在堵车的时候也可以放松一下,听听喜欢的歌曲,发发呆也好。"说着,陆肖放了一首歌曲。

余美没有说话,此时此刻,每分每秒对她来说都是煎熬,哪有心思听歌。她两眼空洞地望着车外,想着要不要下车。可是这里离自己家还那么远,肯定走不了几步就要超过六点。

天空的颜色渐渐从浅蓝色变成了鸦青色,云层如薄丝绸铺在天幕上,将太阳层层盖在后面,只露出妖异的蓝色和橘色光芒。

余美看了看手机，时间已经彻底来不及了，她咬咬牙对陆肖说："那个，如果一会儿我有什么不一样，你不要觉得奇怪。"

"什么？"陆肖有些莫名其妙。

"我有双重人格，每天晚上的时候会变成另外的样子，如果我一会儿不认识你，你不要觉得奇怪。"余美飞快地说道。

陆肖惊讶万分："双重人格？"

"对。"余美不想多做解释，她看着手机上的时间变成了18:00，靠在了椅背上，缓缓闭上了眼睛。

陆肖扭头望向余美，只见她安静地靠在椅背上，在夕阳的光照下像一具美丽又略有些诡异的雕塑。

他不知道余美的话是什么意思。

"你的意思是你像《致命ID》里面演的一样，拥有多重人格？"

"余美"半晌没有说话，而后片刻缓缓答道："是的。"

陆肖来了兴趣："你是怎么知道你有多重人格的？你的另外一个人格是什么？你和另外一个人格有什么区别？你和那个人格谁是主人格？"

白珂扭过头望了望陆肖："我不是专家，我不知道这些。我唯一知道的是，另外一个人格比较疯狂。"

"疯狂？"陆肖更加兴致盎然，"你怎么知道她很疯狂？"

"不断地做出让我感到困扰的事，当然是疯狂。"白珂的声音很平静。

"什么样的事是疯狂的事？"陆肖继续追问，"会给你带来什么困扰？"

　　白珂笑了笑没有回答，只是转头望向车窗外，华灯初上，行人来往如织，商场上的大屏幕上面不断闪烁播放着广告，上面显示的时间为18:02。

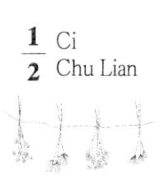

$\frac{1}{2}$ Ci
Chu Lian

六

她忍不住问俞沐辰:"如果我不漂亮了呢?"

俞沐辰笑了起来:"你在我心里一直都是最漂亮的。"

"如果我长得真的很丑,你还会喜欢我吗?"余美急迫地问道。

1.

余美做了个美梦,在梦里她成了炙手可热的明星,所有人都为她的歌声疯狂。她站在光芒四射的舞台上,所有人都在呼喊她的名字。

就在她到达幸福的最顶端的时候,她忽然看见自己的父亲和母亲冲上了舞台,父亲抓住她的胳膊指着她的脸大骂:"你这个骗子,你根本不长这样!你这个丑八怪!"

余美吓得拼命挣扎,她不住地喊道:"我不认识你!你快走!"

母亲却在一旁说:"你就是我们的女儿,你不用装了,我们知道!"

余美拼命地摇头否认:"不,不,不,我不是余美丽,你们认错人了!"

父亲喊道:"看,我就知道你是余美丽!不然你怎么能说出我们的女儿叫余美丽?"

余美惊恐万分,她拼命地向四周呼救,可是所有人的眼神都是冷冰冰的。她在人群里看见了俞沐辰,大声呼喊他的名字,可是他却拿出了一张她的旧照片冷冷地说:"原来你长得这么丑,你这个骗子。"

余美看着他手中的照片,照片里面的她笑起来一脸狰狞,宛如一个怪物。她拼命扑向他,扯过照片用力撕碎。

俞沐辰冷冷地说:"没用的,你撕不完的,我还有许多。"说着,他扬起了手,几百张照片在他的手里飞扬。他用力一挥,照片飞向了人群,所有人都争相传看她的照片。

"真丑啊。"

"怪物都不会长得这么难看吧!"

"这么丑也想当明星?"

"骗子!明明这么丑,还骗我们是美女!"

四周的声音从窃窃私语变得越来越大,愤慨的人群将双手伸向了她。

"骗子!骗子!"

有人拿出了一面巨大的镜子放在她面前,镜子里面的她还是和从前一模一样。

余美恐惧万分,就在她惊呼之时,忽而惊醒过来。她像一只受惊的兔子猛然从床上跳了起来,疯狂地向镜子跑去,她抱着镜子仔仔细细看了半天,方才确认自己并未变回从前的样子。

她紧紧地抱着镜子,心里暗自下定决心,一定不能让爸爸妈妈知道她是谁。她打开手机翻出联系人,找到妈妈的电话想要设置为黑名单,可是确定这个键却重若千钧,她按不下去。

自从上次她打电话给妈妈后,妈妈经常打电话过来。她不接,妈妈就给她的手机发短信。妈妈问她好不好,人在哪里,在做些什么,还问她钱够不够花,要给她打钱过来。

她没有回过任何一条信息,也没有删除这些信息,偶尔心情不好,也会将那些信息一遍遍反复地看。

她将每一条信息又看了一遍,尽管每条信息的内容她都可以倒背如流了,可她还是从头到尾仔细看了一遍,而后一条条地删除。删完了所有短信后,她狠狠心,将妈妈的手机号码拉入了黑名单。

2.

一连数日,余美像丢了魂一样食不知味,对一切都丧失了兴趣。为了能够更好地陪她,俞沐辰特意将工作的时间调整到晚上。可是余美却魂不守舍,连看电影时都在发呆。

俞沐辰很纳闷:"小美,你到底怎么了?有什么心事吗?"

余美手中拿着快化掉的冰激凌,她又望了一眼手机,问了俞沐辰一个问题:"今天周几?"

"今天周五。"俞沐辰无奈地答道,"你到底怎么了?"

余美没有回答,不停地刷新着手机网页。俞沐辰的眉心微皱，拿过她手中的手机有些生气地说道："不许再看手机了，你今天从出门到现在一直在看手机，到底有什么重要的事？"

余美嘀咕道："《谁才是侦探》应该是今天播吧？"

俞沐辰深感奇怪："你说什么？《谁才是侦探》是今天播，你喜欢这个节目？"

余美点了点头："喜欢。"

俞沐辰挠挠头，没想到余美会新添了这个爱好："那一会儿我们回家看，先去吃火锅。"

余美却摇头说："我不吃了，吃太多会胖。"

俞沐辰笑眯眯地说："你这么瘦，我还打算把你养胖一点呢。"

余美却坚决不肯："不行，那样的话上镜会很难看。"

俞沐辰微微一愣，很久没听到余美说要当歌手的事了，以为她已经打算放弃了，可没想到她还是如此在意。他不想打击她的热情，笑着说："那不去吃火锅，去吃沙拉好不好？我知道有一家沙拉很好吃热量也低。"

余美犹豫了片刻还是拒绝了："算了，我还是不吃了吧。"

俞沐辰变着法子哄她："你陪我去吧，我想吃。"

余美勉为其难地同意了，陪着俞沐辰一起去往沙拉店。沙拉店位于繁华的商业街，是本市最为潮流的地方，商业街的两旁都是当下最为流行的潮流品牌和奢侈品店铺。虽然今天是工作日，但是街上的人依然很多，大多是年轻人，他们各有风格，或嘻哈，或优雅，或哥特，或是二次元，在街头穿梭。

余美一边走一边新奇地看着路人的穿搭，忽而人群里出现了一名中年妇女，那名中年妇女穿着打扮十分朴素，在时尚的街头显得格外扎眼。她的手里拿着一沓厚厚的传单，一边走一边耐心地向路过的人推销。可是来往的路人都没什么兴趣，只是匆匆忙忙地离开。

余美的身体顿时僵住，她的眼睛像被烫伤一样飞快地掠过了中年妇女，落到一旁跳跳虎的人偶身上。她偏过头，拉紧俞沐辰的胳膊，逃也似的飞奔。

俞沐辰一脸莫名其妙，问道："小美，怎么了？"

余美不说话，拉着俞沐辰一个劲地往前飞奔，直到跑到街头拐角处看不见这边后，方才停下。

俞沐辰忽然紧张起来，将余美搂在怀中，紧张兮兮地向四处看，一边问余美："你是不是又看见那个跟踪狂了？"

余美没有说话，她失去了力气靠在俞沐辰的怀中。俞沐辰更加紧张："你在哪里看到的？我们去报警！"

余美闷声说："我什么都没看见。"

俞沐辰愣了："那你怎么了？是不是不舒服？"

余美挤出一抹笑容："我没事，就是……"

"怎么了？"俞沐辰抓着她的手，他的眼里满是关切之情。余美在他的双眸里看见了自己，只有她自己。她忽而有一股冲动，想告诉他那边发传单的女人是她的妈妈。

可是话到嘴边又想起了那个梦，她害怕极了，害怕俞沐辰用那样陌生冰冷的眼神看她，她怕他骂她是骗子，她害怕极了，她不能失去他。

她收拾好心情，对俞沐辰笑着说："你不是想吃沙拉吗？我们去吃沙拉。"

俞沐辰看着她灿烂的笑脸仿佛雨过天晴，突然感到有些糊涂。不过只要她高兴就好，他高高兴兴地点头说："好，我们走。"说着就拉着余美往回走。

余美愣了愣:"为什么回去?"

"沙拉店在那里啊。"俞沐辰指着那边一间装修可爱的店铺说。

余美看了看店铺,又目测了下妈妈所在的位置,应该是不会碰上。她深吸一口气,挽着俞沐辰的胳膊,露出一个最阳光甜美的笑容:"走。"

沙拉店的位置并不远,余美却觉得走过去格外漫长,但她不想让俞沐辰怀疑,也不敢走得太快。她的眼睛完全不看向妈妈那边,只是一个劲地扭着头看向另一边的店铺,仿佛对这边所有的店铺都很感兴趣。

就在快要走到的时候,余美忽而听到一个熟悉的声音在身旁传来:"谢谢。"

只有两个字,却像是定身咒一样将余美定住,她不由自主地扭过头一看,只见俞沐辰的手中拿着一张传单,他身旁站着的一脸憨笑感激的中年妇女,正是自己妈妈。

余美的心像被什么狠狠拧了一下,她呆呆地望着三年未见的妈妈,妈妈老了很多,不过五十岁的人,额头上却爬满了皱纹,头发已经花白,为了掩饰白发,她染了颜色,可是时间太久,染的颜色褪色,头发上露出了斑驳的白色,显得更加苍老。

妈妈的眼睛也变得浑浊,只是脸上依然带着笑容,那笑容她长年挂在脸上,像是固定在脸上的。余美小时候最喜欢妈妈的笑容,每次看到都会觉得很安心,可是今天她骤然发现妈妈的嘴角边满是皱纹,笑容僵硬而无奈。

"谢谢你小伙子。"余妈妈再次重复道,她也看到了余美,由衷地称赞道,"真是个漂亮的姑娘。"

俞沐辰很高兴，礼貌地道："谢谢。"正要拉着余美离开，却发现余美一动不动地望着中年妇人。

余妈妈亦和善地望着余美说了一句："姑娘你多大了？"

余美咬了咬嘴唇没有说话，俞沐辰在旁说："她十九岁。"

"我女儿也十九岁。"余妈妈脱口说道。

俞沐辰好奇地问道："你女儿呢？"

余妈妈摇了摇头，露出一抹凄凉的笑容："她不知道去哪里了。"

俞沐辰惊讶地问道："失踪了？"

余妈妈的眼圈泛红，依稀可见点点泪光："不知道跑到哪里去了，已经三年了，我到处都找不到人。前些天她打电话给我，我查了号码是这里的，就到这里来找她了。"

俞沐辰不知道说什么才能安慰她，想了半天说了一句："你有你女儿的照片之类的资料吗？我们可以帮你留意一下。"

余妈妈急忙点头："有，有！"说着就打开自己贴身的包，拿出一沓厚厚的照片。

余美的脑子嗡的一声就炸了，她急忙拉着俞沐辰就要走。俞沐辰却没动。

"等等，小美，我拍一下阿姨的照片，帮阿姨找找她女儿。"

余美坚决不肯让俞沐辰看照片，情急之下，她死命地扳过俞沐辰的头跺了跺脚撒娇道："我饿了。"

余美嘟着嘴，眉头微蹙，眼睛亮晶晶地望着他，像一只嗷嗷待哺的小兽。俞沐辰当即就没了脾气，好声好气地说：

"好，好，我们去吃饭。"

说着，俞沐辰牵着余美往沙拉店走。余美刚松了口气，就听到俞沐辰又说："阿姨，我这边先有点事，不好意思。一会儿如果你还在的话，我再帮你拍。"

余美的心再次提了起来，她不敢回头，只是竖着耳朵听。她听到妈妈失落的声音："好的，谢谢你，年轻人。"

3.
这顿饭余美吃得心不在焉，她一直偷偷留心街上的动静。她故意拖延时间，一粒一粒地数着玉米吃，饮料小口地啜，足足耗了一个小时才意犹未尽地结束了这顿饭。

俞沐辰虽然很着急，但是不想催促余美，只要看着她美丽的脸庞，所有的不快都会消失。他深切地明白了那些为了美人可以不要江山的帝王，只要能让这一张脸绽放笑容，他情愿付出一切，包括生命。

吃过饭后，俞沐辰走到街上却再也没有看到那位中年妇女，他本想寻觅一下，余美却拉着他赶紧离开："快点走吧，我要回去看《谁是大侦探》了。"

俞沐辰好脾气地应下："好，我的公主。"

余美晃了晃神："什么？"

"我说你是我的小公主。"俞沐辰拉过她的一只手贴到唇边吻了吻，"我要做你永远的卫士。"

余美抬头望着俞沐辰，他的眉眼如同被上帝吻过般完美无缺，透过额前的黑发，她看见他的眼神仿佛一罐甘甜的蜂蜜，将她浸泡其中。胸口仿佛有无数粉色泡沫涌动，她坐在那些粉色泡泡上飞上了天。

可是心底却始终有些隐忧,她忍不住问俞沐辰:"如果我不漂亮了呢?"

俞沐辰笑了起来:"你在我心里一直都是最漂亮的。"

"如果我长得真的很丑,你还会喜欢我吗?"余美急迫地问道。

俞沐辰愣了愣:"看来你很在意这个问题啊。"

余美愣了愣,俞沐辰深吸一口气说:"上次那个人也问过我这个问题。"

"那个人?"余美愣了愣,忽而明白过来,俞沐辰说的那个人是白珂,她的心顿时紧张起来。

俞沐辰伸手摸着她的脸颊,认真地说:"一个人的本质不是外貌,而是内在的灵魂,你的灵魂值得我爱。虽然我也承认外貌很重要,它甚至决定了两个人是否会相识,但是若两人在一起要长长久久,那必然是灵魂的契合。所以即便你老了,变丑了,我还是会爱你。"

眼泪在余美的眼中打转,她紧紧搂着俞沐辰的脖子泣不成声。俞沐辰没想到余美会哭成这样,忙抽出纸巾手忙脚乱地替她擦拭眼泪:"别哭,我会心疼的。"

余美靠在他的怀中破涕而笑:"我们回家。"

两人手牵着手撒了一街狗粮,才心满意足地回去。

他们并未发现在幽暗的街角,有一双眼睛一直盯着他们的一举一动。

4.

《谁是大侦探》的播出时间为晚上八点,余美不能第一时间看到最新的一期,只能不断地刷每一条最新一期的花絮和新闻，奇怪的是，所有的内容都和她参加录制的那一期不符。

她心里犯了嘀咕，莫非自己录的那一期还没播？她耐着性子翻看以前的节目，可是越看越觉得奇怪，这个节目虽然每期都有一个案子，可是都有一条主线剧情，每一期节目都会给一点线索让观众猜测谁才是真正的幕后大BOSS。可是她录的那一期好像完全没有，不仅如此，最新一期的嘉宾演员和放出的花絮也不完全一致。

俞沐辰边剥葡萄边往余美口中喂，忽而发现余美神情不对，奇怪地看了一眼电视，电视上一切如故，明星演员还在胡乱猜测谁是罪犯。

"怎么了？"

余美拧紧眉头问了俞沐辰一个问题："这个节目是不是有两个版本？"

俞沐辰摇了摇头："没有啊。"

余美不停地翻所有的节目清单，脸色越发凝重。俞沐辰见她如此，放下手中的葡萄连声问道："到底怎么了？"

余美这才吞吞吐吐将陆肖带她去录节目的事告诉了他。俞沐辰惊呆了："你是说你去录了这个节目？这怎么可能？这个节目根本不是在我们市里录的。"

余美呆了呆："那他带我录的是什么节目？"

俞沐辰掏出手机拨通电话："哥们，我上次让你帮我查的那个人，你查出结果了吗？"

几分钟后，俞沐辰挂断了电话，余美从沙发上跳了起来，急切地问道："到底怎么回事？他……他真是骗子吗？"

俞沐辰怕余美经受不住打击，缓缓地说："你别急……"

"到底是不是？"余美打断了他的话，急不可耐地问道。

"是。"俞沐辰点点头,"我朋友说问遍了所有欧皇旗下公司,没有一个叫陆肖的人。"

余美的脸色泛白,跌坐在沙发上,所有的希望都落了空,更让她脊骨发凉的是,为什么陆肖要大费周章地骗她?

余美没有答案,她想不出自己有什么值得陆肖这么骗?何况她总感觉他不像个骗子。

"会不会是弄错了?"

俞沐辰叹了口气说:"不可能,我就是怕出错,才一直等着我朋友打听清楚。"

"可是他到底要骗我什么?"余美问道,"我又没钱,又没名气。"

俞沐辰无奈地叹了口气,捧着她的脸忧心忡忡地说:"你最大的财富就是你自己啊,这世上有许多坏人惦记的根本不是钱,而是漂亮的女孩子。这个陆肖肯定心怀不轨,说不定那个什么跟踪狂也是他找来的,目的就是为了骗你相信他。"

俞沐辰说了很多恐怖的凶杀拐卖的故事,余美吓得面色苍白。

"小美,你一定要注意安全,这世上的坏人恶毒得超出你的想象。"俞沐辰忧心忡忡的模样仿佛一个老父亲看着自己心爱的小女儿。

余美抱着俞沐辰的一只胳膊像小猫般软软地蹭了蹭:"我会的。"

5.

虽然俞沐辰说了许多,余美心里始终有些不信,她不相信陆肖做这么多事是为了诱骗她,如果真是如此,他早就可以下手了,何必费这么多力气?

她越想越觉得可疑,想来想去,她还是拨通了陆肖的电话。电话那头很快传来陆肖愉快的声音:"想我了吗?"

余美气不打一处来:"陆肖,你想骗我到什么时候?"

陆肖笑嘻嘻地问:"小美,你在说什么?"

"还不承认?你根本不是欧皇的员工,你上次带我去录节目也是假的!"余美捏着手机的手微微颤抖,"你到底想干什么?"

电话那头沉默了片刻后,陆肖的声音再次传了过来:"我只是想满足你的心愿。"

"满足我的心愿?"余美气得发抖,"你根本就是个大骗子!"

陆肖没有反驳,任余美在电话里破口大骂了许久,等到她情绪平复后方才说:"我承认我的确骗了你,但我并不是坏人。我做这些事是有我的目的,不过并不是为了做坏事。"

听到陆肖亲口承认,余美最后一丝希望都破灭了:"你的目的是什么?难道真和那些网上的人一样,故意骗人,录下别人的反应,然后传到网上让大家嘲笑吗?陆肖,你拿我的梦想开玩笑,你太恶劣了!"眼泪在眼眶中打转,鼻子一酸眼泪滑了下来。

余美不想听陆肖解释,她伤透了心,既痛恨陆肖欺骗自己,又痛恨自己轻易上当。她真是可笑又愚蠢,这世上哪有那么多好事?真以为自己只要有美貌就可以横扫无敌。

泪眼婆娑之时,手机又收到了一条陆肖的短信:很抱歉欺骗了你,不过我的本意并非如此。你一定会成为一个光芒万丈的大明星的。

这些话在余美看来是个天大的讽刺，她再三忍耐才没把手机扔出去。她蜷缩在沙发上哭到脱力，一时间觉得心里空空荡荡，人生再也没有了希望。

6.

一连数日，余美就像个失去主心骨的游魂，每日蜷缩在家中，哪里也不去，什么都不想。俞沐辰绞尽脑汁哄她都没有用。

"小美，我新写了一首歌，你要不要唱？"俞沐辰问余美。

余美不感兴趣地继续在招聘网页上填写资料："算了，没必要浪费时间了，我这辈子是不可能红的。"

"你想放弃唱歌了吗？"俞沐辰拉过余美问道。

余美一边填写表格一边说："唱歌挣不到钱，我还是面对现实找份工作吧。"

俞沐辰紧紧攥着余美的手说："我问的是你要不要放弃唱歌，不是问你要不要工作。如果不能红，不能成为大明星，是不是就不再唱歌了？"

余美沉默许久没有回答，俞沐辰望着她的眼睛一字一句地问道："小美，你说过的，唱歌不是为了红，只是因为我们喜欢，想好好唱歌，仅此而已，你难道忘了吗？"

俞沐辰接着说："不要担心钱的问题，我养你。"说着，他从口袋里掏出一张卡递给她，"这是我的工资卡，密码是你的生日，你拿去用。小美，不要忘记你的初心。"

余美的眼泪在眼眶里打转，她什么也没说，只是走上前去抱住了俞沐辰，她余美只是一个丑八怪，一个住在躯壳里的怪物,何德何能,何其有幸,能有这样爱她的人。

俞沐辰摸着余美的头说:"我们今天中午吃香辣蟹吧,庆祝我们还能好好唱歌。"

余美摇头说:"不,不吃香辣蟹。"

俞沐辰很惊讶:"你不是一直很想去吃吗?"

余美笑着说:"今天我做饭给你吃,你还没吃过我做的饭呢。"

俞沐辰更加惊讶:"你会做饭?"

余美骄傲地说:"那当然,我很小就会做饭……"她把后半截话咽了回去,因为小时候她不招人喜欢,妈妈工作忙,如果她不会做饭,就可能会被饿死。

余美的手艺不算很好,四菜一汤做得清清爽爽,俞沐辰演技浮夸,像《中华小当家》里的食客一样各种夸赞余美做得好吃。

余美被他的表演逗得眉开眼笑,不好意思地说:"哪有那么好吃了。"

"真的好吃。"俞沐辰一本正经地说,"这道青椒肉丝是我吃过味道最特别的了。"

余美半信半疑地吃了一口,顿时脸红了,她把糖当成盐放了,这盘菜又甜又辣,她忙要撤盘子却被俞沐辰拦住了。

"这个菜炒坏了,"余美红着脸说,"我重新做。"

俞沐辰却笑道:"我真的觉得好吃。"他又夹了一口菜送入口中,"你为我做的菜,我吃的每一口都是甜的。"

虽然是土味情话,余美心里却甜滋滋的,她突然很希望时光停在此刻,希望能和俞沐辰携手共度余生,她做饭,他洗碗，他写歌，她唱歌，把每一个平淡的日子都过得有滋有味。

这原本就是她渴望的生活，因为有了其他的诱惑，让她的欲望膨胀，变得又大又不切实际。她暗想，这就是她要的生活，这样就足够了。

7.

余美从未生活得如此满足快乐过，每天去菜市场买菜，找工作，不断练歌，俞沐辰给她的银行卡她没有用，而是小心珍藏起来。生活几乎和从前一样拮据，可是她的心情却像夏天午后的冰红茶，又甜又凉。

直到那天下午，她打开电脑准备继续找工作，却发现她的照片铺天盖地地出现在了网站推荐的新闻里面。

她点开了新闻链接，险些呼吸停滞，新闻里面都是她在电视台录制节目时的片段，经过了巧妙的剪辑，她变成了一个恶意殴打主持人林月的疯子。

每篇新闻内容都大同小异，他们用不同的口吻嘲笑她，有的怀疑她精神病发作，或者是想红想疯了，更有人怀疑她根本是恶意炒作，大骂她品德低下。

她的头嗡嗡作响，一时间难以接受。她关掉了网页，可是又忍不住点开，她看到下面的评论，冷嘲热讽的话语字字扎心。

余美僵硬地坐在电脑前，头脑里面一片空白。直到俞沐辰的来电一再响起，她才对着电话那头哭出了声。

俞沐辰很焦急，一边在电话里安慰着她，一边往她家中赶。

俞沐辰赶到余美家中时，余美正在不停地挂断电话，新闻爆出后,她的电话就一直疯狂地响,大多都是陌生的电话,一开始她还接了几个电话,发现竟然都是八卦记者,追问她当天发生的事。

余美最怕提及那天的事,不断地挂断电话,如果不是怕俞沐辰联系不上自己,她早就关机了。

俞沐辰见余美一副失魂落魄的样子,心里一阵难受。

余美心里慌得要命。

俞沐辰连声安慰她:"没事,真的没事,网上八卦新闻特别多,你不是什么大明星,这种事很快就会被人忘记的。"

余美像一只慌张无措的兔子靠在俞沐辰的怀中,贪婪地汲取着他的体温,冷得发寒的身体才渐渐有了温度,这是她唯一的依靠。

8.

事情并没有像俞沐辰所想的那么好,余美"打人"的视频流传得越来越广,各种扒皮资料和谣言迅速在网上流传起来。

许多人声称曾经在不同的地方见过余美,绘声绘色地描绘她为了红做出的各种没有下限的事。人们都喜欢看着完美的人堕落,玷污原本的美好。

故事的版本之多,内容之细致,让余美都怀疑是不是自己真的做过这些事。网友们津津乐道,散播各类谣言,有人说她是个整容咖,全方位地将她的照片放大,一本正经地"科学分析"她的脸。

也有人说她曾经在夜总会里面做过,还有人说亲眼看见她为了上戏,去堵过著名导演的门,更有谣言说她是某些大老板的秘密情人之类。

谣言遍地，余美心惊肉跳，完全不敢再看网上任何信息，可是更令她崩溃的是她的表情包铺天盖地地出现了，极尽丑态。人们尽情地嘲讽她，甚至她的名字都成了疯子、虚荣的代名词。

余美焦虑不安，她索性关了手机，想到外面透透气，这样下去她觉得自己会疯。

她刚走到楼下，就听到有人喊她的名字："余美！"

余美本能地抬起了头飞快地扫了一眼，忽而从旁边跳出了一名形貌猥琐的男子，驼着背，穿着皱巴巴的黄色短袖，胡子拉碴，样貌丑陋，戴着一副黑框眼镜，冲到她面前不怀好意地问道："你是余美吧？"

余美吓得浑身僵硬，连声说："我不是，我不是！"

驼背男却咧出一口大黄牙说："别不承认了，我刚喊你的时候，你抬头了。"

余美吓得急忙往回跑，驼背男却紧随其后，一把抓住了她的胳膊："你别跑啊！我等了你这么多天了，你跑什么。"

余美连声呼救，突然从一旁跑出一名身材健硕的黑衣男子，对驼背男吼道："快松手！"

驼背男却不肯松手："凭什么？是我找到的人！"

黑衣男对着驼背男挥舞起拳头："就凭这个！"

驼背男和黑衣男公然为了谁能抢到余美吵了起来，仿佛她是一件猎物，谁想得到都可以轻易入手。

余美心惊肉跳，没想到会发生这种事，她趁着两人吵闹的时候狠狠踩了一脚驼背男的脚背，驼背男痛得尖叫一声，松开了拉扯余美的手。

余美趁机夺门而出，只刚跑到门外，黑衣男就追了上来。

余美慌不择路正要往小区外面奔,却见一大堆形迹可疑的人各自举着手机在这附近拍摄。

9.

余美觉得自己突然变成了森林中的一只猎物,四处都是陷阱,她无处可逃。就在她惊慌失措的时候,忽而听到有人喊道:"我已经报警了,如果你们在这里继续骚扰,就警察局见吧!"

余美愣了愣,那人竟然是她之前的经纪人李力!

李力果然有手段,很快就将那些围堵在小区附近的无赖混混全都赶走了,连同刚才两名嚣张跋扈的驼背男和黑衣男。

余美对李力感激涕零:"谢谢你。"

李力笑着点了根烟:"这些对我来说都是小事,不值一提。"

余美尴尬地笑了笑:"不论怎么说还是谢谢你。"

"别客气,我也明人不说暗话,今天我是特意来找你的。"李力说。

余美很惊讶,自李力上次在电话里狠狠骂了她后,至今从未联系过她,他找自己有什么事?

李力似乎猜出了她的心思,直接说出了自己的想法:"我想重新签你。"

余美呆了数秒:"为什么?"

李力倒很坦诚:"你现在红了。"

余美顿时脸色一白,李力笑了笑说:"别郁闷,再难听的名气也是名气,更何况你这是被人陷害的,完全可以洗白。"

余美惊讶万分："什么？"

余美的反应全都在李力的预计之中，他很有耐心地给她讲了一个匪夷所思的故事："之前你在电视台录的那个节目最近收视率下降，节目可能会被撤掉，林月就找了公关公司炒作了你们录的那期节目，目的很简单，除了想给你点教训，也是想炒热他们的节目。你没发现他们的节目最近关注度节节上升吗？"

余美的脸色发白，她不知道自己竟然成了别人的棋子。

李力笑了笑说："其实也没什么大不了的，反正借着这件事你也红了，我们也可以借着这些事继续炒，把你洗白。你不是喜欢唱歌吗？借着这股风很快就可以推出你的个人单曲了。"

余美摇摇头："我不想这样红。"

李力微微一笑，捏紧了烟："我见过很多像你这样的小姑娘，想要所谓的正当的红，熬了很多年都没有等到机会。现在想当明星的人太多了，一砖头拍下去十个人里面十个都想红。为了红，他们什么都敢干，如果不是林月想炒这件事，你不知道要等到哪年才有这样的机会，错过这次机会，下次不知道你什么时候才能有机会，好好想想吧。"

余美没有说话，她望着李力的背影越走越远，满脑子都是要找林月问问清楚。

$\frac{1}{2}$ Ci
Chu Lian

七

余美抬头望着俞沐辰,阳光透过稀疏的树叶落在他长长的睫毛上,宛如一对蝶翼投在她的心上,他明亮的双眸里藏着一泓湖,里面埋藏的全是她的容颜。

是余美的容颜,而不是余美丽。

1.

林月不喜欢和任何人分享自己的东西,尤其是化妆室。

在没有化好妆之前,她不想让任何人看到她的脸。她长得不算难看,尤其是经过几次微调后,她的脸看上去也算是精致迷人,只是耐不住细看。

如果仔细看,就会看见那数次整容的后遗症,她努力练就了一手化妆绝活,连专业的化妆师都不如。若是看到她卸妆前后,就会惊叹她的化妆术简直就是魔术。

在化妆的时候,林月有时觉得自己就是《画皮》里面的女鬼，为自己画一张魅惑众生的脸，是她的生存需要。

不过仅仅有这张脸是不够的，她付出了很多外人看不见的努力，才能有今日的地位。

她对着镜子仔细地描绘，涂睫毛，打高光，画阴影，眼影上面洒点金粉，再涂上时下最显贵气的正红色口红，这是她的标志，是她权力的象征，她不允许其他和她同台的任何女人涂抹这个颜色的口红。

化完妆后，林月对着镜子仔仔细细地照了一遍，仔细检查可有什么瑕疵。就在她看得最仔细的时候，忽而听到门外传来敲门声。

正是发盒饭的时间，林月皱起眉头，高声对门外喊道："我不吃！"

门外的敲门声却持续不断，林月很愤怒，谁敢这么不识相？她猛地打开了门，拉着一张脸瞪着门外的人，居高临下地喊道："我说我不吃，你没听见吗？"

门外的人却硬生生地往屋子里面挤。林月大惊，正要高呼，却发现这人很眼熟："是你？"

林月没想到余美竟然敢来找她："你胆子不小啊，竟然敢到电视台来闹事，是不是觉得自己还不够红？"她扭头往门外看了一眼，"我只要喊一声，你今天又可以上头条了。"

余美镇定地望着她说："那我就要谢谢你了，帮我成名。"

林月本以为余美会流露出恐惧之情，毕竟前些天她得到那些消息反馈都说余美惶恐不安，十分害怕，没想到余美现在居然敢这样和自己说话，顿时觉得很扫兴，对余美冷嘲热讽："看来你果然是想出名想疯了。"

余美竭力控制住自己的情绪，来之前她就想好了，一定要好好和林月说说。

余美深吸一口气，对林月说："难道不是你想出名想疯了吗？"

林月笑得浑身轻颤："你说什么笑话，你知不知道你是谁？知不知道我又是谁？你借着我的光才得到了那么多人关注，你应该对我磕头感谢才对！要不是我，谁知道你是什么人啊？"

"可你也是借着这件事炒热了你的节目，要不然你的节目恐怕也没什么收视率了吧？"余美反唇相讥。

林月的脸色一黑："你少在这里胡说八道！"

"是不是胡说你心里有数。"余美毫不退缩，"我告诉你，我已经找到了你找的那家水军公司。"

林月冷笑着说道："你找到了那家公司又怎样？我告诉你，我就是存心整你，你知道了又能怎样？凭你现在的能力，不过是一只随时可以被我踩死的蝼蚁！"

"你等着吧。"余美扬起手中的手机说，"今天我们所有的对话我都录了下来，等我发出去，看到时候谁丢人。"

林月的神色骤变，她顾不得许多，直接扑向了余美。余美急忙往旁边一躲，躲开了林月。

林月怕她跑掉，忙将门关紧，挡在了门口，逼向了余美："把手机拿出来！"

林月的化妆间在最里面，没有窗户，余美想从别处跑也不可能，她想出门，只能和林月打硬仗。

林月虽然穿着高跟鞋，身体却很灵活，她毫不犹豫地脱下一只鞋砸向余美。余美忙往旁边躲，谁料林月就等着这一刻，一手抓住了她的胳膊,一手往她口袋里面抢手机。

余美没想到林月是个打架的老手,掐肉扯头发样样在行。余美从来都是被欺负的,打架不是她的长项,她根本不敢动手。

只三两下,她就败下阵来,林月凶恶得像头狼,拉扯着她不肯放。余美惊慌之下,抓起垃圾桶,扔向了林月。垃圾纷纷飞了出来,直直飞向了林月的脸。

林月惊呼一声,忙用双手护住脸,她决不能容忍自己的脸受一点点伤。余美趁着林月松手的空当,赶紧打开了门跑了出去。

2.

俞沐辰知道余美做的事后,惊得下巴都快掉下来:"你怎么能做这么危险的事?"

余美反问他道:"那我该怎么办?是不是等着林月把我彻底变成疯子?"

俞沐辰知道了林月的所作所为,正苦苦想对策,却没想到余美这么大胆:"你以后如果打算做这么危险的事能不能先告诉我?"他心疼地看着余美身上的伤,"疼吗?"

余美一边往伤口上抹药膏一边说:"我知道你担心我,我只是没想到林月这么泼辣,说打就打。"

"你忘记了,上次在台上就是她和你动手的。"俞沐辰接过药膏一边替她涂抹一边说,"她可不是什么善茬。你这次贸然去找她,她肯定会来报复你的。"

余美得意地笑了起来:"那可不一定,我骗她说找到了她的水军公司,还套了她一些话录了下来,她肯定不敢像之前那么放肆。"

俞沐辰的指尖微微一顿:"你打算把录音公开吗?"

余美点点头:"是的,她给我泼了那么多脏水,我总要还我自己清白。"

俞沐辰沉默了片刻,说:"这件事没那么简单的,你就算公开了录音也会有人说你是伪造证据。林月的水军很厉害,到时候黑白是非颠倒,他们说不定还会倒打一耙。"

余美的脸上浮出一抹狠辣的笑容:"我是光脚的,她是穿鞋的,谁怕谁还不一定呢。"

俞沐辰望着余美脸上的笑容,忽然有种怪异的感觉,此刻的她仿佛变成了夜里的那个人。他没有再劝说她,只是有种无力的悲哀。

他为自己的无能而感到悲哀,原本应该在他的呵护下永远单纯的少女,正一点点被生活打磨失去原本的颜色。

他握紧了方向盘,对余美道:"小美,我们离开这里好不好?"

"什么?"余美的手指停在了耳边发鬓上,"去哪里?"

"离开这里,离开这个圈子,去外面走走看看,你不是想去吃遍全国吗?我们一起去。"俞沐辰道。

余美望着俞沐辰心中一动,那是她的梦想,她曾经无数次幻想过和俞沐辰一起手牵手走遍世上每个角落,去尝尝那些美味。

俞沐辰望着余美:"只要你愿意,我们明天就走。"

心底咆哮着我愿意的喊声直达口边,几乎快要压抑不住了,余美不得不用力掩住嘴巴,防止话自己从嘴巴里跑出来。她甚至不敢多看俞沐辰一眼,只是望着车窗外。

车窗外是万家灯火，为了讨生活辛苦奔走的外卖小哥在休息的间隙赶着吃下剩下的半碗凉饭；刚毕业的年轻人穿着廉价的西装奔波在求职的道路上；一个年轻的妈妈努力地在用电脑赶工作，身旁熟睡着她的孩子；还有朝气蓬勃的学生情侣分享一杯甜蜜的冰激凌；卖炒饭的老板忙得满头大汗，火炉烤得他身上发红。

"这就是人生啊。"余美喃喃道，"哪有那么容易逃脱？"

俞沐辰微微叹了口气，他默默地开着车送余美回家，一句话都没有说。

3.

余美想要报复林月，她很清楚光靠录音还远远不够，她需要挖掘所有林月的资料，要让林月彻底倒下。她四处寻找林月所找的公关公司。

可是她并没有这方面的天赋，白白忙碌了几天，一无所获。余美一筹莫展，这件事远比她想象的困难。

而且针对她的那些负面新闻甚嚣尘上，林月似乎铁了心要把她的名声弄臭，最好逼得她活不下去。余美很焦虑，她不知道该怎么办才好。

余美打了个电话给李力，询问他手中关于林月陷害她的证据，李力却在电话那头道："我不会给证据给你的。"

余美问道："你不是想和我重新签约吗？为什么不给我证据？"

李力愉快地笑了起来："你用点脑子想想，我重新签你是一回事，但是不把证据给你是另外一回事。我有把握给你洗白，但是不是现在，这件事只要一直炒下去，你就会越来越红。林月她愿意花这个钱，我们借这一波东风出道有何不好？"

余美目瞪口呆，没想到李力竟然是这个打算。

"所以就算你签我，也不会帮我？"

李力道："不，不，不是不帮你，是时候没到。你要多点耐心，还有这个实锤的证据是决不能给任何人的，我们不能和林月彻底撕破脸，更不能得罪这些人，否则后面很不好操作……"

李力的话没说完，余美先挂掉了电话，她万万没想到，自己的最后一线希望就这么破灭了。

她忽然觉得这个圈子真是荒唐透顶，又极度可笑。只是想要一个简单清白而已，为什么就这么难？

4.

连着几日，她的心情都很糟糕，俞沐辰约她，她也打不起精神。她甚至不愿意出门，如今她真的是越来越红了，走在街上都会有路人认出她，对她指指点点。

俞沐辰好说歹说才哄得她出门，领着她去了一个偏僻的公园散心。公园并不大，不过很漂亮，绿荫蔽日，又有不大的一池湖水，湖上荷花迎风摇曳，果然是个消暑散心的好去处。

公园里人不多，都是些不上网的大爷和大妈，他们都不知道余美。余美自在了许多，她摘下了墨镜和帽子，和俞沐辰一起在公园里散步。

俞沐辰很贴心，还特意准备了野餐的东西，两人将垫子铺开，摆上满满当当的食物，大多都是余美喜欢的。

俞沐辰拿起一盒酥饼递给她，余美接过一看，是她最喜欢的花生酥，价格并不贵，是她童年时最爱的味道。但是这种东西现在很难买到，尤其是在这个城市里，她从来没看到过。

余美又惊又喜："这是在哪里买来的？"

俞沐辰笑了笑道："我在网上找了很久，不知道是不是你说过的那种味道，你试试看吧。"

余美咬了一小口，又甜又腻的麦芽糖混着香脆的花生仁，一层层地融化在舌尖。余美连连点头："就是我小时候吃过的味道！那时候我最喜欢吃这个了，不过平时都买不着，都是过年的时候才会有人做，我妈就会给我买着放在饼干桶里慢慢吃。"

两人正说着话，忽然感到有人盯着他们，他们不由得都看向了前方，只见不远处站着一名中年妇女，一直盯着他们。

余美的手一抖，花生酥都掉在了身上，竟然是妈妈！

余美浑身僵硬，想要逃走，可是却站不起来，只能眼睁睁地看着妈妈一步步走向她。她慌得不得了，怕妈妈认出了她，又怕俞沐辰知道真相。

脑子里乱成了一团，她想拉着俞沐辰跑，又觉得突然逃走会让俞沐辰更加怀疑。

眼见着妈妈一步步走向了自己，她刚要站起身，忽然听到妈妈对俞沐辰说："小伙子，你是上次那个小伙子吗？"

俞沐辰很惊讶，忙起身道："阿姨，是我。"

余妈妈拘束地搓着手，对俞沐辰道："小伙子，你上次说能帮我找找我女儿，现在还能帮吗？"

俞沐辰应声道："当然可以的，阿姨，您女儿的照片带了吗？"

余妈妈连连点头："带了的，带了的。"说着就往贴身的破包里面摸。

俞沐辰解释："上次不好意思，我出来时没看见您了。"

余妈妈连连摆手道："没事的，没事的，实在太麻烦你了。"一边说一边从包里掏出了照片。

余美的心跳都停止了，俞沐辰还是看见了，看见了她的本来面目。她紧紧盯着俞沐辰的脸，连呼吸都忘了。

俞沐辰拿过那沓照片仔细地看了看，脸上并没有出现特别的表情，好像看着一个特别普通的人的照片，还仔细地询问余妈妈："年纪多大？叫什么名字？大概什么时间走失的？"

余妈妈很认真地向俞沐辰说："十九岁，三年前的九月十八号晚上离开的，名字叫余美丽。"

俞沐辰一愣："余美丽？"

余妈妈看着俞沐辰的表情，以为他嘲讽自己女儿，顿时有些不高兴："我女儿怎么不美丽漂亮了？"

俞沐辰忙解释道："阿姨，您误会了，我不是这个意思……"

余妈妈却越发不高兴，她一把夺回了照片，怒气冲冲地对俞沐辰道："都是你们这些人逼走她的！如果不是你们这样的人，她怎么可能走？她一直都是个听话懂事的孩子！从小到大她的成绩都很好，老师都很喜欢她！都是你们这些人看不起她，欺负她！"她说着说着眼睛里泛出了泪光，冲着俞沐辰嚷嚷道，"你们这些人都是瞎子，别以为你们长得好看，其实你们这些人的心都丑得要命！我家美丽才是最漂亮的！"

说完这些话，余妈妈转身大步离开了，留下俞沐辰一脸茫然地望着她的背影半天回不了神。

"小美，你怎么了？"俞沐辰一扭头望向了余美，却发现她泪流满面。

余美忙擦去脸上的泪水，挤出一个比哭还难看的笑脸道："我没事。"

俞沐辰掏出手帕替余美擦去眼泪，一边道："刚才那个阿姨不知道怎么了，我又不是那个意思，我刚就想说和你名字挺像的，唉。"

余美望着俞沐辰，装作不在意的样子问道："那个余美丽长得丑吗？"

俞沐辰愣了愣道："怎么说呢，不算漂亮，不过也不至于很丑吧。你怎么这么看着我？"

余美冷不防问道："如果我长成她那个样子，你还会喜欢我吗？"

俞沐辰微微一愣："为什么要做这种假设？"

"你不是说我们名字很像吗？"余美故作开心地笑，心里却打起了鼓。

俞沐辰认真地想了想说："不论你变成什么样，我都喜欢你。"

余美微微一愣，俞沐辰摸了摸她的脸："只要是你就行。"

余美抬头望着俞沐辰，阳光透过稀疏的树叶落在他长长的睫毛上，宛如一对蝶翼投在她的心上，他明亮的双眸里藏着一泓湖，里面埋藏的全是她的容颜。

是余美的容颜，而不是余美丽。

藏在心里的那根快断掉的弦又重新接了起来，余美咬紧嘴唇，将差点脱口而出的秘密重新藏起来，不能说，不能说。

这个秘密永远不可以说。

她偷偷地望着妈妈远去的背影，心里一阵酸楚。可是，她不能回头了，她是余美，不是余美丽。

5.

回去的路上，俞沐辰的心情不错，和余美一起唱了好多首歌，两人的歌声穿过树林飞上树梢，愉快得像一切都没有发生过。下车的时候，俞沐辰将整包花生酥递给余美，余美却摇了摇头："我不要了。"

俞沐辰拿着花生酥不知所措："你不是喜欢吃吗？"

余美看着他笑："我是小时候喜欢吃，长大了就觉得太甜了。以后你都不要再给我买这个了，我不会再吃了。"

俞沐辰看着手中的花生酥，一时间不知道怎么办才好。余美见他闷闷不乐，又道："我不能吃太多甜食，会胖的。"

俞沐辰将花生酥放回了车里，笑着说："我忘记了你们女生不敢吃甜食，不过你要是喜欢吃的话就吃，不必担心减肥，你太瘦了，养胖点才好。"

余美看着他的模样，心里又有些不忍，她伸出手来对俞沐辰说："给我。"

俞沐辰奇怪地看着她："什么？"

"花生酥。"余美说。

俞沐辰惊奇地望着余美，摸不着头脑："你不是不要了吗？"

"下不为例。"余美眨了眨眼睛。

俞沐辰露出了笑容，他一把将余美抱入怀中，摸了摸她柔软的头发,对她柔声道:"我陪你一起吃,你要真变胖,我也帮你长一半肉,减肥我来减。"

余美靠在他的怀里笑得很甜,像花生酥一样甜。

6.

人生如果像这些香甜的花生酥一样该多好,即便不起眼,可是却踏实甜蜜。对余美来说,花生酥的甜美只是余美丽童年里最美好的一抹回忆。

可是现实是,余美面对的并不那么甜美,她努力地搜索林月的资料,分析水军的套路,想办法写反击的内容,可是收效甚微。就在她一筹莫展的时候,居然接到了陆肖的电话。

余美已经拉黑了他所有的联系方式,可防不住陆肖用别的电话打给她。陆肖只刚在电话那头说了一句话,余美立即挂断了电话,将这个号码拉黑,她恨极了这个大骗子。

陆肖却不放弃,不到二十分钟,她拉黑了十来个电话号码。

几分钟后,门外传来了敲门声。

余美以为是陆肖阴魂不散,正要对着门外怒吼,却听到了钥匙开门的声音。她目瞪口呆地看着门被打开,一个戴着鸭舌帽的男子走了进来。竟然是那个跟踪狂!

跟踪狂似乎也没想到余美在家,他望了一眼惊慌失措的余美,立即关上了大门,转身扑向了余美。余美吓得魂飞魄散,万万没想到他会打开自家大门。

她吓得赶紧狂奔,可是房间并没有多大,慌乱之下她只能跑向离自己最近的房间。只刚推开门进去,就被跟踪狂抵住了房门。

跟踪狂异常娴熟地捂住了她的嘴，将她拖到了沙发上，拿过她的手机看了看，上面只来得及拨下了"1"。跟踪狂冷静地将电话关机，扔到一旁，而后神情冰冷地对余美道："不准动，也不准说话。"

余美战战兢兢地缩在沙发里，一句话都不敢说。跟踪狂已经很久没有出现了，她以为他已经放弃了，可是万万没想到他居然还在跟踪自己！

她的脑子里瞬间涌现了许多电影电视里面的恐怖画面，吓得脸色变得像一张纸一样白，喉咙又干又哑，什么都说不出来。

跟踪狂坐在她面前盯了她好一会儿，忽然对着她伸出一只手。余美吓得魂飞魄散，本能地抬起胳膊捂住了脸。跟踪狂的手没有停，落到了她的头上。

余美霎时心跳如擂鼓，难道这个疯子要揪她的头发？跟踪狂果然揪住了她的头发，不过只是一根——他居然拨了一根白发。

余美不明白跟踪狂的意思，哆哆嗦嗦地看着跟踪狂将那根白发小心地收好，像是在收集什么纪念品。

她听说过有些人喜欢在杀人的时候收集被害者的毛发指甲骨骼等物作为纪念，难道这个跟踪狂也有这样的爱好？

余美不想就这样不明不白地死在了跟踪狂的手里，她偷偷瞥向自己身旁，看看有什么可以自救的东西。可是沙发被收拾得太干净，除了一个抱枕，什么都没有。

"抱枕是对付不了我的。"跟踪狂似乎猜透了她的心思，用沙哑的声音说道。

余美连忙将视线从抱枕上收回，却又不知道该看向哪里。

她的视线无处安放，不论她看向哪里，跟踪狂都会顺着她看的地方看过去，很冷静地告诉她，凭着她的能力和那些东西的放置距离，都是动不了他半分的。

余美很绝望，索性闭上了眼睛，脑子里面一片空白。她不知道跟踪狂打算做什么，也不知道该怎么救自己。

可是等了很久，跟踪狂都没有动静。

比被杀更恐怖的是等待，这种恐惧令她窒息，更令她绝望。她偷偷睁开了眼，却看见跟踪狂端端正正地坐在她的对面，什么都没有做，只是看着她，眼神很复杂。

余美忙不迭地再次闭上眼睛，却听到对方说："你放心，我不会杀你也不会伤害你。"

余美忙睁开眼看着他："真的吗？"

跟踪狂面无表情地点点头，余美的心稍稍放松了些，不知怎么回事，她有点相信这个跟踪狂的话。

她偷偷打量着跟踪狂，他长着一张消瘦的脸，乍一看很凶狠，仔细看倒也算得上清俊。他戴着一顶鸭舌帽，帽子压在眉毛上面，露出一双不大的眼睛，眼睛有很重的黑眼圈，显示出他长期睡眠不足。

他保持着警惕的姿势坐在沙发里面，身体面对着余美，眼神却不断瞟向大门，似乎在看什么。余美也向大门张望，却什么都没看见。

就在这时，她听到门外的走廊发出了嘈杂的声音，她注意到这些声音响起的时候，跟踪狂的脸上似乎有一瞬间的紧张，手心也攥成了拳头。

很快，嘈杂的声音消失了，跟踪狂似乎松了口气，余美不禁有些怀疑："有人追你？"

跟踪狂没有回话，只是站起身来，看样子似乎真的有人在追他，他为了躲避追击才躲到这里。

余美紧张的心渐渐平复，看来跟踪狂要走了。她暗自松了口气，心里殷切地期盼着跟踪狂赶紧走。

跟踪狂走到门边的时候，门外忽然响起了敲门声。

两个人都吓了一跳，跟踪狂的脸色顿时变了，他收回了手，目光冰冷地望向余美。余美原本放下的心再次提了起来，紧张得不知所措。

敲门声再次响起，这次伴随着敲门声的还有人的声音："余美，是我。"

余美呆了呆，竟然是陆肖！

这家伙竟然来得这么不是时候，余美看着跟踪狂，紧张地对门外喊道："大骗子！你要再骚扰我，我就报警了！"

陆肖却不肯走："我有话对你说，你快点开门。"

余美紧张得喉咙又干又哑："我不听！你这个骗子！"

陆肖却耍起了无赖："你如果不开门，我就一直在门口等。"

余美很绝望，这家伙几时变成了这样？她看了一眼跟踪狂，对方的脸色并不好看。而敲门声却一声紧接着一声，仿佛催命的声音。

跟踪狂向余美比了个手势，余美明白了他的意思，他让她开门来应付这个疯子，如果敢说出他在这里的话，他就杀了她。

余美的手心里满是汗，她努力保持镇定，打开了一道门缝，看向了门外。陆肖果然站在门外，像块讨厌透顶的牛皮糖。

余美很不耐烦地问道:"你到底要怎么样?"

陆肖一手抵在了门上,将门抵开了许多。余美吓了一大跳,急忙用力抵住门:"你要干什么?"

陆肖锐利的目光扫过她的脸庞,又投向了屋里:"你不请我进去坐坐?"

"大骗子,你休想再进我的房子!"余美急于赶他离开,"你如果没事的话,就赶紧走!要不然我报警了!"

陆肖并不慌张,只是对余美说:"我真的有事找你,我有消息和资料给你。"

余美满脑子都是打发他离开的念头:"我不要什么资料消息,你赶紧走!"

"关于林月的,你不想要吗?"陆肖问道。

余美一时反应不过来,只是茫然地望着他:"什么?"

"你要找的水军,林月雇佣水军的合同、汇款记录,你不想要吗?"陆肖又问。

余美呆住了。

"你……"她很想问他怎么知道自己要找这些,又想问他是怎么找到这些资料的,可是一想到屋子里面的跟踪狂,就什么话都说不出来,只是对陆肖喊,"我不相信你这个骗子!"

陆肖叹了口气,说:"资料我会发到你的邮箱,相信不相信由你自己决定。"他又瞥了屋子里面一眼,对她笑了笑,"上次在你家喝的咖啡味道不错,希望下次还有机会喝到。"

说完这些话后,陆肖转身离开了。余美看着他远去的背影松了一口气,她回头看了看藏在里面的跟踪狂:"他走了。"

跟踪狂没有说话,只是悄悄地站在门边观察了一会儿,确认安全后才离开。

跟踪狂离开后,余美像是脱力了一般靠在沙发上,她全身的衣服都被汗水湿透了。

搬家,她一定要搬家,她才不管白珂怎么想,她已经受够了现在这样。

余美打开电脑准备找房子,却一眼瞥到了自己的邮箱,她这才想起陆肖的话,他真的拿到了证据?不会又是骗她的吧!

她在网页上胡乱翻来翻去,满脑子想的都是证据。"反正看看也没关系。"她自言自语地说,顺手打开了邮箱。陆肖果然发来了很多的截图和照片。

余美仔细地将这些证据查看了一遍,兴奋得手微微颤抖,这些如果是真的,那么她大可以洗刷所有污名!可是,他怎么得到这些证据的?尤其是这里面居然还有林月和水军公司的聊天记录和语音记录,绝对是铁证。

"不会是假的吧。"余美不敢相信,这些证据太真了,正是因为太真,反而有种不可信的恍惚感。

陆肖到底是怎么得到这些证据的呢?她忽然发现,自己对陆肖一点都不了解。

这个男人设了那么多的骗局骗她,目的到底是什么,她到现在都不清楚,尤其是上次录节目,简直太真实了,布置那样一个骗局花费极大,他到底想做什么?难道真的只是为了圆她的梦?

余美陷入了长久的纠结,想了很久,她还是拨通了陆肖的电话,陆肖似乎早就料定她会给自己打电话。

"你看了?"

"你从哪里弄来的这些证据?"余美迫不及待地问道。

"我自然有我的办法，"陆肖在电话里笑了笑，"这不是你需要知道的。你只要知道这些是真实的证据就足够了。"

"可是你如果不说清楚到底怎么得来的，我根本不会相信这些是真的。"余美说。

陆肖的口风很紧："相不相信在你，我只是给你提供消息而已。"

余美沉默了片刻，问道："你到底有什么目的？为什么要帮我？为什么又要骗我？你做这些事的目的到底是什么？"

陆肖停顿了一两秒后，说："有些事说不清楚，至少此时此刻说不清楚，以后你会知道的。"

"那你到底是什么人？"余美差点把电话捏碎，"这总可以告诉我吧？"

"我不是你想象的那种人。"陆肖说，"至少我不是个坏人。"

余美叹了口气，默默地挂断了电话，在她看来，陆肖肯定是个不怀好意的人，否则怎么连句实话都说不出来。

7.

余美还在纠结这些证据是不是真的时，忽然又收到了一封陌生的邮件。余美一开始以为是垃圾邮件，正准备删除，忽而发现发邮件的邮箱地址是林月名字的缩写，再一看标题，顿时面色如土。

标题上面写着：余美丽，我知道你是谁。

余美颤抖着打开邮件，映入眼帘的赫然是她从前的照片。紧接着是她的个人资料，她原本的家庭住址，父母姓名等。

最下面才是写给她的信：整容怪，你不想被人曝光的话，就放老实点。署名是林月。

余美僵硬地坐在电脑前，脑子里嗡嗡作响，林月居然知道了她以前的事，这可怎么办？她几乎可以想象林月打算怎么向媒体公布这些信息，到那时候俞沐辰肯定就知道这一切了！

她陷入了恐慌，急忙拨打林月的电话，电话接通的时候，她听到林月在电话那头恶毒的笑声："整容怪，你还挺快，怎么样？照片好看吗？我这里还有一大堆哦。"

余美握紧电话，半晌后说："你到底想怎么样？"

林月笑着说："你急什么？我还有好听的故事没说给你听呢。有一个丑八怪长得非常难看，三年前离开了家，整了容假装成大美女，在外面骗男人的钱，人既丑又爱作怪，自以为很了不起，连亲生母亲都不见。可怜她的亲妈为了寻找她，四处奔波，还找到了电视台来播寻人启事，余美丽，你觉得这个故事怎么样？"

余美一句话都说不出来，只能听着林月在电话那头得意扬扬地威胁她："小丫头片子，别想和我斗，你要是再敢闹事，我就把你所有的老底都掀出来，到时候我还可以找你的父母、你的同学，好好讲讲你这个丑八怪的故事。"

8.

余美不记得自己是怎么挂断的电话，甚至不记得自己是什么时候失去的意识，等到她醒过来的时候已经是第二天清晨。

她发现自己安静地躺在床上，似乎什么都没有发生。

她有些茫然地望着地板，清晨的阳光透过窗帘的缝隙漏到了房间里，光斑照在地板的木纹上，一条条明暗交织的花纹仿如她此时的人生，一团乱麻。

她无力地躺在床上，完全不想起床，不想上网，不想知道外面的情况。她感到恐惧，从前她只是害怕见人，而今她连活着的勇气都没有。

她开始怀疑自己是不是做了个愚蠢的决定，如果她没有更换身体，她还是那个丑八怪，至少不会闹成今天这个样子，但是也不会和俞沐辰在一起。

她心里一阵难受，如果失去了俞沐辰，她该怎么办？

电话恰在此时响起，余美不想接听任何电话，像鸵鸟一样捂着头躲在被子里面。一整个上午，她就这样蜷缩在被子里面，直到门外响起了敲门声。

余美像惊弓之鸟一样从被子里面跳了起来，很快蜷缩成了一团。她害怕极了，哆哆嗦嗦地摸过手机准备打电话给俞沐辰，却发现二十多个未接电话全是俞沐辰的。

就在这时候，电话再次响起，依然是俞沐辰，余美躲在被子里面小声接通电话，只刚说了"喂"，就听到俞沐辰在那头急促地问道："小美！你在哪里？你发生什么事了？为什么不接电话？"

"我在家里。"余美低声回答，生怕被人听见她的声音。

"家里？我就在你家门外，你怎么不开门？"俞沐辰困惑地问道。

余美听到俞沐辰在门外，急忙跳下床，飞奔到门口打开门。俞沐辰果然站在门口，他看着衣衫不整的余美也愣了："你这是怎么了？"

余美猛扑到他怀中，牢牢地抱紧他："我害怕。"

余美很少这样主动，俞沐辰立即将她抱紧，揉着她的头发问道："发生什么事了？"

余美摇摇头,俞沐辰打横抱起余美进到屋里将她放到沙发上,搂在怀中,柔声问道:"你怎么了?"

"……我做了个噩梦。"余美依偎在他的怀中说。

"梦见什么了?"俞沐辰柔声问道。

"梦见你不要我了。"余美小声说道。

俞沐辰紧紧将她搂在怀中,安慰她道:"不会的,那只是个梦。"

余美抱着俞沐辰:"可我还是害怕。"

"傻瓜,梦都是相反的。"俞沐辰柔声劝慰她,"别害怕了,你还没吃早饭吧?我给你煮点早餐好不好?你去洗把脸,很快就做好了。"

说着,俞沐辰就起身要去厨房,余美却不肯松手,一直牵着他的衣角。俞沐辰见她这个样子,低头亲了亲她的额头:"好了,一会儿我就来,你先去洗脸。"

余美这才点点头去了卫生间,正准备洗脸刷牙,却发现脏衣篮里面有些不对劲,低头一看,竟然发现了一件从未见过的男士短袖衬衫和长裤。

余美心中暗想,难道白珂最近开始走中性风了?不过这样的衣服在卫生间里放着,万一被俞沐辰看见不好,她顺手将衣服都塞进洗衣机里面洗了。

9.

俞沐辰烤了两片面包,又煎了一个荷包蛋,洗了水果端给余美。余美并不喜欢西式早餐,但是既然是俞沐辰准备的,她都喜欢。

只是刚拿起面包,就听到了杯子打碎的声音,余美急忙跑到俞沐辰的面前，只见他的手里拿着手机，神情极其古怪，脚边是被打碎的杯子，水斑驳了地面，像是谁的眼泪。

余美看见俞沐辰这么古怪的神情，陡然想起林月的威胁，顿时吓得夺过他的手机。手机上面显示的今日头条娱乐新闻竟然是：著名节目主持人林月于昨夜肾脏衰竭死亡。

余美呆了呆，万万没想到林月会暴毙，这简直是上天给她的机会。她终于不必再担心林月对她的威胁了！她长舒了一口气，心里的不快、害怕、恐惧统统消散，再也不必担心林月的威胁了！陆肖给她的证据，她也可以正大光明地公布了！

余美的表情从惊恐慢慢变成了喜悦，一抹不易察觉的微笑出现在她的嘴角，她的心情仿佛雨后天晴，一扫阴霾。

她笑着看向俞沐辰，却发现俞沐辰的眼神从刚才开始就很古怪。

"怎么了？"余美摸了摸脸颊，怀疑脸上沾了什么东西。

俞沐辰欲言又止，半天才对她说："林月死了，对你来说是好事。"

余美频频点头："是的，她这是恶人有恶报。"她漂亮精致的脸上露出了阴鸷的笑容，眼神里亦带着怨毒。

余美像是祥林嫂一样喋喋不休地骂起林月，用最怨毒的字眼骂她，时而怒骂，时而又大笑。俞沐辰看着她疯狂的模样，有种奇异的陌生感，仿佛眼前这个女人不是余美，而是夜里出现的那个女人。

一时间，他的心里有些怀疑，余美说的人格分裂是不是真的？听说不同的人格是会在受到不同的刺激的时候出现的，可是从未听说过是按照日夜来区分的。

他的心里挥之不去的是林月的死亡报道里面的那句话：也

可能死于谋杀。

　　余美会杀人吗？换作从前他绝不会相信，可是看着眼前她的模样，他有一丝动摇了。毕竟她最喜欢看的小说是侦探小说，书架上面还有许多他看不懂的化学类的书。他突然觉得自己并不了解余美。

　　"你怎么了？"余美忽然嫌弃俞沐辰的态度过度安静，"你不为我高兴吗？"

　　俞沐辰勉强笑了笑："我为你高兴。"

　　"可是看你的样子，你似乎并不高兴啊。"余美不依不饶道，"你难道为她感到难过？"

　　俞沐辰沉默了片刻说："死者为大，过去的事就算了吧。"

　　"算了？她伤害我的时候，你怎么不让她收手？我如今是网上热搜第一的神经病，都是拜她所赐，你让我怎么算？"

　　余美带着哭腔，声音又尖又细。

　　她感到背叛和愤怒。俞沐辰是她最信赖的人，她无法接受，眼泪在眼睛里打转："从她针对我开始，你就一直说算了，俞沐辰，你根本不爱我！你爱的是她吧！难怪让你帮我找证据，你也不帮忙，刚才你看到新闻还那么震惊！"

　　俞沐辰忙解释道："小美，不是这样的……"

　　"走！你赶紧给我走！"余美奋力地把他往门外推，"赶紧走！"

　　俞沐辰被余美推了好几步远，他刚想回头抱余美，余美却挣脱了，拉开了大门，冷冰冰地说："走。"

　　俞沐辰看着余美决绝的模样，心里难受极了，他深深叹了口气："我……"

"不要再说话了，请你现在立即离开。"余美不看他，冷冰冰的样子像一座冰山雕塑。俞沐辰伸出手刚想碰她，却被她用力拨开，将他推到了门外，"砰"的一声关上了大门。

$\frac{1}{2}$ Ci Chu Lian

八

同样的脸庞,却与余美单纯天真的模样截然不同,不论眼神还是神情都带着一股凛然的气息,仿佛女王一般。

1.

林月之死轰动一时,无数吃瓜群众都抓着各种报道里面的证据来猜测她的死因。各路和她认识不认识、熟悉不熟悉的路人纷纷跳出来曝出各种与她有关的事。

所有人最关注的就是余美,毕竟林月死之前和她的矛盾最深。

余美从疯子变成了杀人犯,这令她始料未及。那段她最讨厌的录影再次进入热搜,许多自称各领域的专家,一帧又一帧地分析她的每一个微表情,甚至开始挖掘她的身世。

一大片她的"同学朋友长辈"忽然出现了,声称与她相识,各种曝光所谓猛料。她看着那些天花乱坠的内容,一度都差点相信自己真是他们所说的那个人。

最令她烦恼的是,真的有警察上门了,让她配合调查林月的死亡真相。

余美觉得荒唐至极:"警察同志,你们有证据说我杀人吗?难道你们也是根据网友编的故事来查案?"

警官很客气:"余小姐,这只是例行调查,我们并没有说你杀人,只是希望你能配合我们。"

余美很不高兴:"这件事和我没有半毛钱关系,你们为什么都要找我?我被她欺负得那么惨的时候,你们在哪里?她死都死了,你们一个个都来纠缠我干什么?"

警官依然很好脾气地说:"余小姐,请配合我们的工作,这也是你的义务。"

余美很无奈,只得跟着警察忐忑不安地去了警察局。

2.

余美从来没进过警察局,心里十分忐忑,手心里面全都是汗水。她害怕极了,坐在椅子的边缘,紧张得眼前一圈圈地发晕。

"来,喝点水。"一名年轻帅气的警官给她倒了杯热水,冲她微微一笑,"我叫杜江,你别紧张,我们就问你一些问题。"

"杜警官,这件事真的和我没关系!"余美像抓住一根救命稻草,迫不及待地对杜江说,"我和她就见过一次面!"

杜江迅速地拿过纸笔,和另外一名同事坐在了余美面前,和蔼地说:"别急,我们慢慢说。"

余美见杜江的态度和善,慢慢也就定下了心,将那天去电视台录影的事情讲了一遍。

她说完后,杜江问道:"你为什么会和她起冲突?"

余美将耳边的头发撩到耳朵后面,缓缓开口说:"她太欺负我了,我实在气不过。"

杜江点点头又问:"你之后再也没见过她了吗?"

余美点点头,杜江记录下后,又抬头看了她一眼,问道:"真的再也没见过了吗?你要不要再回想一下?"

余美的心里咯噔一响,脸色微微发白,她紧张地拿着水杯喝水,她喝得很慢,一小杯水喝完后也没有开口。

杜江很有耐心地问道:"再给你添一杯水?"

余美机械地道谢:"谢谢。"

杜江重新倒了一杯递给她:"别着急,慢慢来想。"

余美接过水杯还是继续喝水,杜江看她的模样,转动手中的笔问道:"我们换个问题吧,你说林月在网上黑你,你有没有证据?"

余美忙不迭地点头:"有!我有她和水军公司的电话录音,还有他们的聊天记录,和银行转账的记录!"

杜江的眼前一亮:"你是怎么得到这些证据的?"

余美一愣,心念急转,如果要是照实说,那是不是又把陆肖扯进来了?但是如果不说的话,怎么解释呢?余美的内心很挣扎,想了半天说:"有个朋友帮我找的。但是不方便告诉你们,他肯定和这事没关系。"

杜江又问:"那你有这些证据,为什么不传到网上来证明你的清白?"

余美舔了舔嘴唇说:"我刚拿到的第二天她就死了,然后到处都在传是我杀了她,我要是发了这些,他们会说肯定是我为了报复杀了她。"

杜江点点头:"你考虑得很周到。"他话锋一转又问,"七月十二号下午三点半你去了哪里?"

余美呆了呆:"七月十二号?我不记得了。"

杜江向余美展示了一张视频截图,截图里面是余美戴着鸭舌帽奔跑的样子,余美一看就慌了,那是她那天去找林月理论时的视频截图。

"电视台里面视频录像最多,"杜江望着她不疾不徐地说,"那天林月的样子也很不正常,我们在调看那天的视频时看见了你,我想你应该还记得吧?"

余美面色发白,嘴唇颤抖:"我……我……"

杜江对她笑了笑:"慢慢说。"

余美只得将那天和林月的冲突一一说给杜江听,杜江问得很仔细,从她如何伪装成送外卖的人,拿到工作人员证的所有细节都问得十分清楚。

余美的心突突地乱跳,她不知道之前撒谎的话会将她带入多糟糕的情况,说起话来结结巴巴,浑身不自在,一直发热,身上沁出一层薄汗。

杜江一直紧盯着她的一举一动,不时发出疑问,每一个问题都非常细,余美边回忆边回答,有些实在想不起来,他也不勉强。

就这样整整询问了两个小时,杜江才对余美点点头说:"谢谢你的配合。"

余美被问得太久,杜江让她离开,她都不敢相信:"我能走了?"

杜江微笑着说:"是的,不过请您在此案的调查侦破期间能够配合我们,以后还可能会请你配合调查。"

余美木木地走出了警察局,只是刚走到门口,就被大批的人围住了。一切都像电视里面演的一样不真实,记者们一拥而上,举着话筒和长枪短炮围住了余美,各种问题如连珠炮一样砸向余美。

余美瞬间被淹没在当中,她从未见过如此阵势,完全不知所措。

就在这时,李力忽然出现了,他有条不紊地挡住了所有记者,熟稔地向各路记者笑眯眯地说道:"各位记者朋友,你们不要着急,有什么事慢慢来说,你们这样一拥而上,我们既听不清楚问题,你们也得不到想要的答案。这样吧,明天上午我们举行一个新闻发布会,会给各位一一解答这些问题。"

李力面带笑容和每一个记者说话,很礼貌地打发记者们。余美扭着手怯怯地躲在他的身后,像个无辜的孩子。

3.
杜江隔着玻璃看着眼前这一切,良久,他拨通了一个电话:"喂,这次恐怕又要你帮个忙了。"

"你不是带了人去查吗?"电话那头的人问道,"没有什么发现吗?"

"查不出来,目前有个最大的嫌疑人,但是没有证据。"杜江看着余美,眼神里有一些困惑,"这个嫌疑人看上去一点嫌疑都没有。"

"你说说看。"电话那头的人来了兴趣,"是怎么个没有嫌疑犯的样子?"

"看上去非常天真,虽然对林月充满了憎恨,但是从她的微表情和动作上面看不出和这件事有任何关系。"杜江说,"而且她除了隐瞒攻击林月的那件事外,其他都很正常。"

"蜂后不会亲自去采蜜,自然会有工蜂替她忙。"电话里传来一声浅笑。

"工蜂?你觉得谁是工蜂?"杜江问道,"这件事可不是普通的工蜂能做的,如果你一定要说有,那这个李力的嫌疑蛮大的。"

"李力?你说的是那个经纪人?不过是个趋利避害之辈罢了,做点操纵水军的小事有可能,杀人放火这种事他就算想干,也不会为了余美去做。"电话那头的人顿了顿又问,"你还记得沈跃吗?"

"沈跃?"杜江呆了呆,"他在这里?"

"我不知道,但是我感觉他在。"电话里的人呼吸变得沉重,"我已经追了他三年了。"

"你是不是想多了?沈跃不是对时雪筠一往情深吗?"杜江说。

"可我觉得她就是时雪筠。"对方沉默了片刻说。

杜江笑了起来:"老陆,我知道你一直在追查时雪筠和沈跃,可是这个余美的身份没有任何问题,我调过档案,她所有的资料都没有问题。如果硬要说有问题,只有一个,就是整容。"

"整容?"对方似乎也很惊讶。

"是的,整容,她以前的样貌……嗯,怎么说呢,一言难尽。"杜江说道。

"会不会有人冒用了余美的身份?"电话里的人又问道。

"也是有可能的,毕竟差距真是非常大,不过从目前来看疑点虽然有,但是没有决定性的证据。"杜江说,"等进一步核实再说吧。对了,有个事我想问你下,她手里拿到的关于林月的证据是不是你给的?"

"是的。"电话那头的人爽快地答道,"她告诉你了?"

"并没有。"杜江笑着说,"对方想替你隐瞒,老陆,你下了这么多功夫,你真是为了查案,还是有其他想法?"

"我没有别的想法,只是想查案。"陆肖严肃地说。

"你之前搞那么大阵仗,只是为了查案?"杜江取笑道,"你别自欺欺人了。"

"我只是为了在她最无防备的状态下观察她的言行。"陆肖解释道,"那次录节目的时候我特意放了很多测试在里面,就是为了测试她的人格,潜在犯罪可能性。"

"结果查出什么了吗?"杜江又问。

"从检测结果来看,她的确没有犯罪的可能,但是很有意思的是,她告诉了我一件事,她有多重人格。"

"多重人格?你能确定吗?会不会是她骗你的?"杜江问道。

"这个我暂时不能确认。"陆肖有些迟疑。

"这个事很有趣啊。"杜江兴致很高,"你怎么没早点告诉我这个消息?如果我知道的话,一定不会让她这么轻易地离开,可以多观察一下。"

"我警告你,不要打草惊蛇。"陆肖变得紧张起来,"不要坏了我的事。"

"林月是我的案子,我查我的案子,和你没关系。"杜江有些不高兴。

陆肖没有再和杜江多说，正准备挂断电话时，杜江又说："老陆，我再提醒你一遍，你现在虽然不是警察了，但是别做过界的事，也别太感情用事。"

陆肖没有回答他，只是挂断了电话，打开手机里面的照片。照片里面是一个巧笑倩兮的女子，女子长得很漂亮，精致而优雅。在女子的身后不远处有一个模糊的男子身影，男子的眼神落在女子的身上，贪婪而热烈。

陆肖久久地看着这张照片，深深吸了一口气。

4.

直到被带到了公司，余美仍惊魂未定。李力拿了一瓶无糖饮料塞给她，关切地说："吓坏了吧？好好休息一下。"

余美接过饮料后，向李力道了声谢："谢谢李哥。"

李力笑着说："客气什么，都是自己人。"他的脸上因为堆满了笑容而挤出了褶子，一双眼睛不停地在余美身上打转，像是看着一个金矿，他坐在余美旁边语重心长地说，"小美，你放心，有你李哥在，你不会有事的。"

余美胡乱点头，李力敲了敲桌子又问："明天的记者会估计大家会问很多问题，你可以和我说说这到底是怎么回事吗？警察都和你说了什么？这样我们也好起草一个声明。"

余美仿佛看到了救命稻草，便将警局发生的事一五一十地都告诉了李力。李力听完后打开抽屉取了一份文件递给她："喏。"

余美愣了愣："这是什么？"

"合同啊。"李力很自然地抽过一支笔递给她，"就是你以前签过的合同，一个字都没变。"

"为什么要签合同?"余美没有接笔,只是惊讶地望着李力。

"有了合同,公司才好给你办事啊,"李力答得很干脆,"不然我们以什么身份为你举办这个新闻发布会?"

余美没有说话,李力又谆谆诱导:"小美,这是个好机会,我们可以趁着这个机会洗刷你的污名,还可以趁着这波热潮炒一下,很快你会更红的。"

余美将合同放到一旁,她现在已经非常厌烦当个红人:"我只想好好唱歌。"

"想唱歌多简单,你只要签了这份合同,我立即给你联系让你唱电视剧的主题曲。"李力咧嘴一笑,"这都是小事,你把合同签了,所有的事都好办,不仅可以让你去唱主题曲,我还可以让你去发唱片、开演唱会,你和沐辰两个人一起怎么样?"

余美听到俞沐辰的名字,心被狠狠揪了一下,她已经许久没见过他了。余美咬了咬嘴唇说:"不用了,他……"

"小美!"一道熟悉的声音传来,紧接着,俞沐辰疯了般从外面冲进来,直奔余美面前,抓着她一个劲地上下打量。

余美一见俞沐辰,心里的委屈不断地翻涌,两行热泪齐齐滑落。俞沐辰一见更加心疼,情急之下将余美抱在怀中,余美倔强地用力推俞沐辰。

俞沐辰不肯放手,任由余美怎么推搡都不肯松手。余美推搡了一阵子没有了力气,只得伏在他的怀中边哭边说:"你不是不理我了吗?来找我干什么?"

李力在一旁干咳了一声说:"小美,你这么说就不对了,要不是沐辰,我都不知道你进了警局。"

余美愣了愣，抬头问俞沐辰："你怎么知道我去了警局？"

俞沐辰摸了摸她的头没有说话，李力又在旁笑："小美，你不知道他早就搬家到你家旁边了？"

余美又是一呆："你什么时候搬的家？"

俞沐辰似乎有些不好意思："搬了有些日子了。"

余美还有话想问，李力在旁笑道："咱们先把合同签了，你们小两口回去再慢慢聊。"

余美的脸涨红了，用力推俞沐辰："谁和他是小两口！"

俞沐辰不肯撒手，转头对李力说："小美现在遇见这么多事，合同的事再说吧。"

李力的脸拉了下来："沐辰，咱们打了这么多年交道了，李哥难道骗过你吗？签合同也是为了小美好，咱们很多事也好去替她办，你不也想她好吗？明天这个新闻发布会一开，小美这名声不但干净了，还红了。你不是给她写了很多歌吗，到时候都拿出来唱，你们两个一起唱都行。"

李力一边说话一边观察两人的神情，看着余美似乎有些心动，更加积极地游说两人："小美，你总不想一辈子都没人听你和沐辰唱歌吧？现在有几个歌手能比你们唱得好？"

他不动声色地将合同再次递给了余美："签了这个，你就是明日之星。"

余美犹豫了片刻，看向了俞沐辰。

俞沐辰说："你想签就签，不想签也没事。"

"但是……"余美很纠结，"明天的新闻发布会怎么办？"

"我可以给你办。"俞沐辰对她笑了笑，"只要你想，我一会儿就可以给你办。"

李力一听顿时急眼了，冷笑着对俞沐辰说："沐辰，你可得想清楚。"

俞沐辰对李力笑了笑说："李哥，小美最困难的时候，你当机立断和她解约，现在看她有机会了，又要逼她签约，你不觉得这事有点不合适吗？"

李力的脸色有些难看："那不是过去的事了吗？"

俞沐辰笑着说："李哥，事是过去了，人却不能过去。经纪人和艺人虽说不是一定要同生共死，但是在最困难的时候抛弃对方好像也不是很合适，至少人的心里会犯堵，也不能像以前那样信任了，你说呢？"

李力沉默了片刻，用指关节敲了敲桌子："你是不是想改合同条款？"

俞沐辰将余美护在怀里："李哥，我的意思是，没看到你的诚意，也很担心未来的变化，合同的事以后再说吧。"说完就要拉余美走。

李力拦住了他："慢着，这样吧，我明天先帮小美办这次的新闻发布会，等发布会结束后，咱们再签合同，你看怎么样？"

俞沐辰想了想说："还有几个条款要改一下。"

李力的脸色有些发黑，他咬咬牙搓了搓手："改，改，来，别急着走，我们来好好谈谈。"

5.
俞沐辰帮余美把合同谈完后，已经接近五点。

余美很焦急，她要赶紧回家，俞沐辰却拉着她说："晚上一起吃饭吧？"

余美很为难："下次吧。"

俞沐辰抓着她的衣角撒娇地摇摇头："人家好久没和你一起吃饭了。"

余美被俞沐辰的模样逗笑了，他的眉头轻轻皱起，微微噘着嘴，看上去像个委屈的小孩。余美的心都软了，恨不得捧着俞沐辰的脸亲上两口，什么要求都能答应。

俞沐辰带着余美去了她最喜欢的火锅店，今天他们来得很早，火锅店里也没什么人，两个人还是选了个非常偏僻的角落。

余美自和俞沐辰吵架之后，许久都没有好好吃过一顿饭，这顿火锅吃得格外开心。俞沐辰也很开心，对于余美这样的吃货来说，如果能在一起好好吃一顿饭，什么矛盾都会忘记了。

他忙着为她做蘸料，往锅里添菜，将煮好的食材堆在她的碗里。他喜欢看她吃饭的样子，大快朵颐，吃得酣畅淋漓，一点不矫揉造作。

他喜欢这样的余美，多少烦恼痛苦都付之于筷端。他的心里有一些伤感，如果一直都是这样多好。他瞥了一眼挂在大堂的时钟，指针已经接近六点。

他捞出鸭掌添到余美的碗里，目光紧紧盯着她，一丝一毫的变化都不敢错过。他看着她慢慢地靠在了椅子上，合上了眼睛。只是一眨眼的工夫，她又睁开了眼。

俞沐辰的心跳都停止了，虽然她没说话，可是他感到她变成了另外一个人。果然，"余美"睁开眼后，皱紧了眉头，她迅速吐出了口中的鸭掌，一脸嫌弃地将面前的餐具往前推。紧接着，她看见了俞沐辰，似乎有些意外，眉头微微一挑。

俞沐辰眼睛一眨不眨地盯着她，她笑了笑用纸巾轻轻拭了拭嘴唇，她的动作很优雅，和余美孩子气的动作完全不同，带着一股成熟高贵的感觉。

"走吧。"她站了起来，对俞沐辰说，"我吃饱了。"

俞沐辰没有动，只是看着她问道："你是谁？"

白珂很意外，她再次看向俞沐辰："我是余美。"

"你不是小美。"俞沐辰说。

白珂笑了起来，手指不经意地掠过长发，动作优美得仿佛拍洗发水的广告片。

"哦？"

"我想知道你到底是谁。"俞沐辰努力平复自己的心绪，眼前这个和余美长得一模一样的女人令他备感荒唐。

"她是怎么和你说的？"白珂的眼神瞥过他。

"她说她人格分裂。"俞沐辰努力沉住气。

"人格分裂？"白珂笑了起来，她的笑容很美，弯的弧度刚刚好，既不显得太虚假，也不过分夸张，十分赏心悦目，"你相信吗？"

"我本来不相信，但是我现在相信了。"俞沐辰握紧了勺子。

白珂重新坐在俞沐辰的面前，问道："那么你今天是特意来见我？"

"是的。"俞沐辰并没有否认。

白珂饶有兴致地看着他："现在你见到了，你觉得有什么意义吗？"

俞沐辰点点头："有意义。她是我的女朋友，我必须认识她的每一面。"

"每一面？"白珂抿着嘴笑道，"也不知道是不是要说你太天真，如果你认识了一个人的每一面，你一定不会喜欢那个人。人是经不起考验的生物，尤其是情侣之间，多留些幻想的空间会比较好。"

热气腾腾的火锅在他们面前翻滚，水汽氤氲隔着两人的面孔，像隔着一层薄纱，看不清对方的面孔。

俞沐辰顿了顿说："如果打算在一起一辈子，就一定要认识每一面。"

白珂的眉头微挑："一辈子？"

"对，一辈子。"俞沐辰的眼神坚定。

白珂嗤笑不已："你和她认识多久了？你真的了解她吗？你知道她的过去吗？你什么都不知道就敢说一辈子？"

"我可以慢慢去了解，而且我们认识了这么久，我知道她是什么样的人。"俞沐辰看着白珂说。

白珂冷笑一声，徐徐站起身来："你太天真了，你不知道的事太多了。还有最重要的一件事，我不同意。"

俞沐辰看着她，似乎并不意外："我知道你不了解我，肯定也不会答应。"

"那你告诉我有什么用？"白珂问道。

"我想从今天开始和你认识，"俞沐辰也站起身，"从今天开始追求你。"

"什么？"白珂错愕地望着俞沐辰。

"如果我想要和小美在一起，也必须和你在一起，这是唯一的办法。"俞沐辰说，"我接受她的一切，包括你这一面。"

白珂面色古怪地望着俞沐辰，像是看一个怪咖，嘴角泛起了笑容："你还真是个痴情的人，真是有趣。你叫俞沐辰是吗？"她抬起一只手，指尖缓缓掠过他的面颊，落到了他的手心里，"你今天晚上有资格和我约会。"

6.
俞沐辰仿佛做了一场光怪陆离的梦，他从未见到过这样的余美，优雅而从容。

她带着他游刃有余地行走在高档的会所，对一切昂贵的奢侈品都了如指掌，能够一眼识别出真品和假货。懂得品鉴高档食材，见识极其广阔。她不仅说得一口流利的英语，还精通法语和意大利语。她对于绘画和古董也很精通。

她像一个贵族，举手投足之间都极尽优雅，令所有见到她的人都难以忘怀。

俞沐辰不敢相信这是那个天真可爱、拉着他吃大排档的余美，一时间他有些困惑，也许这才是余美的主人格，而那个余美才是她的另外一个人格吧。

白珂的脸上带着淡淡的笑容，她轻轻晃动手中的葡萄酒杯，打量着对面神情有些呆滞的俞沐辰，今天晚上她痛宰了他的钱包，本以为他会早早打退堂鼓，没想到他能坚持到现在。只不过看他这神色，恐怕也坚持不了多久了。哼，什么爱情，不过是在金钱面前就已经退缩。

"你在想什么？"白珂莞尔一笑，酝酿着该如何打击俞沐辰。

"在想你。"俞沐辰老老实实地回答。

"想我什么？想我这么能花钱吗？"白珂笑着问。

俞沐辰摇摇头，白珂今天晚上刷爆了他的信用卡，不过他并没有在意。

"我在想你上次问我的问题。"

"哦?"白珂放下了酒杯,眨了眨眼露出诱惑的笑容,"你的答案是什么?"

"人的脸就是人自己吗?"俞沐辰重复道,"我本来以为正确的答案会是,灵魂才是一个人的自己,可是现在我却很疑惑,你们在同一个身体里面,却有着不同的灵魂,有着完全不同的表现,你们到底是一个人还是两个人?"

白珂微微撇开脸庞望向别处,耳朵上的红宝石耳坠随着她的动作晃出妖冶的光芒,她的声音像来自异时空:"我们是一个人,我们又是两个人,我们是共生在同一个躯壳之下的人,共同分享这一具身体。"

俞沐辰听完这句话陷入了深思:"所以你们的记忆是共同的吗?"

白珂微微摇头:"不是。"

"那你们有什么是共同的?"俞沐辰又问。

"基本没什么共同的。"白珂单手托着腮,被酒熏得微红的双眼流露出格外迷人的光彩,"俞沐辰,你喜欢余美什么?"

俞沐辰答得飞快:"她像个天真无邪的天使。"

"天使。"白珂一边拨动着头发一边笑,"你喜欢单纯的女生是吗?"

俞沐辰的脸有些红,依然点点头,又补了一句:"她很善良。"

白珂促狭地一笑:"假如她长了一张非常难看的脸,你还会喜欢她吗?不要说谎。"

俞沐辰想了想:"我应该还会喜欢。"

白珂笑出了声:"俞沐辰,你不诚实。"

俞沐辰刚要辩解,忽然觉得有些不对劲,只见一个人手里拿着一只水杯歪歪斜斜地冲向了白珂。他本能地跳了起来,扑向了白珂,将白珂护在身下。

那人已经停不下来,手里的水杯砸在俞沐辰的身上,满满一杯热水烫得俞沐辰龇牙咧嘴。那人见势不妙,急忙转身就跑。

俞沐辰顾不得追究那人,一个劲地问身下的白珂:"你没事吧?"

白珂看着他被开水浇透的后背说:"有事的是你。"

俞沐辰脱下了短袖,露出了被热水泼到的地方,所幸温度不是特别高,只烫了一片红。

餐厅经理迅速地派人来帮俞沐辰处理伤口,一边向两人致歉,他们已经抓住了那个泼开水的人,他是林月的粉丝,一直都认为是余美杀了林月,刚才在餐厅吃饭的时候看见了余美,一时间犯了糊涂。

白珂听完解释后,只淡淡地说了三个字:"报警吧。"

那人一听顿时吓白了脸:"我只是一时糊涂……"

"呵,一时糊涂,如果那里面装的不是热水,是硫酸呢?"白珂冷笑一声,"你打算犯罪的时候,就应该做好了被抓的准备。"

那人的脸上一阵红一阵白,破口大骂道:"你这个贱人!你别得意得太早,警察迟早会来抓你的!"

"警察抓人破案是看证据的。"白珂讽刺地一笑,语调却始终平平,"真是什么样的蠢人就有什么样的粉丝。"

俞沐辰在一旁旁观,白珂的一言一行令他有种说不出的感觉,如果之前他还会把余美和白珂看成一个人,那现在他觉得完全不会。同样一个人,同样的身体,却散发出完全不同的气场,这令他深深为自己和余美的未来感到担忧。

白珂注意到俞沐辰看她的眼神,转头看向了他:"怎么了?"

俞沐辰摇摇头:"没事,我们回去吧。"

白珂微微颔首:"也好。"

7.

一路上,俞沐辰很平静,白珂却觉得无趣,她没话找话问俞沐辰,问他和余美的关系。俞沐辰一一照实回答,白珂觉得很无聊,靠在座椅上休息。

俞沐辰瞥了一眼白珂,她即便是闭目休息,也和余美的动作不一样。

"你一直看我,想问我什么?"白珂突然问道,她依然闭着眼睛,看也不看俞沐辰。

"林月的死,你怎么想?"俞沐辰问道。

"怎么想?你想问什么?"白珂微微眯起了眼睛。

"林月一直欺负余美,眼下忽然死亡,你没什么想法吗?"俞沐辰又问。

白珂笑了:"你想知道是不是我杀了她吧?我很明确地告诉你,我的确很不喜欢那个女人,不过如果是我动手的话,我会用别的办法。"

"什么办法?"俞沐辰握着方向盘的手一下捏紧了。

"杀人诛心。"白珂淡淡地抛出四个字,再次闭上了眼睛。

俞沐辰重复了一遍,不是很明白白珂的意思,不过她既然说没动手,那估计就应该不是。他的心放了下来,他一直怕这个人格为了保护余美而做出出格的事。

8.
夜色浓重,除了马路上两排暗淡的路灯,到处都是浓墨一般的黑。白珂的眼神却闪闪发亮,她打开了车窗,任由风在她的指尖穿梭,风吹乱了她的头发,却有一种别样的美。她像是夜晚的女神在深夜里绽放。

俞沐辰看着她的模样不由得发愣,不得不承认她很美,只是有种别样的美,同样的脸庞,却与余美单纯天真的模样截然不同,不论眼神还是神情都带着一股凛然的气息,仿佛女王一般。

白珂像是知道俞沐辰在看她一样,扭过头看着他,入鬓长眉斜挑,眉眼之间风情万种。俞沐辰的心猛然跳了几跳,这哪里是今人,分明是踏夜而来的香魂,嘴角噙着勾人心魂的笑,摸不着,抓不牢,却是一张网将人牢牢裹在其中。

俞沐辰面红心跳,连呼吸都不正常了,他急忙收回视线望向前方。

白珂促狭地伸出手放在他的手背上轻轻摩挲,一边咬着嘴唇歪着头看向他。俞沐辰像被电到了一样,猛然将白珂的手甩脱,抱紧了方向盘。

白珂讶然道:"怎么了?"
俞沐辰干咳一声道:"你注意点。"
白珂笑得更厉害,抓着俞沐辰的衣袖轻轻摇:"我是余美啊，你怎么了？"

俞沐辰将车停在路边，用力拽下白珂的手，凛然道："我不管你是谁，但是不准用小美的身体做这些事！"

白珂轻蔑地一笑："这也是我的身体，我就是她，她就是我，你不明白我，你也不了解她。最重要的是，你没权利干涉我们。"她推开了车门，轻轻跃下汽车，行走在马路上。

俞沐辰急忙下车追了过去："你要干吗？"

白珂一把推开俞沐辰，冷声道："离我远点，你和我没关系。"

俞沐辰二话不说将白珂打横抱起，强行将她塞回车里。白珂怒极："俞沐辰！"

"我不能让小美的身体陷入危险。"俞沐辰不顾白珂的反对，将她强行按在座位上，拉下安全带，用警告的眼神看着她，"她已经很烦恼了。"

白珂冷冷地望着俞沐辰："你真的觉得你可以保护她一辈子？"

"我不能，但是我会尽我所能。"俞沐辰的手压在了座椅的一侧，和白珂四目相对，"我爱她。"

$\frac{1}{2}$ Ci
Chu Lian

九

"所有人都不是好人,这世上只有我们两个人才可以互相信赖。"跟踪狂抓住了余美的胳膊,"我愿意为了你付出一切,包括我的生命。"

1.

朝霞一点点唤醒了城市,沉睡的人们开始了新的一天的生活。对于俞沐辰来说,疲劳至极的一夜终于过去了。

时钟跳向六点后,白珂消失了,余美再次苏醒,她惊讶地发现自己居然在俞沐辰的车子里。

"咦?我怎么在这里?"

俞沐辰看见她睁开眼的刹那,激动得想哭,他一把将余美搂进怀中,恨不得将她揉入怀中。余美很惊讶:"沐辰,你怎么了?"

俞沐辰紧紧地抱着她。余美有些错愕,搂着俞沐辰的脖子问:"你到底怎么了?"她忽然想起了昨夜自己吃着火锅时失去了意识,不由得打了个寒战,"你……昨天晚上一直和我在一起?"

俞沐辰没有否认,余美的心凉了大半截,她抓着俞沐辰的手微微发抖:"那我……我没有做出什么奇怪的事吧?"

俞沐辰摸着她的头发说:"你不会做出奇怪的事的,我知道。"

余美看着俞沐辰的神情,心里咯噔一下,颤声抱着俞沐辰语无伦次地说:"那不是我……我……"

"我知道,我见过她了。"俞沐辰的脸上依然带着笑容,"她也和我谈过了。"

"她和你说什么了?"余美的手心一片冰凉。

"她没说什么,她说你们是一体的。"俞沐辰轻轻抚摸她的头发,"你不要担心,我会和她慢慢了解的。"

"不,不,不要了解!"余美的情绪变得很激动,"你们不要再见面了!"

"为什么?"俞沐辰望着她,"小美,我们以后是要在一起的,我不可能永远不见她。"

余美的头摇得跟拨浪鼓一样,脸色煞白:"不,你们不要再见面了,沐辰,我请求你,不要再见她!"

"那我们……"俞沐辰的话只说了一半,余美惊慌失措的眼神让他心疼,他改口说道,"好吧,我不见她了。"

余美抓着他的胳膊说:"真的?"

"嗯。"俞沐辰点点头。

余美这才松了口气,她的心跳极快,她很想问问俞沐辰,白珂是什么样子的,可是她问不出口。她不想让俞沐辰记着白珂，最好永远都别见面。至于俞沐辰说的以后，她不敢想，至少眼下，她不敢想。

2.
俞沐辰哄了一阵子余美后，把余美带到了新闻发布会的现场。李力果然有两把刷子，发布会的阵势极大，各路记者来了许多，还有许多做直播的主播。

现场很热闹，仿佛一线明星登场，余美从未被如此关注过，吓得腿都发软。所幸俞沐辰一直在身边，她的心稍稍安定。

她按照李力事前准备的声明念了一遍，然后开始回答记者们的提问。大家都很好奇她的精神状态以及与林月之间的矛盾。余美按照李力教的话，回答得很有技巧，表明了自己的苦闷，被林月欺辱却一直忍耐。

这场发布会的时间并不长，不过效果很好，余美的名字刷爆了各大头条。李力拿着手机对俞沐辰说："怎么样？现在你满意吗？"

俞沐辰没说话，只是看着余美。李力又点开了一条消息给余美看："喏，电视剧的主题曲我也和人说好了，指定你来唱，就是沐辰写的歌。"

余美终于露出了笑意，她拿过了笔在合同上写下了自己的名字。李力如释重负，总算签下来了。他笑嘻嘻地看着两人说："恭喜你们两个明日之星，来，我们好好庆祝一下吧？"

余美看着俞沐辰困倦的模样摇了摇头："下次吧，沐辰昨天晚上没休息好，让他先休息吧。"

李力连声啧叹："沐辰，你找了个好女友啊，知道心疼你。"

俞沐辰美滋滋地看着余美笑了,真好,这就是他喜欢的那个姑娘。

3.
命运再次垂青余美,她重新找到了生活的美好。她和俞沐辰形影不离,一起唱歌,一起吃饭,连呼吸的空气都是甜的。

就在余美觉得一切痛苦都消失了,美好的生活款款而来的时候,俞沐辰却发生了意外。

那天,余美抱着自己亲手做的寿司,准备带给俞沐辰的时候,却接到了陌生的来电:"你是余美吗?俞沐辰是你的男朋友吗?他出了车祸,现在已经送到市医院急救,你赶紧过来吧。"

余美吓得脸色突变,二话不说冲出了家门,她跑得飞快,连鞋子都没换,穿着拖鞋就跑到了小区门口。偏生这时候打不着车,急得她直跳脚。

就在她准备跑到远处打车的时候,一辆车子停在了她的面前,她下意识地看了一眼车子里面的人,竟然是陆肖。

陆肖打开了车窗问道:"你要去哪里?"

"医院。"余美顾不得许多,拉开了车门,"麻烦你快点送我去医院。"

陆肖很意外:"发生什么事了?"

"沐辰出车祸了。"余美又急又怕,说话的声音都在颤抖。

陆肖闻言,立即发动汽车,载着余美一路飞奔向医院。

4.

急诊大厅乱哄哄的,到处都是人,医生、护士、病人和病人家属混在一起,让整个大厅变得像个农贸市场,里面又乱又吵。

余美第一次进到这里,不由得腿软心跳,一眼扫过去全是重病号,没有看到俞沐辰。她像个没头苍蝇到处乱转,不知该怎么办才好。

陆肖见状找了一名医生迅速地询问清楚,领着余美往后面的大楼走。余美不肯去:"为什么要到后面去?"

"他在拍片子。"陆肖简明扼要地说。

余美不再多话,跟着陆肖一路赶到了影像科,果然看到刚拍完片子被人推出来的俞沐辰。他的身上到处都是伤口,衣服上面破了好几个洞,额头上面也有伤口,唯一庆幸的是他还是清醒的。

看到余美,俞沐辰很意外:"你怎么来了?"

余美猛冲到他面前,一时间没忍住,眼泪唰地掉下来,又不敢碰他,只是牢牢抓着床沿说:"很痛吧?"

俞沐辰勉强挤出笑容:"还好,你来了就没那么痛了。"

"你这是怎么弄的?"陆肖走了过来问。

俞沐辰看见陆肖十分意外:"你怎么在这里?"

"我有些事要找她,刚好得知你出车祸的消息。"陆肖答道。

俞沐辰下意识地伸出受伤的手拉余美到身后:"你离她远点,不要打她的主意。"

陆肖没有说话,只是默默地走到了外面。

一整个上午,余美忙前忙后地跑,俞沐辰很幸运,所受的伤并不重,只是腿骨和肋骨断裂,需要住院养伤。

等到她帮俞沐辰办完了手续,才有空去见负责这次事故的交警。只刚走到医院门口,她却发现陆肖居然一直在等她。见她出来,陆肖打开了车门对她说:"上车吧。"

余美有些讪讪的,自从上回陆肖给了她林月的证据后,她对陆肖的感觉更加复杂,这个男人到底想做什么呢?

"现在这时间段不好打车,尤其是你想去的地方,更少有车去。"陆肖说道。

余美愣了愣:"你知道我要去哪里?"

"你不是要去事故大队吗?"陆肖的眼睛看着前方,"再不去他们就下班了。"

余美看了看四周并没有出租车,想了想还是上了车。

5.

陆肖破天荒没有拉着她一直说话,而是专心开车。这让余美松了口气,她有时候挺害怕和陆肖说话。她看着车外暗自盘算着一会儿要给俞沐辰煲汤,拿些换洗衣物送过去,最好再买点牛奶和水果给他养身体。

"你认识沈跃吗?"陆肖冷不丁地问道。

"什么?"余美呆了一秒,"什么名字?"

"沈跃。"陆肖再次问道,目光不住地往她脸上瞟。

余美摇了摇头:"不认识。"

陆肖并不死心:"你从来没听过这个名字吗?"

余美再次摇头:"没听过。"

陆肖沉默了片刻,继续开着车,过了一会儿,又问道:"你身边除了俞沐辰,还有别的男人吗?"

余美顿时恼了:"你什么意思?"

陆肖笑了笑解释道:"别误会,我只是问还有没有别人喜欢你?"

余美很气愤地摇头:"只有他!都是他!不可能有别人!"

陆肖看她生气的样子,忽然觉得很可爱,不经意地笑了起来:"怎么可能没有人喜欢你?我不相信。"

余美向他翻了个白眼,扭头看着窗外不说话。陆肖又问:"之前那个跟踪狂后来还出现过吗?"

余美的心里一惊,她都快忘记那个跟踪狂了,自从那次他进了她的家又离开后,她就再也没见过,她还是摇了摇头。

"那就好。"陆肖似乎松了口气,"听说你被带到警局配合调查了?"

余美点点头:"是的。"

"他们都问了你什么?"陆肖似乎很好奇。

"一大堆问题,问得我头晕。"余美很不愿想起在警局的遭遇,"对了,问了林月的证据是从哪里来的?"

陆肖故意看着余美问:"你说了我吗?"

余美摇摇头:"我没说。"

"为什么?"陆肖的眼里带着一丝期盼和狡黠。

"不想给你带来麻烦。"余美不自在地捋起耳边的头发,"你是因为帮我的忙。"

陆肖的嘴边浮出一抹浅浅的笑意:"谢谢你。"

"谢我什么?"余美很奇怪。

"谢谢你不愿意出卖我。"陆肖的声音很愉快,"让我觉得没白认识你这个朋友。"

余美沉默了片刻,又问:"你到底为什么要骗我?我想不通你的所作所为。"

陆肖没有回答,只是停下了车子:"到了。"

6.

俞沐辰是早晨出的意外,他开车出门的时候突然遇见了一辆逆行的电瓶车横穿马路,他当时想要急刹车已经来不及了,为了不撞伤人,他猛打方向盘撞到了路边的花坛里。

他并不是这起事故的责任人,但是那辆电瓶车的车主却怎么也找不到了,事发路段的摄像头也恰恰在前一天坏了。

余美懵懵懂懂地听完了整个过程,一句话都没说,而陆肖却问道:"事发路段的两头分别连接三条不同的道路,难道摄像头全部都坏了?"

"并没有坏。"交警答道,"我们也调了档案,但是很奇怪,那辆电瓶车就这么消失了。"

"这一路上有没有停放电瓶车?"陆肖又问。

交警愣了愣,像是被提醒了一般:"好像有一辆绿色的电瓶车停在马路边的绿化带里。"

陆肖又问:"在哪个位置?"

交警报了个地址,对他说:"我跟你一起去。"

路边的绿化带果然停着一辆电瓶车,车子藏得很好,乍看过去还以为是很久前停的车。电瓶车很破旧,上面布满了灰尘,只有座位和把手处露出了使用的痕迹。

陆肖走到车边仔细检查了一遍,又在四周仔细探查了一番,拍了许多张照片,最后带着余美上了车,一路开了回去。

余美很奇怪,她不知道陆肖打的什么哑谜。

"怎么了?"

陆肖的神情很严峻,他并没有回答余美的问题,像是在琢磨什么问题。

余美见他这样,也不想再追问,陆肖这个人如果不想回答问题,她是怎么也问不出来的。他们就这样一路开回了家。

余美向陆肖道了声谢,急忙下车回去为俞沐辰准备东西。她并不知道陆肖一直坐在车上看着她远去的背影,脸上布满了阴霾。

陆肖拨通了电话,对着电话那头说:"杜江,这里有一起杀人未遂的案件,请你帮忙查一下,我怀疑和林月的死有关。"

7.

余美煲了一锅黑鱼汤,提着牛奶和水果,又拿了两套俞沐辰的衣服,和一大堆住院用品往医院赶。这次她很幸运,刚出小区就打到了出租车。

只是刚上了车,余美便觉得有些不对劲,那司机头上戴着鸭舌帽,看上去很眼熟,再一打量,竟然是那个跟踪狂。余美顿时吓得手脚冰凉,正准备下车,车子已经发动了。

"别怕,我说过我不会伤害你的。"跟踪狂缓缓开口道。

"你……你要干什么?"余美哆嗦着问道。

"送你去医院。"跟踪狂平静地说道。

"你……你怎么知道……"余美的舌头不住地打结。

"你拎着这些东西不去医院,还会去别的地方吗?"跟踪狂的脸上露出了一抹笑意,像是她问了一个愚蠢的问题。

余美不敢再说话,她很害怕,不知道跟踪狂会做出什么事来。她偷偷摸向手机,刚想要发消息给陆肖,又听到跟踪狂说:"你找他们没用,除了我,谁也不能保护你。"

余美愣了愣:"什么?"

跟踪狂转头看了她一眼,眼神诡异而炙热:"除我之外,不要相信任何人。"

余美被跟踪狂的眼神吓住,手微微一抖,手机落在了座位上,刚想要拿回,却被跟踪狂一把夺走,他打开手机瞥了一眼,眼神肃杀地望着余美:"你怎么不相信我的话?"

余美结结巴巴地说:"我……我……"

"所有人都不是好人,这世上只有我们两个人才可以互相信赖。"跟踪狂抓住了余美的胳膊,"我愿意为了你付出一切,包括我的生命。"

余美吓得手脚冰凉,他的目光里满是狂热,令她心里发寒,她蜷缩在座椅里一动不动,看着车窗外面的天空一点点被黑暗吞没,六点就要到了。

8.

余美不大记得离开医院之后的事了,只记得自己慌慌张张地下了车,给俞沐辰送完了东西,赶在六点之前离开了医院。

在她找到出租车回家之前就已经到了六点,再次醒来的时候,人已然回到了家里。白珂昨天晚上似乎很晚才回来,穿的依然是昨天她穿的衣服。

余美并不关心白珂做了什么,只是觉得很焦虑,她还是要抓紧时间搬家远离跟踪狂。她赶紧拿起手机准备拨打房产中介的电话,只刚要拨却发现不对,这个手机里面只有一个联系人，名字是S，并没有具体的姓名。

余美愣了半天才想起来，昨天因为慌张，手机落在了跟踪狂的车上。那这是白珂的手机吗？她有些不确定。

这个手机和她的手机一模一样，连屏保都是和她一样的自拍。她一一浏览过手机里面的相册，照片并不多，全都是她的照片，看来白珂和她一样很自恋。

那这个S到底是谁呢？她还从来不知道白珂的交际圈，她似乎从不和人打交道，她心里越发按捺不住好奇，按下了通话键。

余美幻想着电话那头会是什么人，也许是个女人，也许是个男人，就在这时，房间里面传来了电话铃声。

余美吓了一跳，拿着电话循声寻找，却发现电话铃声是从白珂的房间传出来的。

余美挂断了电话，白珂房间的电话铃声也戛然而止，再次拨通时，电话铃再次从房间里传出。余美的心跳加速，莫非这个S就在房间里面？

9.

她从来没去过白珂的房间，那里对她而言是禁区。她走到房门口，心跳不自觉地加快，这里面不会藏着人吧？可是她从来没发现过这里面有动静。如果真的有人的话，那么为什么不挂断电话？

她深吸一口气贴在门边细细听，除了自己的心跳声什么都没听见。她的心跳平缓下来，仔细看了看门锁，是一把密码锁。鬼使神差地，她的脑海里面浮现了一串数字。

她贴到密码上面仔细看了看上面的指纹，和她脑海里面出现的数字一样。她调整好呼吸，按下了密码。

按下确定后，门嘎吱一声开了，余美的手心沁出了薄汗，她轻轻推开了门。

门后面是一间比她房间大许多的房间，准确地说是一间很大的衣帽间。余美呆在了门口不敢进去，这个衣帽间完全超出了她的想象。

房间里面全部是衣柜，衣柜里面按照衣服的颜色挂满了各种款式的衣服，此外还有许多鞋子和手包，一个个都摆放得十分整齐。地面上铺着柔软的山羊绒地毯，脚踩上去宛如漫步云端。

余美虽然不认识太多品牌，但也知道这全是昂贵的大品牌，一件外套要上万，一双鞋子最低也是几千块，更别说那些手包，爱马仕、香奈儿摆得满满当当，仿佛这里是商场的专柜。

更令她心跳加速的是珠宝首饰柜，里面摆放了数不尽的宝石、钻石首饰，从项链到戒指、手环、耳钉，每一样都是精工雕琢的名品，鸽子蛋大小的宝石首饰就有五个，更别说那数不清的钻石，每一颗都在灯火映照下熠熠生辉。

这是女人的天堂，余美站在里面连大口呼吸都不敢。她不敢相信这一切就在她的家里，只隔着一道门。震惊之余，她发现了一部手机放在梳妆台前。

她拿起那部手机，迟疑了片刻再次按下通话键，电话果然响起来了。余美的脑子里面有些混乱，如果这个房间里面的手机是白珂的，那么S是白珂？那她手上的这部手机是谁的？

她的心猛然一沉，只可能是跟踪狂的手机。

白珂和跟踪狂认识？余美的脑子里乱作一团，如果真是这样的话，那么跟踪狂其实不是跟踪她，而是跟踪白珂？可是为什么要跟踪白珂？或者其实他一直是在暗中保护白珂，所以才会跟她说那些话？他和白珂到底是什么关系？如果白珂和他关系亲密，那么为什么他会这么鬼鬼祟祟？

10.

她看着这一屋子的东西，又想到了一个问题，白珂怎么有这么多钱？她是不是就是那个白夜？

她搜索出白夜的资料，一位本土超级神秘的侦探小说作者，作家百万富豪榜上的常客，却无人知晓他究竟是男是女。

她陷入了沉思，如果白珂真的是白夜，那么她应该非常有钱，为什么要和她共用一具身体？她脑子里面有些乱，这一切都太突然，令她猝不及防。

她逛遍了白夜的小说贴吧、微博，一切对外的账号，在蛛丝马迹里面寻找白夜的身份，可是得到的答案更糊涂，有人说白夜是年过四十的大叔，有人说白夜是中国的莫里亚蒂，还有人说白夜是冷面心狠的黑寡妇。无论什么形象都和白珂相去甚远。

她忽然想起之前在白珂的电脑上看到的小说内容，急忙打开手机搜索，搜到之前看过的《恶魔的救赎》，那时候没有更新出来的内容全部都更新了，和陆肖猜测的一模一样，罪犯是贺滋林。

余美左想右想，觉得大概只有陆肖最了解白夜了，可是她不知道怎么和他开口。这件事诡异至极，连她自己都不知道该从何处说起。

左想右想，她决定在家里装上针孔摄像头，看看白珂到底会做什么,她到底是什么人。她将手机重新放好,关上了房门。

她拿着跟踪狂的手机,左思右想拨下了自己的手机号码,电话那头几乎是秒接。

"喂?"

余美的心跳停滞,果然是跟踪狂的声音,她的喉咙发干,深吸一口气:"手机还给我。"

跟踪狂停顿了一秒说:"什么时候拿给你?"

"现在。"余美说。

"好,五分钟后你开门。"跟踪狂说完立即挂断了电话。

余美一愣,五分钟之后开门?他怎么知道她在家?

11.

余美不安地在房间里走来走去,不时看看挂在墙上的钟,果然五分钟之后,门外传来了敲门声。余美颤抖着打开了一道门缝,果然是跟踪狂站在门外。

跟踪狂并没有和余美说话,只是将手机从门缝里塞给她。余美接过手机后,下意识地把他的手机还给他。

跟踪狂的眼神里闪过一丝诧异,接过了手机又看了一眼余美,转身就走。

余美见跟踪狂要走,突然叫了他一声:"你……你到底是谁?"

跟踪狂停下了脚步,没有说话。余美又结结巴巴地说:"我……我不是她……你知道的吧?"

跟踪狂还是没说话,余美又说:"你们……"

跟踪狂斜视了一眼余美,眼神里仿佛带着冰:"我知道,你不必嚷嚷。"

余美被跟踪狂的眼神吓到,不敢再说话,她关上了门才发现衣裳已经被冷汗湿透了。

她打开了手机,里面一切如常,没有任何变动。看来跟踪狂完全没有动过她的手机。

余美将手机放好,决定立即去购买摄像头,她太想知道跟踪狂和白珂之间到底是怎么回事了。

12.
针孔摄像头并不好买,余美并不懂行,东转西转也没找到合适的摄像头,却意外碰到了陆肖。

陆肖正在一处卖二手电瓶车的店门口打转,见到余美也很意外:"你怎么会在这里?"

余美不想让他知道,胡乱说:"没事出来走走。"

"你怎么不去陪俞沐辰?"陆肖问道。

余美笑了笑没有说话,陆肖很八卦地问:"你们吵架了?"

余美摇了摇头,问陆肖:"你在这里做什么?"眼睛往店里面一扫,都是些破破烂烂的旧电瓶车,"你不会来卖电瓶车吧?"

陆肖笑着问:"不可以吗?"

余美不置可否:"我不相信。"

"为什么?"陆肖很好奇,"你为什么认为我不会有二手电瓶车?"

余美说:"你是个非常爱干净的人,骑电瓶车容易弄脏衣服,你应该不会愿意骑,而且就算你真的骑电瓶车,这里面的电瓶车都这么脏,绝不可能有你的。"

陆肖饶有兴致地看着余美,余美望着他问道:"我说错了吗?"

"没错。"陆肖说,"我只是很意外,你会有这样的观察。"

余美很意外:"观察?"

陆肖点点头:"是的,观察,不仅仅用眼睛看,而是带着脑子来看来分析。"

余美想了想问道:"那你也是一直在观察我是吗?你观察出了什么?"

陆肖将手抱在胸口,想了片刻说:"我觉得你很有趣。"

"哦?"余美看着他,"我怎么有趣?"

"你很特别,你看上去十分简单,但是实际上并不简单,你藏着很深的秘密,但我不知道是什么。"陆肖说道,"这让我觉得很有意思。"

"有意思?我也觉得你很有意思。"余美说,"你一直都不肯告诉我你的身份,却一直要求我信任你。你不觉得荒唐吗?"

"如果我告诉你,你会选择相信我吗?"陆肖问道。

"这要看你的身份是不是真实,并且值不值得信任。"余美答道。

陆肖笑了起来:"你已经和之前不一样了,好,我可以告诉你,我是一名侦探。"

"侦探?"余美几乎笑出声,"你是看侦探小说看太多了吗?"

"我真的是一名侦探啊,"陆肖认真地说,"我一直都在缉凶。"

"那与我有什么相干?"余美嘲笑道,"你不会怀疑我是什么凶匪吧?"

陆肖也笑了:"你的确不是。"

余美看着陆肖的眼睛说:"谢谢你这么肯定的答案,否则我都要怀疑我是凶犯了。"说完余美打算要走,却被陆肖叫住了。

"我想和你讲个故事。"

余美并没什么兴趣:"与我无关的话,我就不听了。"

"是没什么关系,但是很有趣,我觉得可以和你分享。"陆肖笑着说,"再说你不是想知道我的事吗?"

余美迟疑了一下,还是停了下来:"你说说看。"

13.

陆肖讲了一个和他关系并不大的故事。

三年前,一名叫杜瑜的青年爱上了一名叫时雪筠的女子。

杜瑜虽然其貌不扬,却是一名实实在在的好青年。他勤劳刻苦,在一家银行做程序员,前途一片大好。

而时雪筠却是一名优雅美丽的富家千金,她不仅美丽,而且心地善良,最重要的是她不以貌取人。在众多的追求者中选择了杜瑜,因为杜瑜孝顺而且踏实。

那是杜瑜人生中最美好的时刻,他无时无刻不想着心爱的时雪筠,他拿出积蓄给她买礼物,可是时雪筠不要,让他把钱都攒起来,以后过日子用。

她一点都不贪慕虚荣,却能把日子过得有滋有味。她不让杜瑜送她鲜花,自己拿路边的野花做成干花装饰房间,即便是最简单的菜式,她也料理得有滋有味。

杜瑜感激涕零,他觉得自己上辈子一定是拯救了银河系,老天才让他有了这么好的女朋友。

就在他计划求婚的那天,银行却将他扣了起来,调查他的情况。杜瑜这才知道自己编写的程序出现问题,所有银行卡账户里都有几分钱自动转到了一个账户里面。

每个账户的几分钱看似并不多,但是加在一起却是一笔天文数字。杜瑜大惊,他并不知道被转入的银行账户户主是谁。银行的调查没有结果,便将他扭送到公安部门。

在银行冻结这一大笔款项之前,钱已经被转走了,这笔账目只能默认与杜瑜有关。杜瑜很害怕也很痛苦,他不知道到底是谁让自己背了这个黑锅。

他最惦记的就是时雪筠,可惜坏消息接二连三地传过来,时雪筠消失了。杜瑜很崩溃,他不相信时雪筠会骗他,可是事实摆在面前,他不得不信。没隔多久,他在看守所自杀了。

杜瑜死后,这个案子不了了之,虽然牵扯到的金额很大,但是对方是个洗钱的高手,很快这些钱就没有了踪迹。

时雪筠人间蒸发,原以为这件事就此结束,可是没多久后,时雪筠的尸体被发现了。

"尸体?"余美不由得缩了缩身体。

"是的,准确地说是一具尸检为时雪筠的尸体,尸体的面容已经毁坏,周围有大量的血液。只能从她的随身物品来判断她是失踪的时雪筠。"陆肖很有耐心地解释,"所以到最后也没人知道那到底是不是时雪筠。"

"她没有家人吗?"余美问道,"难道他们不能认出她?"

"她的身世完全是虚构的,这个女人是个非常高明的骗子,真话和假话混在一起,让人根本看不出破绽。"陆肖笑了笑。

"后来呢?"余美好奇地问道。

"后来?后来这个案子就这样草草结了。"陆肖答道,"世界和以前一样平静,没几个人还记得杜瑜。"

余美想了想:"你认识杜瑜?"

"他是我的好朋友。"陆肖的眼神里带着淡淡的哀伤,"我一直怀疑这个案子里面还有内情,但是随着时雪筠的死去,这个案件就结束了。后来我就从公安局辞职了,做了一名侦探。"

"你以前是警察?"余美很惊讶。

"没错。"陆肖点点头,"杜瑜的案子我从头跟到尾,我亲手把他送进了看守所,我为了查案子,还告诉过他时雪筠失踪的事……我一直都记得他当时那个绝望的表情,两只眼睛里乌沉沉的,一点光都没有。"他从口袋里取出了一枚戒指,戒指做得很精巧,上面有一颗心形红宝石,周围镶嵌着一圈钻石。

"这是他当时准备向时雪筠求婚的戒指,我陪着他一起选的。他把整个商场所有的专柜里面的戒指都拿出来选了一遍,最后才选了这一枚。"陆肖的神色越发哀伤,"我说这个太俗气,他告诉我说,红宝石代表他的心。"

余美不知道说什么,她有点同情陆肖,这个看似有点神经质的男人原来有这样的过去。

"我没事。"陆肖对余美笑了笑。

"那这个时雪筠真的还活着吗？"余美问道。

"不知道，我这三年一直在寻找她的踪迹，但是并没有什么收获。"陆肖说，"可我总觉得到处都有她的影子。"

余美沉默了很久，又问道："上次你问我的沈跃又是什么人？"

陆肖意味深长地看着她说："你还记得我向你推荐过东野圭吾的小说《白夜行》吗？"

余美隐约记得陆肖说过这本书："好像说过，你好像说过你对里面的女主很有兴趣。"

陆肖笑了笑："那本书的女主就像时雪筠一样，聪明漂亮野心勃勃，又懂得指挥男人当她的武器，男主角是一个叫亮司的男人，他因为对女主唐宫雪穗的愧疚和爱慕，一直充当着为她做黑活的那个人，他把唐宫雪穗干干净净地送进了上流社会，自己却沉在了泥潭深渊里，当然他也并不无辜。"

"所以呢？"余美不知道陆肖为何说起了小说。

"沈跃就是亮司。"陆肖答道。

"时雪筠有帮手？"余美呆了呆，"可是你从头到尾都没提过。"

"是的，他隐藏得非常深，我花了很长的时间才发现他的踪迹，他是一个天才学者型的人，在大学里面学习化学，他很早就能从实验室里面提纯出毒品，还精通计算机编程和生物学。时雪筠的背后有他的支持，才可以顺利摆脱警方的追捕。"陆肖说，"我甚至怀疑很多案子都是他在背后帮忙策划的。"

余美看着陆肖却有些怀疑："你有证据吗？"

陆肖却摇了摇头："没有，目前只是推断。"

余美犹豫了片刻说:"那会不会时雪筠其实早就死了,那个沈跃也并不是罪犯?"

陆肖却很坚定地说:"不会的,我知道她一直都活着,只是不知道潜伏在哪里。"

余美觉得陆肖的神情近乎魔障,她很同情他的遭遇,却不能完全苟同,但是人总要有点盼头才能活下去。至少对于陆肖来说,杜瑜的死是他的心魔,如果他不做点什么,也许这辈子都很难心安吧。

14.

装好了针孔摄像头后,余美有一点紧张,她再三确认不会被发现后,才安心地等待夜晚的来临。

她从未如此期盼着六点来临,脑海里面竟然一片空白,之前无数揣测全然消失,只是站在窗边看着屋外。此时已是梅雨季节,雨水和阳光交替出现,下午时还阳光灿烂,到了现在又落起了雨,远处翻滚的云层暗示着今夜将会有一场大雨。

$\frac{1}{2}$ Ci
Chu Lian

✝

她想起第一次见他时，他对她的微笑，是她苦闷岁月里唯一的期盼。

1.

夏天的早晨，天亮得很早，五点钟天就亮了，到了六点，外面的阳光已然穿过窗帘的缝隙落进了房间里。余美醒来的第一件事就是去调取昨夜的视频回放。

录像里面显示白珂整整一夜都在电脑前写作，中间只起身倒了几杯咖啡，其他什么都没有做。

余美有些失望，白珂的生活竟然如此乏味，不过这只是第一夜，她要有足够的耐心。

一连等了数日，视频回放里面终于看到了有人敲门，白珂打开了门。走进来一名身穿黑衣的男子，头上戴着鸭舌帽。果然是跟踪狂。

他随意地坐在沙发上，白珂给他倒了一杯咖啡，两人在沙发前说了半天话，虽然听不见他们说什么，却感觉两人并不生疏。跟踪狂在沙发上坐了一阵子就走了，白珂又继续在电脑前忙碌。

　　看来白珂果然和跟踪狂是认识的，余美确定了这件事心里反而安定了，至少跟踪狂应该不会伤害她。从跟踪狂对她的态度来看，兴许已经知道了她和白珂共用一个身体的事。只是跟踪狂到底是什么人呢？

　　余美并不知道，她翻遍了白珂的物品和资料却一无所获。白珂对于自身的隐私十分在意，任何有用的信息都没有。

　　余美忽然觉得自己当初的决定有些匆忙，她当初以为只是分享同一个身体，并不会产生什么交集，而今看来只是自己太天真。到底是同一个"人"，生活的交际迟早会产生交集。只是目前还好，除了跟踪狂外，白珂对她的生活的影响并不大。

　　她想起白珂房间里那琳琅满目的奢侈品，又有些怀疑，她为什么不干脆自己订做一具身体，何必一定要和她共享呢？

　　她不会是个坏人吧？余美心里起了这个念头，不住地感到害怕，如果白珂是坏人的话，她和坏人在一个身体里，她该怎么办？

　　余美越想越害怕，索性不再去想。她安慰自己说，兴许白珂是有什么怪癖呢？或者想要体验不同的生活呢？她不是作家白夜吗？也许是为了写小说找素材呢？

2.
　　余美不敢再去看视频，也不想再去想白珂的事，她决定好好工作，把这些杂乱无章的事都抛在脑后。

余美的工作比从前多了许多，李力很"贴心"地为她找了许多工作机会，她忙得连去看俞沐辰的时间都没有，只能经常在视频里面和他说几句话。俞沐辰很谅解她，还一直安慰她，叫她不要来，反正他也只是在医院休养而已。

余美从未如此迫切地需要钱，她拼命地工作，想要尽快挣到钱，能够让她自己买身体。只是她是新人，本身得到的出场费并不多，加上公司的各种扣款，到手的钱所剩无几。

余美很焦虑，她甚至动了借钱的念头，可是她几乎没有什么朋友，除了俞沐辰，没有人会借钱给她。她思来想去，忽然想起了陆肖。

她并不知道陆肖有没有钱，但是直觉这个男人不会很穷。虽然开口借钱很困难，但是靠现在这样一点点攒钱，不知道猴年马月才能攒够，她没有那么多时间等。

3.
陆肖很意外余美会找他，两人约在了一个偏僻的咖啡厅里。余美像做贼一样戴着墨镜和帽子，低着头进了咖啡厅，找了一个偏僻的角落坐下。

只刚坐下，陆肖就走到了她面前，看着她裹得这么严实不由得好笑："你这个样子反而更显眼了。"

余美急忙示意他坐下，又慌慌张张地向四周看了看，生怕别人认出自己。陆肖坐在了余美的对面，又笑道："你要是不想被人发现，就不应该约在公共场所。"

余美小声问："那应该去哪里？我也没地方去。"

陆肖笑了起来："早知道这样，还不如去我那里。"

"你那里？"余美一愣，"你什么地方？"

"我的办公室。"陆肖站了起来,"走吧,别在这里傻坐着了。"

4.

陆肖的办公室位置很偏僻,但是极其干净整洁,一排排卷宗和书籍按照字母的排列顺序整整齐齐地放在书架上,桌子上面所有办公文具都摆放得十分整齐,上面一尘不染。

余美看了一圈他的办公室,感慨道:"你有强迫症吗?"

陆肖看了她一眼,并未否认:"有一点。"

"你有洁癖和强迫症,"余美歪着头想了想,"我记得好像哪本小说里面说过,有这两种病症的人,多多少少都有些不正常。"

陆肖笑着环起双臂抱胸,看着她道:"余小姐,你这样可不像是有求于人的态度。"

余美愣了愣:"你怎么知道我是有求于你的?"

陆肖故作神秘:"职业本能而已。你有什么事情想找我帮忙?"

余美咬了咬嘴唇,却有点开不了口,手指缠着衣服左想右想不知道该怎么说。

陆肖看她这么扭捏,笑着说:"让我猜猜你到底有什么事来找我,你没有什么案子需要委托我替你办,只能是与你个人有关的私事。你现在已经有了合适的工作,也知道了我的身份,应该和你的事业无关,那么剩下来的事并不多了,再加上我能为你帮忙的这个条件,并且是不好开口的事,那就只有一个了,你想问我借钱。说吧,你要借多少?"

余美惊呆了。

她万万没想到，陆肖会猜到她的目的："你……"

"我已经把推理过程详细说给你听了，如果不对的话，你可以告诉我。"陆肖坐在办公桌前，自信而得意地看着她。

余美不知道该说什么好，只是默默地摇摇头："你每次见到我的时候，都是这样的吗？"

陆肖点点头："差不多吧，这是职业习惯。"

余美的心里发冷，以前只听他说观察，却不曾想他在观察的同时会有这样的推理："我的事……你是不是都知道？"

"你是说你整容的事吗？"陆肖直视着她的双眸，"我的确知道。"

余美的脸上血色全无，她感觉自己像被剥光了一样，恐惧得只想逃跑。

陆肖接着说："这是你的私事，与我无关，你不必担心我会告诉俞沐辰，我不会说的。"

余美白着脸看着陆肖："你还知道什么？"

"你的母亲一直在找你。"陆肖的眼神里有了一丝温软的光芒，"我不知道你们发生过什么，也无权评定什么，只是单纯觉得她很可怜，你如果愿意的话，可以去见见她，我可以给你地址。"

余美的脸色更难看了，她看着陆肖仿佛像看着一个怪物，这怪物洞悉她的一切，包括那些见不得人的秘密，那些她绝不想再提及的过去。

她面色如土，跟跟跄跄地往门外走。陆肖很奇怪地问道："你怎么了？"

余美面无表情地说："你不是能揣测人心吗？"说着拉开了大门。

陆肖有些愕然:"你不是要借钱吗?"

余美跑得飞快,像有鬼跟在身后,头也不回地跑了很远。

5.

陆肖的办公室附近有一条护城河,河面不宽,水面青翠碧绿,两岸绿柳成荫,人烟稀薄。余美跑了一阵子后,脚步放缓,沿着河边慢慢地走。

阳光轻柔,河风习习,吹得人忘却了烦恼。余美想起了家乡也有这样一条河,比这条河宽,水面清亮,可以看得见水面下的鱼。

小时候妈妈经常带着她在河边玩耍,那时候她喜欢听妈妈唱歌,总是央求着妈妈一遍遍地唱给她听。那时候的时光很快乐,她可以自由自在地在河岸边奔跑,阳光穿透树梢,落在她的裙子上,她快乐得要飞起来。

可惜快乐的时光就是这么短暂,很快她就明白了妈妈为什么老爱带她去河边玩,因为那儿没什么人,就不会有人用异样的眼光打量她。

她想起了上次看见妈妈的模样,心不由得更加难受。妈妈老了,从那个爱笑的女人变得愁眉苦脸,一切都是因为她。

她心里难受极了,拿出了手机,调出了妈妈的号码,想了又想,还是没有按下拨号键。就在她准备走的时候,忽然听到了熟悉的歌声。

她浑身一激灵,循声望去,真的看见了一个熟悉的身影穿着环卫工的衣服,一边唱歌一边在打扫。余美看着妈妈的身影,眼泪止不住地往下流。

直到妈妈看见了她,她才慌慌张张地低下头,戴上帽子和墨镜。正要低头走,忽然听到妈妈喊了她一声:"喂,等一等——"

余美身子僵硬,正要低头跑走,却怎么也迈不开腿,只站在原地等着妈妈一步步走向她。刹那间,她仿佛回到小时候,她跑得飞快,跑远后就站在远处招手,等着妈妈跟过来。

余妈妈走到余美面前的时候,余美有些恍惚,就在她的眼泪快要决堤之时,忽然听到妈妈说:"姑娘,你是上次那个帅哥的女朋友吧?"

余美呆了呆,余妈妈见余美发呆,急忙解释:"我是上次在公园还有街上碰到你们的那个找女儿的人,真对不起啊,他上次好心帮我,我却那样对他,你能代我向他道个歉吗?"

余美张不了口,只是点点头。隔着墨镜,余妈妈看不清余美的脸,只是一个劲地向她解释:"上次真是很抱歉,我有点神经过敏了。"

余美见她这样,心里更加难受,硬生生地挤出一句话:"不要这样。"

余妈妈愣了愣,余美冲着她说:"回家吧,你女儿不想看你这样。"说完后,余美低下头匆匆地往前走。

余妈妈握着扫把站在原地,忽而泪如雨下,她捂着脸哭了很久,而后擦干了眼泪,再次看向余美跑走的方向,可是余美的身影早已消失不见了。

余妈妈叹了口气,缓缓地坐在河边看着远方,河对岸有一对母女正手牵着手在河边一边走一边唱。

6.
余美无精打采地回到家的时候,已经接近傍晚,她看了一眼时间，再过一会儿她就该休息了。她很想好好休息，这一天过得太折磨人了。

她没想到的是，折磨还没有结束，因为跟踪狂又出现了。余美刚打开门准备进去，就被跟踪狂抵住了门。

这次余美没有害怕，反正白珂一会儿就会出现了，她也不是很在意，再者她对跟踪狂还是有几分好奇。

她任由跟踪狂跟着她进了门，只刚坐下，跟踪狂就坐到了她的身旁，距离她非常近。

余美不想和他坐得这么近，便稍稍移动了身体，只刚刚挪了一点，就被跟踪狂抓住了手，他低声问道："你今天为什么要去找那个侦探？"

余美心里一惊："你跟踪我？"

"你忘了吗？我要保护你，当然要跟着你。"跟踪狂答得很自然。

余美忽然觉得这是个好机会，可以试探下跟踪狂，便假装放松了身体，而后再次睁眼。

跟踪狂果然觉察到了她的异样，小心地问道："你醒了？"

余美装作惊讶的样子："你怎么在这里？"

跟踪狂的神情都变了，眼神里面的锐利全然不见，温柔地对她说："我今天跟了她一天，刚想问她话，你就醒了。"

"你少和她接触。"余美装出不悦的样子。

跟踪狂笑了："你生气了？"

余美不说话，跟踪狂将她拉入怀中："我的心里只有你一个，从来没有别人，即使她和你长得一模一样，我都只会爱你。"

余美僵硬地靠在他的肩膀上，任由他温柔地抚摸着她的头发，心里想着该如何解围。

这时，她又听他喃喃低语道："我去解决了那个俞沐辰吧。"

余美的心里一惊，故作镇定地问："为什么？"

"我实在受不了他一直和你的身体这样纠缠着，就算知道那不是你，我也不想让他靠近你。你不知道我每次看到他和那女人在一起的时候，即便知道那不是你，我都恨不得撕碎了他。"跟踪狂将她抱得更紧，"何况这种日子这样下去也不是长久之计，早点解决也好。上次他命大，现在只是躺在医院里，不过一个人的运气总是有限的。"

余美惊得浑身发抖："是你制造了那场车祸？"

跟踪狂立即将余美从怀中拉出，眼神再次变得冰冷："你是余美？"

余美吓得浑身冰冷，想要勉强装成白珂，却怎么也装不出来，她的手脚都在发抖："你……你……"

跟踪狂冷冷地说："你别想瞎闹，现在我们都绑在一条船上。"

余美骂道："你这疯子！你为什么要这么做！你居然想杀他！"

跟踪狂并未理会她，只是逼问道："什么时候是你？什么时候是她？"

"你不知道？"余美歇斯底里地笑了起来："真可笑，你们不是很相爱吗？她为什么连这个都没告诉你？"

跟踪狂的目光里满是戾气，声音听上去平静得可怕："听着，余美，我这个人的耐心一向有限，如果你惹急了我，我会让你好看。"

"你让我好看?"余美嘲弄地看着他,"这也是她的身体,你弄伤我,就是弄伤她!你来试试好了!"

跟踪狂冷笑一声:"你以为我会对她的身体下手吗?我会对你心爱的人下手!如果你不说实话,我保证俞沐辰活不过明天!"

余美的脸色变得雪白,口中犹自逞强:"你如果敢动他,我就跳楼自杀!我说到做到!我和她一起同归于尽!"

跟踪狂却很平静:"如果你这么做,你的过去也将会被公布,全世界都会知道你曾经的模样,哦,还有你妈妈,她不知道能不能接受这个事实呢?"

余美的气势全无,她哆嗦着嘴唇许久,无力地从口中吐出了两个字:"六点。"

"六点?"跟踪狂重复了一遍,"从几点到六点?"

"六点。"余美缓缓闭上了眼睛,一滴眼泪自她的眼角滑落,墙上的时钟指向了六点。

7.

余美从未如此害怕醒过来,她甚至很想强迫自己闭上眼睛。可是到了时间,她还是会醒来。

一切仍是老样子,似乎什么都没发生过。除了茶几上的花换成了火烈鸟,一切都和她第一天在这里醒来时一样。

可是一切都变了,她认认真真地想,如果自己没有换这个身体,会不会过得好一些?那时候虽然被人嘲笑丑,可没有这么多让她胆战心惊的事发生。她甚至都没有勇气告诉妈妈她是谁。

可是如果没有这个身体,也就不会有俞沐辰来到她身边。不记得曾有谁说过,为了这样一个男人,她愿意与全世界为敌。而今的她也算是与全世界都背离了。

她不能失去他,他是她现在唯一的希望,也是她唯一坚持下去的理由。

她想起了跟踪狂的话,吓得一激灵,急忙出门赶去医院。

8.

余美到医院的时候还不到七点,俞沐辰依然在沉睡。余美看着他的睡颜,长长的眼睫低垂,睡得像个孩子,美好得不真实。

她想起第一次见他的时候,他对她的微笑,是她苦闷岁月里唯一的期盼。那时她怀着紧张的心情在俞沐辰住的小区附近徘徊,只为了能看他一眼,只要能远远看一眼,就觉得自己很幸福。那时从不敢奢望自己能和他认识,更不敢想象能成为他的女朋友。如果没有这样美丽的身体,这一切都不可能。

"你……"俞沐辰感觉到身旁有人,睁开了双眼,看见了余美后神情略略一滞,"小美?"

"你醒了?"余美小声问道。

俞沐辰揉了揉眼睛,微微点头:"几点了?"

"七点不到。"余美答道,"你饿吗?我去给你买早餐。"

俞沐辰摇摇头:"不饿。"他没有像往常一样急切地坐起来拉着余美,而是靠在床上看着余美,"你怎么来这么早?不用工作吗?"

"我一会儿再去,今天的事不多。"余美感到俞沐辰的态度有些疏远，"你怎么了？"

"没事，我昨天晚上没睡好。"俞沐辰打了个哈欠，两只眼睛下面泛着乌青，看来昨夜的确没休息好。

"那你继续休息吧，我先走了，下班后再来看你。"余美顺手拉过薄毯替他盖上，细心地掖好被角，"天气虽然热，但是还是要盖被子，当心感冒。"

余美替俞沐辰盖完被子后，发现俞沐辰一直望着她欲言又止，不由得摸了摸自己的脸："我脸上有什么吗？"

俞沐辰摇了摇头，露出一抹浅笑："你去吧，下班太累的话，就不用过来了。"

余美觉得俞沐辰的笑容有点怪异："你到底怎么了？是不是身体不舒服？"

俞沐辰还是摇头，他挪了挪身体，放在枕边的手机掉在了地上。他翻身准备起床捡手机，余美忙拦住他："别动，当心你的伤口，我来捡。"说着先弯腰捡起了手机。

手机不经意间被余美划开，余美下意识地看了一眼，顿时色变。映入眼帘的是余美从前的照片！

她的脑子里嗡的一声就炸开了，看着这张照片又看向俞沐辰。俞沐辰忙伸手拿过手机，匆匆关闭屏幕，也不看余美，只是翻个身躺下："你快去工作吧，我先睡会儿。"

余美感到身体一阵阵发凉，她强迫自己镇定，努力回想这张照片是不是上次他从妈妈那里拍到的，可是怎么也记不清楚他到底拍没拍。

她的腿发软，连走路的力气都没有，俞沐辰真的知道了吗？她不敢去想，也不愿意去想。她很想像之前那样，甜甜蜜蜜地和俞沐辰撒娇，腻在一起一刻都舍不得分离，可是她做不到。

俞沐辰的态度已经如此明显，余美心如刀割，她最害怕的就是俞沐辰知道真相，她连问他的勇气都没有，只有眼泪决堤而下。隔着泪水望着俞沐辰的身影，模糊得一如当初她第一次看见他，那时的雨淋湿了眼镜，看不清他的模样。而今隔着泪水，看不透他的心。

她转过头缓缓往门外走去，每一步都如同走在刀尖上，连呼吸都非常痛，那些她曾经觉得矫情的失恋歌曲每个字都钻进了脑子里，每一个字都唱出了她的心声。

"小美……"俞沐辰忽而喊了她一声，余美浑身一抖，僵在了原地。

"你……"俞沐辰顿了顿道，"你就这么走了吗？不想问问我吗？"

余美浑身发抖，她很想打开门就此逃走，可是又舍不得。她很清楚，只要踏出大门，就再也没有机会回头。自尊心很重要，可是俞沐辰更重要。

她不想和电影电视里演的那样，为了一时的误会或者自尊永失所爱，用一生的时间徘徊后悔。兴许她只是想多了呢？兴许刚才看错了呢？

她咬紧牙关，抓着门把手，半侧身站着，保持着一个随时会出的姿态。她不敢看俞沐辰，从牙缝里挤出一句话："问什么？"

"照片。"俞沐辰似乎下定了决心，"你刚才看见的照片。"

"那不是你上次帮那个女人找女儿拍的照片吗……"余美心虚得厉害，声音越来越低。

俞沐辰深深叹了口气："你还想隐瞒我到什么时候呢？"

余美的脑子嗡地一响，差点摔倒在地，他真的知道了！她说不出话来，连逃走的勇气都丧失殆尽，颤抖着挤出话："我……我……"

"我以为我们之间很坦诚，可以无话不说。"俞沐辰说不出地失望，"可能是我想多了，在你的心里，我大概也只是个普通人吧。"

"不，不是这样的！"余美含着眼泪连连摇头，俞沐辰的话推倒了她心里的堤防，"我、我怕你知道！我不能让你知道！"

眼泪大颗大颗地滑落，花了妆容，余美却顾不得形象，藏在心里的话如洪水倾泻而下："我怕你知道会离开我！我从小就长得丑，没有人看得起我……连我爸爸都看不起我！妈妈一直骗我说我很漂亮，可她还是想着给我攒钱整容！我被人当成怪物，我唱歌唱得再好，也没人在意！我送外卖，都会被人说长得丑吓到了人，可我从来没有做过一件伤天害理的事，却一直被当成嘲弄的对象！我有什么过错？我生来长得丑，这就是丑人的错误！这个世界如此的势利眼，机会永远只眷顾样貌好看的人，而我这样的人，即便再努力，都不会有人多看一眼！"

"我承认我是为了一点虚荣心才追求美貌，可是这有什么错呢？这世上所有人都努力把自己变得更美，以符合大众的审美，只是为了少被人攻击嘲笑。"余美哭得歇斯底里，"一个长得丑的人，即便什么都不做，就已经是罪恶了，更别想获得任何平等的待遇，更别说是感情了。"

她泪眼婆娑地望着俞沐辰："你也一样，如果我一直都是以前的容貌，你会爱我吗？你也不会吧。"

"我……"俞沐辰没想到余美情绪如此激动。

余美含着眼泪说："我曾以那样的容貌见过你，给你送过外卖，你肯定不记得我了。"

俞沐辰愣了很久，他的确不记得这件事："我……"

余美脸上一副了然的表情："可我一直都记得你，你送给我一包纸巾擦雨水，我一直都记得你。如果那时候我是现在这个样子，你会不记得吗？"

俞沐辰沉默了片刻，说："小美，我没想到，在你的心里，我是这样一个人。我承认我不大记得你曾经给我送过外卖这件事，但是我喜欢你，绝不是因为你的样貌，而是你的歌声。你忘了吗？夜歌。"

余美很久没有听过这个名字，竟有一丝陌生感。俞沐辰的脸上洋溢着温柔："我还记得第一次听到你的歌声的那天晚上，我很沮丧。我当时看着窗外，觉得人生没意思透了。我在外面漂泊了这么多年，苦苦熬到今天，并没有什么成就，到底自己在坚持什么呢？

"我当时很累，也很迷惘。"

"然后我进了你的直播间，我听到你的歌声，你唱的每个字都唱进我心里。我坐在电脑前流了很长时间的眼泪，我就记住了你。"

俞沐辰的目光温柔地落在余美身上："后来的每个夜晚，我都会去听你唱歌，不夸张地说，是你的歌声陪我度过了那段最难熬的时间，让我重新找到了人生的希望。我承认，我也和他们一样好奇过你的模样，你第一次出现在我面前的时候，我很惊讶，我不知道你竟然长得这么干净漂亮。在我的幻想里，你有一双洞察世情的眼睛,可我见到的并不是这样。后来,我喜欢上了你,但也并非因为你的容貌,那只是占一小部分。我更喜欢你的天真和单纯,在这个欲望横流的世界里面很特别。"

余美默然无语,她曾经问过无数回俞沐辰喜欢她什么,俞沐辰总是笑着说,喜欢的只是她而已。

"你说的不错,这世上一点也不缺漂亮的人,现在科技这么发达,漂亮在今天已经不是什么很难的事。"俞沐辰翻身下床,拄着拐杖一瘸一拐地走到余美面前,轻轻拉起了她的手,"尤其是在我们这个圈子里面,漂亮的人比比皆是,可是余美只有一个。"

余美哭得比刚才更加难过,她万万没想到俞沐辰会这样说,抱着俞沐辰哭得一把鼻涕一把泪,抽噎着问:"可我以前那么丑……"

俞沐辰将余美抱在怀中,轻声安慰着她:"对不起,刚才我还很震惊,我也有点混乱,我并不是故意那样对你。"

余美抬着泪眼问俞沐辰:"你才知道?谁告诉你的?"

俞沐辰的脸上露出古怪的笑容,余美看着他的笑容,心里有种不好的预感:"不会是……她吧……"

俞沐辰沉默了片刻,点点头道:"你来之前,她刚刚才走。她拿了许多资料,和我说了很多,我本来是不相信的……不过后来你的反应,证明了她的话。"

"她还和你说了什么?"余美的心跳得厉害,抓紧了俞沐辰。

"她只是说了你的往事……你还有什么隐瞒我的吗?"俞沐辰的眼睛盯着她。

余美感到一阵心虚,她不想再欺骗俞沐辰,可是她和白珂共享身体的事,她无论如何都说不出口。

她思虑再三,对俞沐辰艰难地说:"我……有些事……反正……"她语无伦次,不知道到底该怎么说。

俞沐辰静静地看着她,眼神里有些许失望:"等你想告诉我了,你再告诉我吧。"

"对不起……"余美眨着泪眼,"我真的不想这样,但是……"

俞沐辰的脸上浮出一抹疏离的笑容:"我尊重你的选择。"

余美的心里很难受,可是这个秘密她无论如何都说不出口:"我……我会尽快解决的。"

"解决?"俞沐辰捕捉到她话里隐藏的信息,"你遇见什么麻烦了吗?"

余美慌张地胡乱摇头:"没事,我没事。你照顾好你自己就行。"

俞沐辰更加失望,他叹了口气,自言自语地说:"原来我这么不值得信任啊。"

"不,不是。"余美结结巴巴地解释,"只不过这件事太……反正你没办法帮我。"

俞沐辰沉默了许久,没有再说话,只是拄着拐杖一瘸一拐地回到了病床上。

病房里面的气氛变得很奇怪,两人谁也不说话,余美的心里混杂着一种如释重负又更加纠结的情绪,欲言又止,再三思量,她还是决定不告诉俞沐辰。

她下定了决心,抬头看着俞沐辰:"你等着我,我一定会解决好的。"说完打开了门迈步而去,连俞沐辰连声喊她都没有阻止她的脚步。

窗外的天空上云层翻涌,风出奇地大,吹得树上的枝叶不停地翻滚,状似陷入疯狂。

$\frac{1}{2}$ Ci
Chu Lian

十一

他捧起余美的脸,喃喃地说:"我不是故意的,你别生气,我爱你,我比谁都爱你,你知道的,只要能和你在一起,就算是纠缠到地狱里面,我也奉陪到底。"

1.
必须和白珂分开。
余美下定了决心,她不能再和白珂在一起这样下去。
她不想再这样混乱地生活下去,不论付出多大的代价,她都要和白珂分开。
她要和俞沐辰有个美好的未来,就不能再和白珂在一起。
可是她没有钱。
钱的问题彻底难住了她。
可是能问谁借呢?如果问公司借的话,俞沐辰肯定就会知道。

除了白珂，她认识的人里面没有谁能拿得出这么多钱。

但是她不敢挪用白珂的银行卡，更别提她那满屋子的奢侈品，虽然随便卖几样就够她的手术费了。

余美从小就是个循规蹈矩的孩子，路上捡到一块钱都要找失主，光是生出这种念头都令她羞愧不已。

她陷入了困境。

更让她无法解决的难题是跟踪狂。

自跟踪狂那一天威胁她后，她感到跟踪狂很危险。她很担心他会做出什么疯狂的举动伤害俞沐辰。

可是跟踪狂却像消失了一样，她怎么都找不到他，连家中的摄像头也再没拍到过他的身影。

这让余美更加担心，总觉得他像一条盘踞在黑暗里的蛇，不知道几时就会爬出来咬人。

她惴惴不安，又没有跟踪狂的任何资料，她给白珂留言询问跟踪狂的消息，白珂也没有回答。

这份无人可说的恐惧，日日夜夜折磨着她，她只能每天祈祷跟踪狂再也不要出现。

就在她为钱烦恼得差点忘记跟踪狂的时候，他又如同幽灵一样出现了。

余美没想到会见到这个模样的跟踪狂，当时下着瓢泼大雨，跟踪狂一扫往日冷静犀利的样子，躺在花丛里，脸色泛白，嘴唇也没了血色，浑身上下的衣服都湿透了，他紧紧抱着胸，雨水浇在他身上，他一动不动，样子极其萎靡。

他也看见了余美，但是并未说话，像看见陌生人一样，只是将帽子压得更低。

余美本想假装没看见赶紧走开,可是刚走了两步,又觉得心里别扭。

她想来想去,还是撑开雨伞放在他的身上盖着。

跟踪狂的嘴唇微微翕张,目光落在她身上,费力地拂开雨伞。雨伞并未被拂得太远,依然遮在他的头上。余美没有再帮他,只是扭头离去。

2.

那场雨下了整整一天一夜,原本酷热的天气也变得有些寒意。余美泡了杯水果茶正要去去身体的寒气,忽而听到门外有人敲门。

她谨慎地透过猫眼看了看,并没有看到任何人,她想了想并没有开门,这时门外又传来了敲门声。她心里有些恐惧,脱口问道:"谁?"

门外无人应答,余美忽然想起了跟踪狂,莫非他在门外?余美的心情顿时紧张起来,这家伙主动来找她,到底有什么事?

想起昨天他倒在花丛中羸弱的样子,又觉得他没那么恐怖。余美定了定心,最起码他不会伤害自己的身体,想了想打开了门。

门外的把手上挂着一把雨伞,是她昨天给跟踪狂的雨伞,可是并没有看到人。余美将雨伞拿回,意外地看到雨伞上面别着一张卡片,上面潦草地写着一句话:不用多管闲事。

余美不由得一阵懊恼,将卡片揉成一团丢在垃圾桶里,早知道就不好心了,这人真是不识好歹!

3.

这件小事并没有让余美放在心上,她除了愁挣钱,更愁妈妈。

她偶尔去河边或者公园,偷偷看看妈妈,妈妈似乎一直没有放弃找她,依然一边当环卫工,一边找她。

她总是躲在草丛或者树丛后面偷偷看着妈妈,妈妈没有活做的时候,都在翻看她的照片,或者向路过的人发传单,为了每一个模棱两可的线索在盛夏的街头跑得大汗淋漓。

余美的心里备受煎熬,她有时找人给妈妈送一瓶水,有时找人帮忙给妈妈送一份食物。

每次看到妈妈满头大汗失落的模样,或者是卑微地向人打听情况的样子,余美的心里都难受得恨不得立即跑到她面前,告诉她:"妈妈,我在这里,你不要再找了!"

仅存的一丝理智拉住了她,她没办法解释这一切,她只能躲在暗处偷偷看着妈妈。

"大姐,你还没找到你女儿?"余妈妈已经和其他环卫工人打成了一片,休息的时候和她们一起聊聊天,打发时光。

余妈妈点点头,神色里有些失落。

"你女儿会不会已经离开这里了?"坐在一旁的一个胖阿姨说。

"不会的,我感觉她就在这里,我总感觉她就在我身边。"余妈妈很坚定。

"她要在这里,为什么不见你?"左边一名穿花衬衫的阿姨说。

"她肯定有她的原因吧,"余妈妈的神情里有掩饰不住的失落,"那孩子从小就心思重,是我没照顾好她。她心地很善良，唱歌也好听，小时候看见流浪的小猫小狗都会很担心，还偷偷地从家里带饭菜喂它们。"

"她为什么离家出走？"胖阿姨好奇地问道。

余妈妈低下头，半晌叹了口气："是我的错，我对不起她。我这辈子最对不起她的事就是没给她一副好相貌，让她一直被人欺负，连她爸爸都对她不好，可我家美丽并不丑，她有一颗善良的心，从来没有伤害过任何人，很小的时候就很孝顺，她五岁的时候，我在家里干活，她就知道在一旁帮忙，结果被开水烫伤了脸……"

余妈妈脸上的神情十分悔恨："我没有照顾好她，她被烫伤后，我也慌了手脚，后来她脸上留下了很大的伤疤，她还一直安慰我……"

两个阿姨都叹了口气，穿着花衬衫的瘦阿姨安慰道："你别难过，她既然是这么孝顺的孩子，肯定迟早会回来。"

胖阿姨也赶紧附和："是的，你家女儿肯定会回来的，你别想太多。"

两个阿姨安慰了余妈妈一阵，忽然胖阿姨的手机铃声响起来，那手机铃声赫然是余美最近最红的一首歌。

余妈妈听到手机铃声顿时一惊："这是我们家美丽的声音！"

花衬衫阿姨以为余妈妈思女心切："这怎么可能，你是不是听错了？"

"不可能，我家美丽的声音我怎么会听错？"余妈妈的情绪变得很激动，"这就是她的歌声！"

胖阿姨挂断了电话附和花衬衫阿姨："大姐，你肯定听错了，这是最新的一个什么歌手唱的歌，怎么可能是你女儿的声音呢?"

余妈妈恳求胖阿姨:"能不能再放一遍给我听听?"

胖阿姨看着余妈妈的模样,只得重新播放给余妈妈听,余妈妈将胖阿姨的手机拿在手里,贴在耳边仔细聆听每一句,恨不得钻进手机里面去看看演唱者的真实面貌。

约莫听了几十遍后,胖阿姨的手机没电了,余妈妈这才依依不舍地将手机还给了胖阿姨。

胖阿姨拿回了手机,对余妈妈说:"我也不知道这歌手是谁,这歌我就在电视里面听过一次,觉得挺好听的,让我儿子给我设成了铃声。我晚上回去就问问我儿子,你别急啊,明天告诉你。"

余妈妈感激万分,紧紧握着胖阿姨的手:"谢谢你!"

胖阿姨看着余妈妈感激涕零的模样,顿时感到心里沉甸甸的:"你放心吧,我一定问清楚告诉你。"

余美躲在一旁大气都不敢出,她害怕极了,没想到妈妈能听出她的声音,如果被妈妈发现了,她的一切都会被曝光。可是该怎么阻止妈妈知道呢?

余美找不到办法,难道只能提前告诉妈妈,然后让她不要再找自己了?可是该怎么说出口?

4.

余美焦灼不安地跟着胖阿姨一路到家,看着她为儿子精心烹饪了一顿晚饭,儿子带着新买的瓜果回家,两个人坐在门口的大树下边吃饭边聊天,胖阿姨一直把菜往儿子的碗里夹,劝儿子多吃点。儿子吃得很满足,一边给妈妈讲白日里工作的趣事,虽然家里贫穷,却过得其乐融融。

余美的眼底泛潮,兴许她应该和妈妈早点交代,省得妈妈再担忧,她们也可以和这对母子一样过着贫穷而幸福的生活。

她也曾这样幸福过,那时候她每天放学回家最开心,帮着妈妈做家务,不论多忙,妈妈总会抽空给她做一顿好吃的,她也曾和妈妈守在桌前,妈妈也曾将最好吃的菜,最甜的西瓜都留给她。

从前不觉得这些有什么可贵,而今想起来,那些往事全是一针一线缝补着她不幸童年里的少许快乐。人生许多事都是如此,最幸福的事,往往不是惊心动魄后的喜悦,而是那些一点一滴的平淡,细碎的细水长流。

她迎着夕阳满怀喜悦地往家走,幻想着以后和妈妈一起的生活,她要带妈妈去染个头发,做皮肤护理,再重新买一身衣服,再请妈妈去吃一顿大餐。

她恨不得此时就冲到妈妈住的地方,只是今天时间已经来不及了,她只能赶到妈妈住的公园里远远地看着她。妈妈正在夕阳下收衣服,云霞的光芒沾染在她的身上,她轻轻地哼着余美的歌曲,脸上的神情恬静而圣洁。

余美的眼睛一热,迈步跑向妈妈,只是刚跑了两步,身后忽然冒出一只手捂住了她的嘴,将她往身旁的树丛后面一拉。

余美大惊,正要拼命挣扎,就听到耳畔传来熟悉的声音:"别动。"

竟然是跟踪狂!他什么时候跟踪她的?余美感到毛骨悚然,她不敢再挣扎。跟踪狂看她不再乱动,也没有再用力,拖着她走得远了一些才松开了手。

余美强自镇定地问道:"你想干吗?"

跟踪狂冷冰冰地看着她问:"你想干吗?"

他冷漠的脸上带着让人不舒服的神情,余美只看了他的脸一眼,就不自觉地移开目光,不想看他。

"余美,你别脑子发烧自作主张。"跟踪狂的声音像刀锋一样刮过余美的心,"别忘记了你最开始签字的时候是怎么想的。"

余美的心里一惊:"你……"

"你做选择的时候就应该想到会有今天。"跟踪狂的语气平静,每个字却像凉水一样兜头浇在她的心上,"你放弃了你原本的一切,才能拥有现在的一切,别想两头都占上。"

余美的脸色煞白,直勾勾地望着跟踪狂,颤声问道:"白珂让你监视我?"

跟踪狂并未否认,余美如坠冰窟,果然,这世上哪有这么便宜的好事,自以为占了别人的便宜,其实只不过是别人操控下的傀儡。

"如果我不愿意呢?"余美的双眸里满是倔强和不甘。

跟踪狂偏了偏头示意余美:"那边的是你妈妈吧?我想你虽然不算孝顺,但是不至于想害自己的妈妈吧?"

余美尖声叫了起来:"不准动我妈……"

跟踪狂再次捂住了她的嘴,警惕地向四周看看,正是吃饭的时间,公园里很安静,只有鸟扑簌簌地从枝头飞过。

"你要是听话,你妈就会很安全,否则的话,我可不敢保证。"

余美恨不得杀了跟踪狂,她望着他冰冷的眼神打了个寒战,他是认真的。

远远地,她听到有人跑来的声音。

"姑娘,你没事吧?"

余美看着妈妈关切的模样,挤出一抹笑容,摇了摇头。

跟踪狂亲密地挽着她的胳膊对余妈妈笑了笑:"阿姨,我们闹着玩呢。"说着强行拉着余美离开。

余美的眼泪不住地流,和妈妈的距离如此近,而她却只能假装不认识,越走越远。所有幻想的美好如瑰丽的晚霞,被夜幕吞噬殆尽。

活在白昼下的人,见不到天黑。

5.

第二天清早,余美躺在床上,许久都不想动,直到李力的电话不停打来催她去工作,她才草草地收拾好出了门。

这一天的工作忙碌而紧张,余美忙得脱力。她站在户外的广场上唱歌时,忽而想起了胖阿姨,她今天告诉妈妈了吗?

她的心里有些期盼,又有些紧张。既希望妈妈发现她的身份,又害怕妈妈被跟踪狂伤害。等到下午休息的时候,她才有空看手机,最新一条社会新闻吸引了她的注意。

昨天夜里一户人家煤气罐爆炸,母子两人双双死亡。令她毛骨悚然的是那张照片,赫然是胖阿姨的家!

余美的手不住地发抖,眼前一片漆黑,好不容易才将那则新闻看完。内容很简单,胖阿姨家不当使用煤气罐,导致煤气罐爆炸,全文探讨了煤气罐的使用安全问题。

余美的心却抖得厉害,她没办法不去想这是不是跟踪狂的"杰作",为了阻止胖阿姨告诉妈妈,用得着这样吗?会不会只是巧合?一时间她心乱如麻,又觉得恐怖至极。

"小美,你怎么了?"李力发觉余美不对劲,"你没事吧?"

余美无力地摇摇头,她想挤出一抹笑容,却发现怎么都挤不出来,努力想要挣扎着站起来,可是摇摇晃晃地扶着化妆台,只站到一半差点跌倒。

幸亏李力眼疾手快扶住了她:"你到底怎么了?"

余美白着脸,虚弱地说:"我下午请个假。"

李力担忧地问道:"我送你去医院看看吧?"

余美摇摇头:"不用了,我休息一下就好了。"

李力也不再坚持,嘱咐了两句,找人送她回去。余美拒绝了,她不想回家,她觉得那不是家,那是魔窟。

挣扎了良久,她拨通了陆肖的电话。

6.

陆肖很意外,没想到余美会找他。自从上次她从他的办公室跑了之后,便杳无音信。

更意外的是,余美见他的方式如此鬼鬼祟祟,一路上不断地变换约定地点,最后选择了一个极其隐秘的废旧楼的天台。

陆肖穿过布满灰尘的大门,里面一片漆黑,明明是白天却什么都看不见。他摸出手机打开电筒,向四周照了照,楼道很狭窄,里面停放着几辆堆满灰尘的旧电瓶车和一些破旧的纸箱等物。

余美说的地方是五楼的露台,他一度感到怀疑,会不会约他来的人根本不是余美?

他并不是个半途而废的人,如果余美遇见了危险,他更不会袖手旁观。只略略打量了周围的情况后,他便决定继续往上走。到了三楼之后,采光总算变好了点,他可以看清楚这个地方的样子,四周都是被废弃的痕迹,许久没有人来了,地面上积着厚厚的灰尘。灰尘上面有一行清晰的脚印，陆肖看了两眼确定这是余美的脚印，脚步走得更快了。

爬到五楼的时候，他看到了天台的角落里站着一个形迹可疑的人，这么热的天气却裹得很严实，脸上还遮着面纱，戴着墨镜，不停地来回在天台上走来走去，不时紧张地回头看着天台两边的门口。

陆肖忍俊不禁："你干吗弄成这样？"

余美却像见了鬼一样，跑到他面前拉着他往天台的房子旁边躲，一边躲一边小声地说："小点声，别被人发现了。"

"被谁发现了？"陆肖深感奇怪。

"那个……"余美飞快地向四周看了一圈，这才低声继续说，"就是之前那个一直跟踪我的人。"

"那个跟踪狂还在跟踪你？"陆肖看着余美，似乎有些意外。

余美点点头，陆肖看她这么紧张，对她说："我上来之前到处看过了，并没有其他人。你找我有什么事？"

余美望着陆肖说："你是个侦探对吧？"

陆肖点点头："没错。"

余美又问："你知道今天早上发生的那起煤气罐爆炸的事情吗？"

陆肖点点头："刚刚看到了这条新闻，有什么问题吗？"

余美略略沉吟，下定了决心："我不知道有没有问题，但是我怀疑有些问题，我希望你能查查这个案子……"她又停顿了一秒，"你怎么收费的？"

陆肖望着余美笑了起来："你和这家人认识？"

余美摇摇头，陆肖又问："那你为什么要查这个事？"

余美没有说话，陆肖又说："你如果不说实话的话，我没办法查这个案子。"

余美有些焦躁："你不是收钱办事吗？"

陆肖的嘴角浮出一抹笑意："我收钱办事没错，不过也要看我愿不愿意。如果委托我的人连实话都不说，我又该从什么方向查起？"

"人家说名侦探只需要去一下现场就知道是什么情况，看来我实在是高估你了。"余美故意激他。

陆肖的目光微沉："你激我也没有用，我很清楚我该做什么。你不说实话，就根本没有查的必要。"说着转身要走。

余美忙拉住了他，思量再三后说道："老实说我只是怀疑，我并没有任何证据，我怀疑这家人的煤气罐爆炸根本不是意外，而是有人故意动了手脚。"

陆肖眯起了眼睛："理由呢？"

余美被陆肖的眼神盯得浑身难受，只觉得身上有万千根针扎着："没什么理由，就是一种感觉。"

"就因为你毫无理由的感觉，你就来找我查这个事？余美，你当我是傻瓜吗？"陆肖的脸上没有笑容，"这个案子是不是和跟踪狂有关？"

余美的心跳漏了一拍，她慌慌张张地说："我不知道，我什么都不了解，我连他叫什么都不知道。"

陆肖凝望着余美的脸："但是你知道他为什么跟踪你是吗？"

余美的脸色更白了："你胡说什么？"

陆肖的眼神盯她盯得更紧："我有没有胡说你很清楚，余美，我是一个侦探，你说的是真话还是假话，我能分辨得清楚,你有很多事没有告诉我。"

余美的心跳得更快了,她连着退了好几步,对陆肖喊道:"你如果是个有正义感的侦探,为什么不去查该查的事呢?一天到晚盯着我干什么?我又没有做任何违法的事!"

陆肖望着余美歇斯底里的模样,微微笑了起来:"你说得不错,我去查查这个事情。至于酬劳,我以后会问你索取的。"

7.
余美坚持不肯让陆肖送自己回去,她像游魂一样在外面游荡,时不时地到处看看四周有没有跟踪狂盯着自己。

就在她疑神疑鬼的时候,突然接到了俞沐辰的电话,电话只刚接通就听到俞沐辰焦急的声音:"小美,你在哪里?你没事吧?"

余美听到俞沐辰的声音眼底泛红,恨不得扑到他的怀中诉说自己的痛苦,可是理智拉住了她,她强装镇定:"我没事……"

"我听李力说你身体不舒服,你来医院里看看吧。"俞沐辰的声音依然很焦急。

"我真的没事。"余美努力让自己的声音听上去很欢快,"我是骗李力的,我觉得累了,不想继续站舞台上了,所以骗了他,看来我的演技还真不错。"

"真的吗?"俞沐辰半信半疑,"你要是身体不舒服千万不要熬着,一定要来医院看病。"

"我没事的,你的腿怎么样了?"余美问道。

"我在做复健,已经好很多了,再过些日子就可以出院了。"俞沐辰说。

"对不起……"余美想到俞沐辰的腿伤是被跟踪狂害的，心里一阵难受。

"怎么了？"俞沐辰的声音格外温柔。

"我……我好久没来看你了。"余美哽咽道。

"我知道你最近忙，李力和我说了，你最近练歌很辛苦。"俞沐辰的声音里带着笑，"我最近没事给你写了一首歌叫《涅槃》，等你有空来唱唱看。"

"你不怪我骗了你？"余美迟疑了片刻问道。

"每个人都有自己的苦衷，这些苦衷别人未必能感同身受，更别说能理解，但这并不表示一定不合理。"俞沐辰的声音很平静，"我们都是独立的人，都有权利决定是否与其他人分享，你不能告诉我当然会让我感到难过，但这依然是你的权利。"

"我……我暂时不能告诉你。"余美犹豫再三，"等以后可以说了，我第一个告诉你。"

电话那头很安静，余美很紧张地解释："我……我……"

"我会等你亲口告诉我。"俞沐辰柔声说道。

"那我们还是……还是朋友吗？"余美将男女两个字咽了回去，她不敢奢望。

电话那头停顿了片刻后传来俞沐辰的声音："我们什么时候分手了吗？"

余美的心怦怦直跳："没有！"

俞沐辰在电话里笑了："那你为什么要这么问？"

余美高兴地跳起来，她对俞沐辰说："你等着我，我马上就来。"一边在街头拦车。

就在她打开车门准备上车的时候,忽然看到街对面站着一名穿着黑衣服戴鸭舌帽的男子,隔着车流人海望着她,那双眼睛令她浑身发冷。

跟踪狂对着她比了一个割喉的动作,余美浑身僵硬地关上了车门,草草挂断了电话。

她不能把危险带给俞沐辰。

8.
余美径自走到跟踪狂面前:"你到底想怎么样?"

跟踪狂冷淡地说:"你只要做好你自己该做的事,不要越界。"

"什么事是越界的事?白珂不同意的事就是越界吗?我们说好的是共享这个身体,白天我有我的自由,我和谁在一起,我做什么事都是我的权利!"余美怒不可遏,"凭什么按照你们的需要来?"

"你们是同一个身体,白天和黑夜虽然是两个时间,但是会互相影响结果。"跟踪狂冷静地说,"你不用自欺欺人,白天和黑夜是不可能彻底分割的。"

"既然这样,你干吗不让她独自用一个身体?她明明那么有钱!"余美质问跟踪狂,"非要和我共用这个身体!你们为什么这么做?难道你们有什么见不得人的秘密!"

余美喊完这句话后,心头猛然一惊,或许这才是真正的原因,白珂有见不得人的理由:"难道……你们……你们是……罪犯?"

跟踪狂的眼神在听到余美说出"罪犯"两个字时变得格外冰冷,他二话不说拉着余美上了一旁的车里。余美正要逃走,却被跟踪狂牢牢拉住了。

"别浪费力气了。"跟踪狂的声音很冷静,"我不想麻醉你,你还是老实点。"

余美被他的眼神所慑,也不敢再继续挣扎。跟踪狂发动车子在街头疾驰,他的技术很好,余美想跳下车都没有勇气。

跟踪狂押着余美径自回到了家中。余美看着他娴熟地打开自家的大门,内心又是一阵绝望。

9.

跟踪狂将余美丢在沙发里,将大门反锁起来,自顾自走到厨房里倒了两杯水,将其中一杯递给了余美。

余美拒绝道:"我不喝。"

跟踪狂冷漠地说:"你的身体需要。"

余美望了望一旁的镜子里面,自己的嘴唇很干,但她不肯任由跟踪狂摆布:"我的身体需不需要我自己知道!不用你来管!"

跟踪狂的神情依然冷漠,强行抓住了她的头,将水杯塞到她的嘴边:"不要让我来灌你。"他的动作看似粗暴,实际力道却并不大,一点都没有伤害她。

余美察觉到他的动作,又想起之前种种,他每次都是神情凶恶,但是行动上并没有真的伤害过她,果然还是因为白珂。

余美接过水杯喝了两口,跟踪狂这才放开了她。余美放下了水杯,假装漫不经心地坐到一旁的沙发上,对跟踪狂说:"是白珂让你帮她看好身体,还是你自己舍不得白珂受伤?"

跟踪狂的目光落在余美身上,顿时皱紧了眉头,余美的手里竟然握着一柄水果刀,对着自己的脸比画:"你说要是她醒过来发现自己脸上多了几道伤口，会不会崩溃？"

跟踪狂一动不动地盯着余美："你不敢。"

"你凭什么说我不敢？"余美努力克制住内心的紧张，尽量用平静的口吻和他说话，"我曾经顶着那么难看的脸过了这么些年，现在我也够本了，再变丑我也不在乎。"

跟踪狂依然一动不动地望着余美："你不会舍得。"

"我为什么舍不得？我现在除了这个身体，我还有什么？"余美咬牙切齿地喊道，"与其只能做你们的傀儡，倒不如大家一拍两散来得干净！反正你们也不在乎，大不了她再换一个身体就行。"

跟踪狂的眼神一直盯着余美的手，身体绷得很紧。余美往后退半步说："你别想抢我的刀。"

跟踪狂没有动，平静地对余美说："你想独吞这个身体的话，我们可以谈，不用做这些过激的行为，两败俱伤。"

余美愣了愣，她只是想威胁跟踪狂，没想到他说出这话。

"怎么谈？"

"很简单，补差价。"跟踪狂像个生意人一样坐了下来，和余美侃侃而谈，"一切都好谈。"

"我没钱。"余美答得干净利索，"我所有的钱都已经花在这个身体上了。"

"你可以挣钱，你现在不是歌手吗？挣钱不像你以前那么困难了。"跟踪狂说，"如果你不愿意的话，那还有个方案，把这个身体留给我们，你重新回到你原本的身体里面，你那五万块钱也可以还给你。"

余美没有说话，她不愿意，虽然她口中说着不在乎，可是心里并不想回到从前被嘲讽的日子，那样的话，她今天所拥有的一切又都归零，她又成了那个窝在暗处苟且偷生的人。

"怎么样？你怎么决定的？"跟踪狂双手相扣，极其平静地看着余美。

余美憋了半天问道："差价是多少？"

"每个身体的价格高低不同，你这个身体的价格在一千万左右。"跟踪狂很笃定地答道。

"怎么可能！当时不是说二十万吗？"余美实在没办法接受这么高的价格。

跟踪狂的嘴角微微上扬，露出了一抹笑意："你不会这么天真，以为区区二十万就可以换这么漂亮的身体吧？"

余美的脸色变得苍白，结结巴巴地说："她说是因为实验，所以价格很便宜……"

跟踪狂的嘴角微弯："是的，就是因为是实验，所以才这么便宜。但是单独一个人的身躯就是这样的价格。"

这个天文数字不是现在的余美可以承受的，她很崩溃，难道真的只能选择和白珂在一起这样生活一辈子？

"你也不必太过失望，"跟踪狂慢慢走到她身旁，忽而伸手夺下刀，余美大惊正要反抗，却被跟踪狂反手制住。他用一只手牢牢抓住了她的手腕，将她抵在沙发当中，声音又变得和之前一样冷漠："听好了，你要不想和以前一样活得像只老鼠，就老实点。你敢动手伤了这个身体的一发一毫，我都会十倍代价奉还给你的俞沐辰，还有你妈妈。"

余美的气势顿时全无，除了满脸恨意地瞪着跟踪狂，她什么都做不了。跟踪狂似乎很满意她这副模样："只要你乖乖听话，后面都好办，如果你不听话，我会让你知道什么叫求生不得求死不能。"

余美的牙都快咬碎了:"你们为什么选我?"

跟踪狂沉默了,余美在他躲闪的眼神里读出了一丝不同寻常的意味。

"难道这是白珂一个人的决定?她没告诉你?还是故意躲着你?"

跟踪狂不耐烦地喊道:"她不会躲着我!"

"如果真的是这样,那你为什么会不知道她出现的时间?"余美有些兴奋,她满脸嘲讽地说道,"看来她已经厌烦你很久了。"

跟踪狂的眼中满是戾气,用力勒住了她的喉咙,眼睛里满是疯狂。余美故意刺激他:"看你的样子就知道了,她是著名的作家,而你是什么?说不定就是为了躲避你,她才故意换了身体的!"

跟踪狂近似疯狂,他的力气越来越大,余美透不过气,不由得抓住了他的双手,露出了惊慌的神色。这时跟踪狂忽然清醒过来,他缓缓地松开了手。

余美的脖子上被勒出了瘀青,他自责地轻轻抚摸她脖子上的瘀青,一边用从未有过的温柔声音问余美:"疼吗?"

余美早已被吓得不敢动,只任由他摆布,跟踪狂的眼神也和之前的冷漠不同,仿佛眨眼之间变了个人。

他捧起余美的脸,喃喃地说:"我不是故意的,你别生气,我爱你,我比谁都爱你,你知道的,只要能和你在一起,就算是纠缠到地狱里面,我也奉陪到底。"

说完,他温柔地捧起余美的脸,吻在了她的额头上,然后顺着额头慢慢往下吻。他的吻很狂热,和他之前的冷漠完全不同,余美感觉自己快要被他活活吞进肚子里。

就在这时，房门忽然打开了，两人都吃了一惊，跟踪狂下意识地搂紧了余美往门外望去。余美看清了门口站着的人顿时脸色苍白，竟然是俞沐辰！

俞沐辰拄着拐杖站在门口，目光紧盯着两人，面如死灰。手里的钥匙啪的一声落在了地上，像是什么碎裂了的声音。

余美试图挣扎，却被跟踪狂抱得更紧，跟踪狂故意做给俞沐辰看，暗自捂住了余美的嘴，和拼命挣扎的余美脸贴着脸，做出一副耳鬓厮磨、卿卿我我的样子。

俞沐辰什么话都没说，扭过头拄着拐杖一瘸一拐地走了，空荡荡的楼道里只留下拐杖戳在地上的声音。

余美疯了一般一口咬住跟踪狂的手指，一股血腥味弥漫开来。跟踪狂的手指被咬出了血却不肯松手，他的眼神再次变得冰冷，声音也变得和之前一样冷："你休想和别的男人在一起，你是我的。"

余美放声大哭，拼命地捶打跟踪狂："我不是白珂！"

可是跟踪狂还是没有松手，只是冷冰冰地说："你们是一体的。"

$\frac{1}{2}$ Ci
Chu Lian

十二

那是他们第一次相逢,从此两个不相干的生命绑在了一起,如同缠藤的植物绕在一起,若想分割彼此,只能割断彼此的生命。

1.
余美站在高高的跳台上面,深深吸了一口气。

天边的云霞不断变幻,金色和红色交织在一起,铺满了蓝色的天际,蜀锦般灿烂。和她第一次看到白珂的时候一样。

"你准备好了吗?"旁边的工作人员上前问道。

"再等一分钟。"余美看了看一旁挂着的钟,指针已经跳向了下午五点五十九分。

工作人员点点头,再次对她进行安全须知说明,余美充耳不闻,只是盯着墙上的钟。当秒表差一秒跳向六点时,她奋力跳了下去。

她没有体会到蹦极的可怕，在落下去的前一刻，她失去了意识。

身体在空中不断地弹起落下，反复了几回后，再次被拉扯上来，白珂终于平安地落地。此时的她脸上并没有任何表情，工作人员以为她害怕，安慰她说："没事了……"

白珂的目光移到了工作人员的脸上，轻蔑地看着他，似乎是自言自语又似乎是对他说："这点小东西就想吓到我，真是天真。"

工作人员从未见过这么冷静的蹦极者，之前好像还很害怕，没想到下来居然是这样。

白珂解开了所有的安全绳，大步走出了安全区，向四周看了看，果然在稀少的游客里面看到了熟悉的身影。

跟踪狂看到了白珂，立即迎了过来："你醒了？"

"你到底是怎么看着她的？"白珂的声音里并没有带着喜悦，"我一醒来人就在半空中。"

跟踪狂被白珂骂了却不生气，脸上反而带着笑："早知道这样，我应该和你一起玩双人蹦极。"

白珂的目光微冷："你少嬉皮笑脸的，她这几天到底受了什么刺激？为什么会忽然这么疯？"

跟踪狂的目光闪烁，刚想编瞎话，却看见白珂的眼神。他像一头温顺的绵羊，将一切都告诉了白珂。

白珂听完后，并未动怒，只是伸过手钩住了他的脸，凝视着他的双眼，用极其温柔的声音问道："你是不是喜欢上这个小丫头了？"她的目光里带着一丝忧伤，看起来楚楚动人。

虽然是同样的脸，可是跟踪狂看她的眼神却格外柔软，声音里有些惶恐不安，他像个孩子一样抓着白珂的衣角，小心翼翼地解释："除了你之外,我看不见任何人。"

"可她和我在同一个身体里。"白珂的眼神里依然充满了怀疑,"你怎么可能分得清。"

"我分得清,你们不一样。"跟踪狂认真地解释,"除了最开始的时候,你没告诉我所以我没分清,后面我都很清楚。"

白珂看了一眼跟踪狂说："你怪我没告诉你?"

跟踪狂没有说话,白珂有些撒娇地拉着他的手说："我是想看看,你有多爱我,如果我不告诉你,你能不能找得到我。"

跟踪狂握着她的手,温柔地说："不管你变成什么样子,我都会认得你,我们认识这么多年,我绝不可能认错。"

白珂的脸上漾出了笑容："那今天是什么日子?"

"我记得的,今天是我们认识的纪念日。"跟踪狂从身后的包里摸出了一个小小的锦盒递给白珂,"送给你的。"

白珂打开了锦盒,里面是一朵用钻石和红宝石镶嵌而成的凤凰胸针,别针并不大,不过做工精致,每颗宝石和钻石都不小,一看便知价格不菲。白珂的脸上露出欣喜的笑容："这个真漂亮。"

"时间比较仓促,不过镶嵌得还不错。"跟踪狂看着白珂的神情,不肯错过任何一个细节,直到确认她是真心满意方才松了口气。

白珂搂住跟踪狂的脖子,亲了他的脸颊,用撒娇的口吻说："你对我最好了。"

跟踪狂搂紧白珂,将头抵在她的肩膀上,深吸一口气,仿佛迷醉了一般闭上了眼睛。这一刻是他最欢喜的时刻,所有的辛苦付出都有了回报，怀里的女人是他愿意付出生命去拥抱的。

白珂将凤凰胸针别在衣服前，抚摸靠着她的男人的脊背，深情款款地说："这么多年了，我还记得第一次见你的样子呢。"

跟踪狂脸上的神情更加温柔："我也记得。那时候是初秋，天上下着毛毛细雨，你穿着碎花裙子，头发湿漉漉地披在肩膀上，站在公交车站台。那个公交车站台的遮雨棚很小，不过旁边有一棵很高大的树，树枝遮住了半个公交车站台，你就站在树下面。"

白珂望着天际最后一抹夕阳，双眸被夕阳的光芒染红，闪耀着金光，她抱紧了跟踪狂，喃喃轻语道："如果那时候没有遇见你，我真不知道该怎么办。"

跟踪狂轻轻亲吻她的额头，像哄孩子一样哄她："我会永远守在你身边。"

白珂抬起头看着跟踪狂，嘴角露出了一抹笑意，眼前的他比自己高一个头，昔年那个一直守在她身旁，比她矮的小男生终于长大了，可眼神还是和当年一样。

2.

那时候的白珂是个刚读三年级的小女孩，这个年纪的女孩子大多天真无邪，眼里的世界都是粉红色的，但白珂却不是。

她生在一个支离破碎的家庭，父亲在她出生之后没多久就出轨和母亲离婚了，母亲便将这份恨意转嫁到她身上，虽然她是亲骨肉，可是因为长得像父亲而没少挨打，她很早就学会了察言观色，在性格暴躁的母亲手里讨生活。她早早学会了做家务，在别的孩子吃饭还要人喂的时候，她已经学会了自己穿衣走路。

然而即便如此，也不能消除母亲见到她时的恨意，五岁那年，有一次母亲喝多了酒差点将她勒死。她一直都记得母亲的双臂曾像铁钳勒住了她幼嫩的脖子。那种被黑暗一次次淹没的感受曾经无数次伴随着她在噩梦中醒来。

后来，母亲给她找了个继父，继父的到来对她来说无疑是一次拯救。性格暴躁的母亲忽然变得温柔起来，脸上的笑容也多了许多，对她也不再挑剔指责。

继父对她也很好，不仅不让她做家务，还给她买了渴望已久的洋娃娃，成套的儿童书，还有她做梦都不敢想的花裙子。

那是她最幸福的时光，没有苛责打骂，还有了许多女孩子才有的瑰丽美梦，她心怀感激地叫继父爸爸，幻想以后的人生终于可以和其他的女孩子一样了。

可是现实却给了她一记响亮的耳光，那天中午，她放学回家，只有继父在家。白珂看见妈妈不在家松了口气，继父做了满满一桌菜，令她十分欣喜。

"听你妈妈说，今天是你生日。"继父笑眯眯地说，"我给你做了菜，你吃吃看喜不喜欢？"说着又拿出了一条碎花裙递给她，"这是送你的礼物，你穿穿看，合不合身。"

白珂满心欢喜地换上了那条裙子，裙子的大小刚好合适，只是款式略显得成人，衬托得白珂的脸比较成熟。继父上下打量了好几回，赞叹道："真漂亮，你比你妈漂亮多了。"

白珂被夸得不好意思，低下了头，继父却哈哈大笑牵着她的手坐在饭桌旁："来，吃饭。"

继父的手艺一般，菜不是咸了就是淡了，可是白珂很欢喜,这是她人生过的第一个生日。继父也很欢喜,在一旁不住地给她夹菜,时而还帮她擦去嘴边的油。

白珂从未感受过这种温暖的父爱,她的心里湿漉漉的,暗自发誓将来自己长大了一定要好好工作,努力挣钱,好好孝顺继父。

可是不到十分钟,她的世界就崩塌了,那个贴心为他擦拭嘴角的继父眼神越来越古怪,手从她的头顶摸到了脸上,落在肩上,渐渐摸向了她还未发育的胸前。

白珂吓了一跳,怯怯地看着继父。继父似乎看出了她的恐惧,对她笑着说:"乖女儿,让爸爸好好疼你。"说着也不管她是否愿意,强行将她抱入怀中,不管不顾地亲吻她。

白珂吓得哇哇大哭,一边拼命地推开继父,可是她人小力薄,哪能和一个成年男子相抵。就在这时,家门忽然打开了,妈妈出现在了门口。

继父的脸色顿时一变,手上的力道也松了。她急忙挣脱下来,奔向妈妈。

妈妈的脸色也很难看,她看了看继父,又看了看衣裳不整的白珂,忽然一记响亮的耳光打在白珂的脸上:"你这个不要脸的东西,这么小就和你亲爸一样做小三!不怪你是他的贱种,天生下贱!"

白珂被打蒙了,她呆呆地看着妈妈,直到再次听到母亲恶毒的咒骂才敢确定这真的是母亲,这不是一场噩梦。

她想要努力为自己辩驳,可是看着继父走到了母亲身旁说些不要生气,孩子还小这类话,仿佛真的是自己的错。

她冲出了家门,再也不想回来。

外面下着雨,所有的人都在避雨,唯有她在雨中不紧不慢地走,任由雨水淋湿她。她无处可去,外婆虽然很疼她,可是住在很远的另外一座城市,她还是很小的时候去过一次。

她想给外婆打个电话,可是她出来得很急,身上什么都没有带。走了一段路后,她站在公交车站台下发起了呆,所有人都有去的方向,而她没有。

也许她生下来就是个错误吧?她不知道自己为什么会被生出来,还要承受这么多痛苦。

就在她想要放弃一切冲到公交车前面的时候,他出现了。这个小个子的男孩子死死拉住了她,不惜滚在地上沾了一身泥。

那是他们第一次相逢,从此两个不相干的生命绑在了一起,如同缠藤的植物绕在一起,若想分割彼此,只能割断彼此的生命。

3.

白珂踮起脚尖亲吻他的唇,他的唇微凉,却和当年一样温软。

他一直是她的依靠,从九岁开始,他便为了保护她而存在。

"饿不饿?"跟踪狂温柔地问道,"我们去吃饭吧,我订了你喜欢的法餐。"

白珂微笑着挽着他的胳膊,靠在他的怀中:"点蜗牛了吗?"

"点了。"跟踪狂十分宠溺地说,"还点了香煎鹅肝蓝莓汁,海龙皇汤,芝士焗龙虾拼香草羊排。"

白珂这才满意地点点头:"走吧。"

两个人相携着一起往游乐园外面走,已经接近天黑,游乐园里面人很少,只有少许游客还在其中徘徊流连。

两人快要走到门口的时候,忽而迎面走来一个人不小心撞在了白珂身上。

跟踪狂恼怒地瞪了那人一眼,又忙问白珂:"没事吧?"

白珂看了一眼撞她的人,是个年纪颇大的老头,穿着破衣烂衫,身上似乎还有一股难闻的气味。她往一旁让了让,拿出真丝手帕使劲擦了擦被老头撞到的地方。

老头似乎也为自己的鲁莽感到羞愧,对白珂又鞠躬又道歉,还要用脏兮兮的衣服给白珂擦手。白珂嫌弃地连退好几步,对跟踪狂说:"快走,快走!"

跟踪狂看她没事,将她拉到另一边,隔在老头和她之间,瞪了老头一眼说:"出门要带眼睛!"骂完后就搂着白珂大步前行。

老头站在原地望着两人远去的背影,陷入了沉思。

4.

余美很失望,她做了这么多危险的事,蹦极、潜水、跳伞、攀岩,白珂都没有留下只言片语,甚至连跟踪狂都没有警告她的所作所为。

她完全没想到白珂竟然这么胆大,这些危险运动都没有吓着白珂。她必须另外想别的办法,总有什么办法能逼得白珂受不了,自己决定离开这个身体。

这个办法很损,但这是她唯一能想到的办法。反正白珂和跟踪狂对她也并不好,她一想起俞沐辰那天的眼神,心里就疼得像刀扎过无数遍。

她想去找他解释，可是她心里明白，就算她这次能解释清楚，那下次呢？只要她一天和白珂在一起，跟踪狂就不会放过她。除了分开，她没办法彻底解决这个问题。

想来想去，白珂最为失控的时候就是在电视台录节目的那次，看来她并不怕危险，却害怕丢脸。余美咬咬牙，正好今天有个节目通告，是她一直期待的节目，为了逼白珂出来，她不得不这样做了。

5.

《今夜陪你聊聊天》是一档谈话类节目，节目的综艺性一般，主要是对话名人，许多明星借着这个节目来忆苦思甜，洗白之前的负面新闻。

李力想借着这个节目为余美洗白，再增加点话题性，他再三叮嘱余美按照之前准备好的台本说话。

那是一份他找了话术大师给修过的台本，每一句话看似真诚平淡，却带着很强的暗示。他甚至精心训练了余美，教她在无法回答的时候用怎样的表情来回应，使她看上去不心虚。又或者是在说某句话的时候，语速刻意放慢，眼里含泪。

为了增加话题性，节目录制期间还特意开通了直播，让观众和名人之间真正产生互动。

节目开始录制之后，李力看着台上那个表现得臻于完美的余美，心情渐渐放松下来，最近她表现得一直很努力，看来她真的明白自己该干什么了，今天这个节目播出后，关于她有精神病的传言应该会告一段落了。

他抬头看了一眼时间，已经快晚上六点了，节目录制也快结束了，接下来就该安排宣发的活了。就在他盘算着该增加几条渠道宣发的时候,台上的对话忽然发生了变化。

"所以上次那个事件是一个意外吗?"主持人问道。

"意外?"白珂苏醒了过来,脸上神情骤变,"这世上哪有什么意外,一切意外都是人为制造的假象。你喜欢看侦探小说吗?"

主持人被这番意外的话绕得发晕:"侦探小说?"

"是的,侦探小说里面有许多意外的事情,探究根本就是刻意而为的事,就比如我们现在的访谈内容,表面上看你问我答,其实我们都是按照预先写好的台本来背,你这个节目根本不能叫访谈节目,而是背书节目。"

主持人的脸都绿了,望着"余美"足足十秒钟,一句话都没说出来。李力目瞪口呆,怎么会突然这样?

白珂噎得主持人说不出话来,自己反而兴致更浓,她盯着正在直播的摄像头冷笑道:"你们都是一些傻子,被舆论骗得团团转!你自以为看到的是所谓真相,其实都是排练好的!与其关心我是不是疯了,不如好好听听我唱歌,我可不是那些百万修音师修出来的声音……"

白珂的话还没说完,直播就被手忙脚乱地关了,整个录制现场陷入了一片混乱。主持人和节目导演有的去查直播频道,有的则在紧急开会商议。

没有人搭理她,也没有人看见她的神情发生了变化,五光十色的舞台上面,只有她一人。

很快节目导演来了,他毫不客气地撵她:"请你立即离开这里!"说着推了她一把。

白珂目光一凛,转头看着导演,目光里带着一丝高傲:"你干什么?"

导演很不高兴，对余美怒吼："你不是说我们都是骗子吗？那你还在这里赖着干什么？难道也要我们动手打你？"

白珂冷笑着看着导演："你试试看。"

导演被白珂的嚣张气焰气得色变，怒骂道："你就是个疯子！赶紧滚远点！"

白珂的目光渐渐变冷："你嘴巴放干净些。"

导演气得要命，对下面喊道："来啊，把这个疯婆子带走！我们马上重新换嘉宾录！"

从台下拥来几个人，那架势颇有几分要将白珂抬下台的气势。

白珂昂着头扭身离开，顺便用高跟鞋狠狠踩在了节目导演的脚背上。

她的鞋跟又细又高，踩得导演的脸色变成猪肝色，他着实忍不住伸手抓住了她的胳膊，刚想要骂她，却看见李力从远处举着手机走了过来。

导演很明白李力动作里无声的威胁，他恨恨地甩掉了白珂的胳膊，对李力说："以后你的艺人都别想再上我们任何一个节目！"

李力没有说话，一步步走到"余美"面前，拉起她往下面走，一边对拥过来的人说："别动我的人。"

6.

直到出了摄影棚，李力方才停下来，他什么话都没有说，只是点了一根烟默默抽完后，对"余美"说："你到底对我有什么不满意的？"

白珂冷冷地望着他，像看个陌生人。李力看她这个样子也没说什么,只是弹了弹烟灰对她说:"我今天已经按照合同里承诺的帮你了,不过我也希望你能给我个合理的解释,为什么要这么做?我们不是之前对过台本了吗?你这么干的目的到底是什么?"

白珂还是没说话,只是大步地迈向前方。李力看她这个样子甚是恼火又无奈:"你总要给我个解释!你下次再这样的话,我该怎么帮你?"

"你和我直接解约就好了。"白珂冷冷地回道。

李力被气得噎住了,拉着白珂半天说不出话来。白珂见他这样,反而笑了,双眸在黑夜里闪烁不定:"怎么?你舍不得和我解约?是不是觉得我的商业价值比别人都高?"

李力闷声道:"你哪里来的自信?"

"人美歌甜无公害美少女这种人设早就过时了吧?"白珂的脸上有一股妖媚的气质,"这种人一抓一大把,怎么可能出位?我这种神经病可能更有话题性,更具有商业价值,你上一次就已经明白了这点,所以你才不肯放手。"

李力没想到"余美"会猜中他的心思,他也没否认:"不错,你的确更有话题性,不过你这种也会有很大的风险,一不小心就会翻船,到时候可能就骂名千古了。"

"你既然不肯和我解约,这些问题是你该解决的,而不是我。"白珂丝毫不在意,脸上的笑容越发诡异,"我倒要看看是谁先撑不住。"

李力听到这句话不由得一愣:"什么?"

白珂毫无顾忌地笑了起来,连连摆手:"没什么,我觉得挺好玩。本来以为挺无聊了,没想到还挺有干劲的,让人觉得有意思极了,新书里面应该有个这样的角色啊。"

李力呆呆地看着"余美"自言自语，突然有点害怕，她……不会真的有神经病吧？

"喂，"白珂冲着李力摆摆手，"我以前晚上都不工作对吧？"

李力点点头，这是他们在合同上签得很清楚的。白珂对他一笑："以后如果有什么晚上的工作也可以叫我。哦，对了，我喜欢比较刺激的节目，话题性好，你说呢？"

李力看着她半天说不出话来。

7.

余美看着网站里面铺天盖地骂她的人和支持她真性情的人吵得不可开交，她的歌的播放量也比从前高了几十倍。可是她高兴不起来，白珂还是没有任何反应。

她牺牲了这次通告，目的只是想逼白珂大闹之后和她分开，可是万万没想到她居然因为这件事比之前更火了。

李力非但不责怪她，反而告诉她，来邀请她上通告的节目越来越多，从电台广播到娱乐节目。有人称呼她为时代的英雄，撕破了娱乐圈伪善的面孔，有人骂她就是个神经病。

余美翻看着李力给她的新的工作安排，比之前多了许多，还有些是在夜晚的，她急忙打电话问李力："有几个安排的工作时间是在下午六点之后，是不是弄错了？"

"没错啊，是你自己说的，说你以后晚上都可以工作的啊。"李力再次怀疑余美的脑子确实有点问题，"你忘记了？"

余美心里一惊，白珂这是要和她死磕到底了？她装作忘记的样子对李力说："不好意思，昨天晚上睡得太晚，有点睡糊涂了。"

"睡糊涂了？你不是才回去吗？"李力很惊讶，"这才不到一小时，你是没睡吧？"

余美呆了呆，本想问李力昨天晚上通宵做什么了，想了想再这样问下去会引起李力的怀疑，只打了个哈哈说："我太困了，有点糊涂，那我先休息了。"

李力也打了个哈欠："早点睡吧，我也累死了，今天晚上还要接着录。"

过了几天后，白珂竟然将重要的通告都移到了夜晚，由她来亲自掌控余美的命运，她在公开场合口若悬河，姿态高傲，说话的内容也是肆无忌惮，不管对面是多么大牌的人她都不怕得罪。

李力对她完全无可奈何，她的所作所为为她引来了更多的关注，正如她所说，她的特立独行迅速让她成为话题焦点。李力舍不得放弃这样的金矿，在她彻底失去价值之前，他打算好好挣一笔。

而余美却越来越闲，这个圈子里本来早起的人就少，原本她打算逼着白珂退出，现在却被白珂逼得快要走上绝路，连自己的身份都快要失去。

她深感焦虑，这样的生活令她快要发疯，而她却没有任何一个可以商量，可以诉说的人。

8.
已经入秋了，可是外面依然热得像个大蒸笼，热得人心慌意乱。余美在家里待得心慌，索性出了门。

因为天热,外面的人也很稀少,她只刚走到小区里的花园便听到了一阵琴声。她顺着琴声望过去,看见了一个熟悉的身影坐在花架下弹琴。

余美遥遥望着俞沐辰,一动也不能动,那曾是她多么熟悉的背影。

他在三天前出院了,余美偷偷站在门边透过门缝看着公司的人送他回家。

他清瘦了许多,精神也消沉了许多,垂着双眸一首接一首弹奏乐曲,乐曲都是她没听过的,和从前欢快的曲风不同,透着哀伤。

余美听着曲子不觉间泪下,她想起了许多往事,那时她很快乐,以为自己会是这世上最幸福的人,却不知这是命运为她挖下的陷阱。她不记得在哪里看过这样一句话:那时候她还太年轻,不知道所有命运馈赠的礼物,早已在暗中标好了价格。

"过来坐吧。"俞沐辰不知几时发现了她,淡淡地说,"那边太阳晒。"

余美慌忙抹去泪水,她很想说不,可是身体却不由自主地走向他。

俞沐辰没有再同她说话,还是和刚才一样闭着眼睛抱着琴弹奏。他的下巴长着一圈青青的胡楂,头发也很长时间没剪过了,看起来有些凌乱,穿着一件半旧的白衬衫,看起来有几分潦倒的流浪汉的气质。他的身旁还摆着一根拐杖,看来他的脚还没完全好。

"你……好点了吗?"余美犹豫了片刻问道。

"好了。"俞沐辰的口吻冷淡得像个陌生人。

余美霎时失去了说话的勇气,坐在他旁边看着他弹琴。琴声随着他的指尖拨动不断地流淌出不同的旋律,平静忧伤的曲调变得激烈,似乎有抑制不住的怒气,又似乎有千言万语要诉说。

余美望着俞沐辰,他还是闭目弹奏,似乎不想见她。

她心里难受极了,想要解释的话无数次涌到嘴边又咽了回去。

她第一次体会到什么叫心痛,她的心仿佛被人狠狠揪住,酸楚疼痛难以自抑。

她想起了小美人鱼,闭口不言走在刀尖上,每一步都鲜血淋漓。

不知什么时候,俞沐辰停止了弹琴,拿过身旁的拐杖缓缓起身,将吉他背在身后。余美急忙伸手扶他,他却避开了,目光疏离地望了她一眼,绕过她一瘸一拐地往前走。

余美扶了个空,怔怔地望着他在阳光下的背影。

俞沐辰走了几步后,停了下来,扭头看了她一眼。

余美的心情随着他的一举一动起伏不定,见到他停下,她的心里又开出了希望的小花,她紧跟了几步走到他面前:"怎么了?"

俞沐辰双眸低垂,有意避开她的脸,淡淡地说:"没什么。"

余美不肯错过这个机会:"你有什么话就直说吧。"

俞沐辰扭过头去,望着远方,良久后说了一句:"你别这样了,这样不像你。"

"什么?"余美错愕不已,不知道俞沐辰的话是什么意思,"什么不像我?"

俞沐辰掏出手机展示给她看，那是一则关于她的最新宣发的新闻——"猜猜她又干了什么？"配了一张她的照片，照片里面的她化着哥特式的浓妆，脚下十三厘米的高跟鞋踩着一只小猫。

下面的评论都是讥讽和骂她的话，余美看多了早已麻木，可是她不想让俞沐辰看见这些。

俞沐辰收回了手机，没有再说话，拄着拐杖继续往前走。

余美站在原地望着他远去的背影，只觉得照在身上的阳光格外冷。

9.

电话铃响起的时候，余美还在发呆，她看了一眼手机上的名字，是经纪人李力。她刚接通电话，就听到李力兴奋的喊声："余美！告诉你个好消息，你要拍电影了！"

"什么？"余美一时没听清楚。

"你要拍电影了！你要上大银幕了！"李力兴奋得恨不得从电话里钻过来，"我告诉你，这可是个好机会，多少人都盼着呢！你真是运气太好了，这么短的时间就有机会拍电影，我还以为你要熬几年呢！"

余美打断了李力的兴奋："如果我不想拍呢？"

"不想拍？你疯了？"李力的声音陡然拔高了好几度，"这可是大导演安锦华的电影，你知道多少人挤破头愿意免费去拍他的电影吗？"

余美听过安锦华的名字，著名的大导演，捧谁做女主角谁就红，可是这样一个大导演怎么可能知道她？她疑惑地问："他怎么会知道我的？"

"他看过你的节目,说你特别符合他新片里面的一个角色。"李力兴致勃勃地向余美介绍。

"什么角色?"余美还是很奇怪,她充其量只是一个歌手,怎么可能入得了安锦华的法眼。

"一个精神失常的杀手。"李力说,"安导演说这是个非常有魅力的角色,他看了你的节目,说你在节目里面的表现非常符合那个人物的感觉。"

余美本能地拒绝:"我不想演这个。"

"你先看看剧本再说吧,据说是个很有意思的剧本。"李力劝说她,"再说了,疯子也没什么不好,这年头大家都是疯子,只是表面上装成没疯而已,你肯定能演好这个角色。"

"那以后所有人都会当我是疯子怎么办?"余美问道。

"这不叫疯,这叫特立独行。"李力纠正她道,"你看看你现在多红。"

余美没说话,李力又循循善诱她:"你想想看吧,这种机会实在太少了。你如果以后厌烦了这种人设,我们也可以重新洗白,重要的是机会,这年头千里马遍地都是,伯乐和机会却太少了。现在模仿你的人很多,如果你不能把握好机会,以后被别人反超了,你连哭的机会都没有了。"

余美被说服了,倒不是她现在多想成名,而是她很想知道白珂在晚上拍戏的时候还能干出点什么出格的事。

10.

余美从未拍过电影,一切都很新鲜。她演的是个疯子杀人凶手,安锦华对她的要求只有四个字:"本色出演。"

余美心里暗自苦笑,哪里有什么本色出演,都是伪装出来的。果然，她演得并不让安锦华满意。

"眼神太弱了，凶一点，动作也要凶狠一点，不要这么软！"

余美努力按照他说的话来表演，可是气势总也不足。安锦华的眉头越皱越紧，李力忙凑到安锦华面前，脸上堆着笑脸："安导演，她这是第一次拍电影，可能有点紧张。"

安锦华的眉头皱在一起："如果还是不行的话就算了。"

李力忙说："可以的，肯定可以的。"他一边说一边望着余美，鬼使神差地找了个背锅的，"可能是那柄匕首不大好使，让她看起来比较弱。"

"匕首？"安锦华微微一愣，"匕首怎么了？"

"她之前有次在节目里面拿过一把匕首，那时候她的气势很足，和现在不一样。"李力强行解释。

安锦华虽然不相信李力的胡说八道，不过也有几分好奇："什么样的匕首？"

李力唾沫横飞地比画起来，直说得那柄匕首天上有地上无，安锦华的好奇心彻底被吊起来了："真有这么好？那你把她的匕首拿过来。"

"好，好，那是她的东西，我这就让她去拿。"李力松了口气，忙招呼余美过来。

余美一听有些发愣，那柄匕首是她在家里无意中发现的，当时上节目的时候，为了装疯，她曾经拿出来比画过两下。

李力拉着她说："我的小祖宗，你可得快拿那柄匕首来，要不然这个角色可能就黄了。"

余美闹不清楚匕首和这个角色有什么关联，既然李力说关系重大，她就去拿了。

11.

匕首很快拿来了,安锦华仔仔细细看了一遍,实在看不出有什么特别之处,比起他们的道具略重一些,刀锋也锋利一些,刀刃的形状略有些奇怪,一半的刀锋是锯齿状,不是很常见,但是整体看来依然是个不起眼的玩意。

安锦华将匕首还给余美,对她说:"你拿这个再演一遍看看。"

余美接过匕首,看了看时间,这通折腾后,她的时间所剩无几,也不知道白珂会怎么继续。她现在管不了,只是站在镜头前面缓缓闭上了眼睛。

安锦华皱着眉头看着监视器里面的余美,没过几秒后,她再次睁开了眼,神情略略一滞,向四周看了看,而后她发现了手里的匕首,她的表情没有变得凶恶,反而变得惊讶。

安锦华甚是恼火地站起身来喊道:"不拍了,不拍了!"

李力不敢惹安锦华,冲到白珂面前说:"你怎么了?为什么不按导演要求的来演?他让你凶一点,你在干什么呢?"

白珂没有看他,只是看着手里的匕首,脸上的神情由惊讶变成愤怒:"她怎么敢这样!"

李力呆了呆:"什么?"

"让开!"白珂冷冰冰地越过他,神情冷峻地往片场外面走。安锦华在这一刻看到了她神情的变化,连连点头:"对,对,就是这样!可以开机拍了!"

白珂却充耳未闻,径自往片场外面走,丢下李力在身后拼命地喊叫。

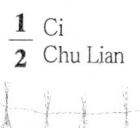

$\frac{1}{2}$ Ci
Chu Lian

十三

他仿佛看见了那年的秋天，细雨蒙蒙，他因为淘气被打，气呼呼地跑到了马路上，却意外地看见了一名少女低着头站在站台边。那场淅淅沥沥的雨在他心里一直下到今天。

1.

白珂打开了自己的房间，迅速地检查自己的衣帽柜和首饰台，里面有几件衣服有一些细微的变化，首饰的位置也和原来的摆放略有些偏差。

她倒是小看了这个女人，想不到余美居然可以破解这个房间的密码。她的心情很愤怒，这是她的圣殿，不允许别的女人踏入一步，哪怕是同一个身体。

她在最里面的抽屉里翻出了一只铁盒，那只铁盒很破旧，上面的油漆都已经剥落。白珂打开了铁盒，铁盒里面摆着几样东西,一本老旧的存折,一副旧眼镜,一只小药瓶。白珂仔细检查了里面的东西,又重新放了回去。她再次打开桌子上面一层的抽屉,取出了另外一只旧铁盒,盒子里面空空如也,白珂将匕首放了进去,严丝合缝,显然匕首是从这里拿出去的。

白珂将匕首放好后说:"看来要采取行动了。"

跟踪狂无声无息地站在门口,望着她的一举一动,听到她的话后,似乎并不意外,只问了一句:"你准备好了吗?"

"快了,我本来还想给她多点享受的时间,看来她并不需要。"白珂的脸上露出了一抹狠意。

跟踪狂走到白珂身后抱紧她,贴在她的耳畔喃喃道:"我等这一天等了很久了。"

白珂靠在他的怀中自顾自地笑了:"快了。"

跟踪狂紧紧搂着她:"以后我们可以生活在一起了吗?"

白珂没有回答,只是搂着他的脖子望着他的眼睛笑:"现在还不行。"

跟踪狂焦躁不安地说:"我也可以去换身体。"

白珂笑着说:"当然,不过目前不行,没有合适的人选。还有距离我们的目标还差很远,只能请你暂且忍耐,以后等我们的目标实现了,你再换个身体,我们一起去国外生活也不迟。"

跟踪狂无声地叹了口气:"好。"

李力抽了整整一包烟,他的愤怒无处发泄。就在他准备打电话再次谈解约的时候,"余美"回来了。

她像没事人一样向他打了个招呼,李力冷冷看着她:"你回来干什么?"

"演电影。"白珂答得理所当然。

李力像看怪物一样看着白珂,气极反笑:"你当这里是什么地方?你想进就进,想出就出?你以为安锦华还能让你再演?我看你是真疯了。"

白珂看了看拍摄现场,对李力说:"如果他能让我演呢?"

李力笑得更厉害:"你要真有这本事,我一辈子都不收你的费用,心甘情愿给你白干活。"

"一言为定。"白珂笑了笑,"你等着吧。"

说着,白珂径自往片场里面走去,李力望着她的背影骂了一句:"疯子。"

他看着白珂走到安锦华面前不知道说了什么,安锦华向她挥了挥手,又向四周挥了挥手,很快她走到了摄像头前开始了表演。

李力惊呆了,连手里的烟烧到了手指都浑然不觉,他呆呆地看着白珂站在镜头前,和之前虚张声势的表演完全不同,一身黑衣的她只是静静站在那里,眼神里就带着让人畏惧的杀气,气场强大。

她不是一个普通的疯子,她是掌控一切的暗夜女王,她的一颦一笑里带着一种摄人心魄的魅力,让人挪不开眼。

和他一样被白珂的表演吸引的,还有片场的所有人,他们都屏住呼吸望着这个在镜头前喃喃自语的女人,心里都知道,未来的新星在这里诞生了。

2.

余美真的火了,这次她不是靠着装疯卖傻火的,她变成了优雅知性的百变女王，一扫之前的唯唯诺诺。在网络上，她靠着妙语连珠不断获得大批拥趸。在节目里，她以超高情商获得更多的掌声。

所有人都在谈论她，连从来不关心娱乐圈的人都知道了她的名字，无数的人感慨她曾经被黑得太惨，她的身价不断攀升，她的歌也被不断传唱，她出演的电影角色居然获得最佳配角的提名。

余美曾经做梦都想获得的成功切切实实地实现了，而她却高兴不起来，因为这一切都是白珂的功劳。她的工作已经越来越少，白天里大多数的时间都在化妆，或者等待休息。

而更令她烦恼的是，所有的收入都捏在了白珂的手里，她依然是个一贫如洗的人。白珂的理由很充分，这些钱都是她挣来的。

余美本想故技重施，可是所有人却都不当回事，只以为她是故意逗大家开心。

她突然发现自己孑然一身，什么都没有了，连同自身都一起失去了。所有人都愿意和白珂谈合作，也愿意让白珂来表演。明明是她唱的歌，却变成了白珂的功劳。

"你有什么不满意？这不就是你的心愿吗？他们呼喊的是你的名字，不是吗？"跟踪狂的话宛如魔鬼的诱惑，"你得到了你所有想要的，美丽、成功，你还想要什么？"

余美心里有说不出的苦，看上去她已经得到了一切，可是这和她本人真的有关吗？

"做人不能太贪心。"跟踪狂的手抚过她的耳朵，目光灼灼地说，"太贪心的话，下场通常不会很好。"

她真的贪心吗？

她感到迷惑，比起从前暗无天日的生活，她现在过得衣食无忧，可心里却更加空洞。

"而且你现在还很轻松，你不需要面对你不想面对的那些人，只需要去唱唱歌，什么都不必做。"跟踪狂笑着说，"这简直是天底下最快活的事了。"

余美走到窗边看着花园里面，俞沐辰还在那里弹琴，她出神地望着他，自从上次在花园里面分别后，他们再也没有说过话。

她沉默地站在窗边，已经入冬，花园里植物上的叶子都已经落光，俞沐辰孤独地坐在一棵光秃秃的树下，他的脚已经好了，可是他却总习惯依赖着拐杖。

入冬以来天气一直不好，浓云一日日地压在天上，既不下雨下雪也不露太阳，乌沉沉地压得人透不过气来。余美无声地拉上窗帘，只听得窗外偶尔传来低沉的琴声。

3.
陆肖再次出现在余美面前的时候，她正忙着搬家，白珂找了一套新居，更适合明星居住。

余美没有反抗，她现在反抗也没什么用，身不由己的无力感缠绕着她，她只能一遍遍地劝说自己，这是最好的安排。她甚至不让自己再去想俞沐辰，不想妈妈，因为一切只是徒劳。她活着如同死去，只剩下了躯壳。

东西零零碎碎的一大堆，偏偏搬家公司不给力，老是出状况，她只好亲自上阵指挥。眼睁睁看着一个工人将一个不能倒置的箱子倒扣过来，她有些着急，连忙上前阻止工人："这个不能倒着拿……"

话未说完，却发现那名工人对她挤了挤眼，竟然是陆肖！

陆肖一边假装和她拉扯，一边示意她跟着自己上货车。余美紧张地瞥了一眼跟踪狂，他似乎并没有发现异常，便跟着陆肖上了车。

"你、你怎么来了？"余美很紧张。

"你忘记之前委托我查的案子了吗？"陆肖低声说。

余美愣了一会儿，说："你查出来了吗？"

陆肖没有回答，只是看了一眼车外的跟踪狂问余美："你先回答我一个问题，你和沈跃是什么关系？"

"沈跃？你说的那个时雪筠的帮手？"余美莫名其妙地问。

陆肖的脸上掠过一丝怪异的笑容，他沉默了片刻说："你的猜测没有错，那的确是一起故意杀人案，不过凶手非常聪明，现场没有留下任何痕迹。"

"所以白查了是吗？"余美问道。

"也不算白查，通过这件事我发现了一些其他案子的线索，原本一些没有线索的案子因此有了新的进展。"陆肖的话让余美听得云里雾里。

"这与我有什么关系？"余美很纳闷。

陆肖望着她的神情很复杂："我第一天做警察的时候，就有人问了我一个问题，如果有一天你喜欢的人犯了罪，你该怎么办？我当时想也不想地回答，抓她。"他的脸上露出了一抹嘲讽的笑容，"那时候还真是天真，不知道别人为什么问这个问题，也不知道真正做起来到底有多难。"

他幽幽地望着余美叹了口气："人哪，真的别高估自己，以为自己可以轻而易举做到的事，可现实总是能给你一记响亮的耳光。"

余美呆呆地望着陆肖，琢磨他的话到底什么意思。陆肖却伸手抱了抱她："对不起，我曾经是个警察。"

就在余美还未反应过来时，陆肖拿手铐铐住了她的手腕，余美大惊："你干什么？"

与此同时，车外变得混乱起来，搬家的工人们各自放下了手中的箱子，从四面八方扑向了跟踪狂，跟踪狂见势不妙，转身就跑。工人们紧随其后，疯狂地追。

余美目瞪口呆地看着这一幕，仿佛在看一部警匪大片。

"这到底是在干什么？"

"他就是沈跃。"陆肖紧盯着余美的脸，不错过她的一丝神情，"你真的不知道吗？"

余美更加震惊："他是沈跃？"

余美的脑子里面有些混乱："不对啊，是我让你去查他，为什么你要抓我？"

陆肖叹了口气，问余美："你之前骗我说你们没关系，就是为了现在脱身吗？"

余美看着陆肖就像看神经病："你根本不是什么侦探，想象力这么丰富，你怎么不去写小说？"

陆肖静静地看着她："白夜是你，对吗？"

余美失笑，不知道该否认还是该承认，白珂和她成了不可分割的整体。

"是又如何？不是又如何？难道这年头写小说也有罪？你不是很喜欢白夜的小说吗？"

"写小说没有罪，但是你的小说不一样，那不是一本本小说，而是一次次犯罪记录吧。你在文里细致地描写犯案的手法和犯罪现场，绝非一个普通作者的想象，而是真正目睹和实施了的。"陆肖有些激动。

余美大惊："你凭什么这样说？"

"我们可以做一次测试。"陆肖说。

"什么测试？"余美问道。

"去局里做吧。"陆肖看了看外面的混乱场面，沈跃已经不知所终，这次抓捕失败了，不过幸好他已经抓住了余美，"一个可以证明你是不是罪犯的测试。"

"如果我不是呢？"余美问道。

陆肖沉默了片刻后，说："那我担保你出来。"

4.

余美这辈子都没做过这么奇怪的测试题，诸如如果你送一个小男孩足球，他拒绝了会是什么原因？又或者是一个女孩在亲戚的葬礼上碰到了一个帅哥，她回去后立即杀了她姐姐，这是为什么？

她懵懵懂懂地乱写答案，心里不停地打鼓，正确答案是什么？如果答错了，她会不会坐牢？

警官杜江和陆肖站在隔壁的房间里看着她抓耳挠腮地做题。杜江说："你真的确定她是时雪筠？"

"应该是，沈跃一直都没有离开过她。"陆肖沉着脸答道。

"这真是太不可思议了，这个余美的身份是完全正常的，怎么可能是时雪筠？"杜江惊叹不已，"时雪筠就算是冒名顶替她，也不可能装得这么像，而且之前的测试也完全正常。"

"我跟了她那么久，她几乎没有漏过马脚。"陆肖的面色更加沉重,"要不是上次在游乐园我看到她和沈跃那么亲密,我都不敢相信她真的就是时雪筠。"

"会不会时雪筠早就死了?她只是沈跃的另外一个女人?"杜江又问道。

陆肖沉默了很久后,说:"不会的,沈跃这个人很极端,如果时雪筠不在了,我想他也不会活下去了,根本不可能和别的女人在一起。"

杜江笑了起来:"你这么了解他?"

"沈跃非常聪明,多年来他一直是时雪筠最重要的帮手,他从小在学习科目上就有非常强的目的性,都是为了犯罪。他做下过多起金融诈骗案件,但是有意思的是,他并没什么钱财,或者说他对钱财根本不感兴趣。他所做的一切都是为了满足时雪筠的欲望。他的购买记录里面,全是女性使用的奢侈品,他自己的一样都没有。"陆肖说。

"这么说来,也真是可怜。"杜江叹了口气,"这个女人可真是厉害,能把人迷到这种地步,大概这世上没人会比沈跃更爱她了。"

陆肖不自觉地咬了咬嘴唇:"这不是爱,这是害。"

杜江看着陆肖严肃的神情取笑道:"你不会也喜欢上她了吧?"

陆肖没有说话,杜江一扫戏谑的神态,拍了拍陆肖的肩膀:"老陆,你这是何苦呢?"

"我不能放任罪犯不管。"陆肖淡淡地说。

杜江没有再说话,只是看着里面的余美,再次陷入了沉思。

5.

余美交了答卷后,十分忐忑不安,她紧张地看着坐在对面的杜江,手心都是汗。

杜江看完了答卷后,抬头看了一眼余美,眼神里并没有太多的表示。

"答错了吗……"余美心里更慌了。

"全部答错了。"杜江放下了测试题。

余美的脸色顿时变得雪白,嗫嚅着问:"我……我能不能……能不能重做?"

"重做你就能答对吗?"杜江望着她问道。

余美茫然地摇摇头,而后用低得听不见的声音问:"答错了要坐牢吗?"

杜江愕然:"什么?"

余美快哭了,结结巴巴地又问了一遍,杜江差点笑了起来:"谁告诉你答错了就要坐牢?告诉你,答错了才好呢,要是答对了,你就麻烦了。"

"啊?"余美呆了呆,这辈子从来没听说过做错题目是好事。

"这是一套测试犯罪心理的题目,如果你答对了所有的题目,你就是个不折不扣的心理变态。"杜江看着测试题上的答案有些想笑,每一个答案都非常天真,绝非一个变态的逻辑。

杜江再次抬头看着余美:"你老家是哪里的?"

余美不知道杜江怎么会突然问这个问题,老老实实答道:"在潇雅市。"

"你家里几个人?"杜江接着问。

"爸爸妈妈和我。"余美的心里一阵难受。

"你一个人在这里？来这里几年了？"杜江又问。

余美点点头："三年。"

"三年？那你十六岁就离开家了？"杜江的眼前一亮。

余美再次点头："是的。离家三年了。"

"为什么离开家？"杜江又问。

余美沉默了片刻，说："我不想在家里待着，他们……他们对我不好……"

杜江敲了敲桌子边缘："怎么对你不好？"

余美没有回答，杜江见她不说话，又问起了她以前读书的学校、同学关系等等。余美虽然很不想回答，却都一一回答了。

"你几时认识的沈跃？"杜江话锋一转又问道。

余美都快疯了："我真的不认识沈跃……"

"那他为什么和你在一起？"杜江又问。

"我……他一直都在跟踪我。"余美欲哭无泪，"你去问陆肖吧！他都知道的！他好几次都见过那人跟踪我！"

"他的确说见过，不过他很怀疑是你们故意演戏给他看。"杜江逼问道。

"我为什么要演戏给他看？"余美喊了出来，"我为什么要演戏给一个不相干的骗子看！我那时候并不知道他是什么侦探！倒是他那时候一直在骗我！"

余美的情绪近乎失控："我本来好好的和沐辰在一起，他突然冒出来骗我，说自己是音乐人，后来又说自己是个什么侦探，你怎么不去审问他到底是什么目的？

"我什么都没有做过，就因为我被一个所谓的嫌疑犯跟踪，我就要被抓起来吗？你们的证据呢？你们说我是什么罪犯，证据到底在哪里？"

杜江望着她说："你要证据是吗？这就是证据。"他从身后拿出了一个证物袋，袋子里面装的正是那柄匕首。

余美困惑地看着匕首："这是什么？"

"这是两年前一个凶杀案的凶器。"杜江答道。

余美惊呆了："什么？这是凶器？"

"对，这柄匕首不是普通的匕首，是那个被害人的匕首，案发的时候，被害人的匕首被夺，对方杀死了他，又拿走了这柄匕首。"杜江摇了摇手中的匕首，"我们经过多重对比和检验，证明这就是当时案件中的那柄匕首。"

"这怎么可能……"余美不敢相信白珂会杀人，"如果杀了人，为什么把凶器留着？"

"有些罪犯有收集战利品的习惯。"杜江很有耐性地对余美解释，"和那些激情犯罪的罪犯不同，一些有嗜杀嗜好的罪犯，他们的每次犯罪都有目的，杀人之后他们喜欢收集被害人的某样东西作为战利品。"

余美听得目瞪口呆，这不是她能理解的世界，过了半晌后，她才反应过来："你不会说那个'有的罪犯'是我吧？"

杜江笑了笑说："两年前你在做什么？"

余美慌得很。

"两年前？我想想，我那时候到底在做什么？"她的头脑一片混乱，好不容易才记起来，"我、我当时在做外卖员。"

"外卖员？"杜江很意外。

"是的。"余美顾不得守住秘密，连忙报出自己当时从事的外卖速递的公司地点和名称。

杜江记下后说："我会去核实的。"

"谢谢。"余美生怕杜江不去,又补了一句,"我家里可能还有当时做外卖的服装,对了,我的工牌是0510号。"

杜江拿着记好的文件夹走了出去,只留下余美一人待在审讯室里,惶惶不可终日。

6.

不过半小时的时间,余美却像过了一个世纪。杜江再次走了进来,对余美说:"你可以走了。"

余美喜不自禁,急忙奔出审讯室,却意外发现俞沐辰站在门外。

余美顿时心中慌乱,下意识地就想逃走,却听到俞沐辰叫她:"小美,你没事吧?"

他走到她面前,像从前一样上下检查她:"他们有没有为难你?"

余美的眼圈泛红,鼻子泛酸,摇了摇头。俞沐辰张开双臂将她搂入怀中,一边轻声安慰她:"没事的,我在这里。"

熟悉又温暖的怀抱瞬间将余美裹在其中,余美的眼泪扑簌簌地落下,她牢牢抱着俞沐辰,连声哭道:"对不起,对不起。"

俞沐辰抚摸着她的头,一边将她抱得更紧:"没事的,你没事就好。"

两个人抱成一团,眼泪融化了彼此的距离。

7.

陆肖面无表情地望着抱在一起的两人。杜江走到陆肖身旁拍了拍他的肩膀:"走吧,哥们,一起去喝一杯吧。"

"你怎么能这么轻易放了她?"陆肖问道。

杜江摊开手说:"审讯的内容你都听见了,全部核实了,测试也做过了,她根本就不是时雪筠,除非她能分身,能同时出现在两个地方。"

"她之前和我说过一句话,"陆肖沉默了片刻说,"她说她有人格分裂。"

"可是人格再分裂,也不可能同时出现在两个地方同时成长。时雪筠和余美完全是两个城市的人,她们有各自的成长史,怎么可能是人格分裂?"杜江耐着性子说,"老陆,这次恐怕你真的弄错了。"

"上次林月的死和这次花圃街煤气爆炸案看似没有联系,但是如果仔细分析这当中的联系,就会发现都和余美有些关系。林月和余美之间本身就有仇恨,花圃街爆炸案的母子虽然和余美并不认识,但是死去的母亲和余美丽的母亲认识。"陆肖说,"这其中你不觉得太过巧合吗?"

杜江很惊讶:"她的母亲?"

"是的,据我了解,她三年前离家出走,她母亲这几年一直在找她。"陆肖说。

"你告诉她母亲了吗?"杜江问道。

陆肖摇了摇头:"这件事不应该由我来告诉她母亲,她有她自己的考虑。"

"兴许余美不知道她母亲在找她呢?我觉得你应该告诉她一声。"杜江说。

陆肖沉默了片刻说:"这个以后再说吧,现在的问题是,这些命案为什么都和余美有关系。"

"我觉得这些猜测还不够成为证据。"杜江说。

"我也是这样觉得,所以我查过了监控,在花圃街爆炸案发生的当天下午,监控录像里发现了余美和沈跃的身影。"陆肖说道。

杜江还是摇了摇头:"这些都说明不了问题。"

"这中间一定有什么我们不知道的事。"陆肖喃喃地说道。

"老陆!"杜江无奈地说,"你还是别想时雪筠了,还是帮我们抓沈跃吧。"

"对,沈跃!"陆肖的眼前一亮,"他肯定知道原因。"说着就往警局外面跑。

杜江看着他远去的身影,深深叹了口气。

8.
警局的正门口围着大量的记者,一边互相刺探消息一边拼命地抻长脖子往警局里面看,想方设法打探消息。

俞沐辰脱下自己的羽绒服将余美裹在里面,从后门溜了出去。

两个人悄悄地往等候的车子边走时,不知哪个眼尖的记者发现了余美,奔过来狂拍照片。俞沐辰忙护住余美快跑,那名记者一边跑一边拍照,顿时惊动了在前门守候的记者,大家都蜂拥而至,一起追向了余美。

俞沐辰见势不妙,忙拦在了众人之前,叫余美快跑。余美吓得腿软,险些跌倒在地。就在她要跑的时候,一个女记者抓住了她的胳膊,问道:"余美,听说你被警察带到了警察局,你是不是吸毒啊?"

余美拼命地挣扎,可是那女人的力气很大,抓着余美不肯放手:"你回答我几个问题吧!林月到底是不是你杀的?你是因为什么被警察抓起来的?"

就在这时候,另一个女人从角落里冲了出来,挥舞着大扫把拍向那人,那人吓了一跳,不由得松开了手。女人立即抓着余美的手拼命地跑起来。

余美这辈子都没跑得这么快过,她拼了命地跟在救她的人身后跑,女人带着她蹿进了一旁的绿化带里,接着带她一路穿过栅栏后面的小区,跑进了一片小山坡上,而后往山下一拐,拉着她进了山坡下的一个环卫工人休息的小木屋里。

紧随其后的众位记者跟丢了方向,各自在四处搜索了一番后,悻悻地散去了。

余美没看门外有没有记者,只是望着救她的人,眼泪扑簌簌地往下流。女人站在窗边紧张地往外看,光线透过窗户落在她的头上,映照出她斑驳的白发,和脸上细碎的皱纹。

"妈——"余美哭着喊出了声。

女人浑身一震,忙捂住了她的嘴巴,小声在她耳畔说:"小点声,别被外面的人听见了。"女人就势将余美抱在怀中,轻轻拍着她的后背,"妈妈在这里,别害怕。"

余美哭得更凶了,死死地抱着妈妈,一遍遍地哭喊着:"妈妈,妈妈!"也不知道哭了多久,直到眼睛发干发涩,这才停止了哭泣。

两个人窝在窄小的屋子里,余美像小时候一样靠在妈妈的怀里,妈妈抱着余美,轻轻替她擦拭脸上的泪水。

"妈,你是怎么知道的?"余美嗓音干哑地问道,"我都已经变成这样了。"

"我听到了你的歌就知道是你。"余妈妈笑着说,"后来我找到了俞沐辰，我问了他，他开始不肯告诉我，后来还是告诉我了。"

"妈，对不起……"余美的眼底发涩。

"是妈妈对不起你，"余妈妈的眼里也蓄满了泪水，"让你那么小就在外面受苦，我听俞沐辰说了，你这几年受了不少罪。妈妈本来想带你回去，后来想你不肯认我也是对的，只要你过得好，妈妈就比什么都高兴。本来我这两天就准备回去了，我拿了点东西给俞沐辰，想让他带给你，谁知道刚好听到你被带到警察局的消息，我就跟他一起过来了。对了，你没事吧？"

余美摇摇头："我没事。"

余妈妈摩挲着她的头说："有什么事情一定要告诉妈妈，不要藏在心里。"

余美一边擦拭眼泪一边点头，余妈妈仔细端详着她的样子："你的样子真的和以前大不相同了，真是好看。我要是能把你生得这么好看就好了，你也不用吃那么多苦。"

余美的眼圈又红了："妈妈，对不起。"

余妈妈摇了摇头："美丽啊，你没做错什么，你知道妈妈为什么叫你美丽吗？因为我觉得没有什么比心美更重要了，别笑妈妈老土，我一直都觉得如果一个人长着美丽的面孔，可是心肠恶毒算不得美，真正的美是由心而发的。古人说相由心生，恶毒的人会越长越丑，而心善的人会越长越美，我想让你越来越美。"

余美抓着妈妈的手，眼泪不停地滑落，她听妈妈说过这番话，以前总觉得她是在安慰自己，而今却能真切地感受到她话里的深意。

"好了，他们都走了，我们也走吧。"余妈妈拉着余美站起来，拍去她身上的灰尘。余妈妈先打开一道门缝，往门外看了看，确认外面没有埋伏人后，再叫余美出来。

余妈妈把余美送出了公园，她摸着余美的脸笑了："美丽，做你想做的事吧，妈妈永远支持你。"

余美含着眼泪点点头，她依依不舍地松开了妈妈的手，一步三回头地走向了俞沐辰。

9.

沈跃神经质地不停按动打火机，随着哒哒的声音，火苗不断地熄灭和亮起，他的脸也不断地在黑暗和光明之间交错。他一直盯着街对面的那栋楼，一边不断地看着时间。

等到时间指向了凌晨一点，最后一个人熄灭了灯火，走出了大楼时，他走了过去。

几乎不费什么力气，他就拿到了楼门的门禁卡，等着那人离开后，沈跃打开了门走了进去。

陆肖的办公室在五楼，他轻车熟路地走到陆肖办公室门外，谨慎地向四周观察一番后，拉低了帽檐，开始撬锁。这对他来说并不是什么困难的事。

沈跃很快进了陆肖的办公室。办公室里面摆满了各种文件盒，里面装满了各种案件的线索、证据等。沈跃一眼就看到了花圃街爆炸案的文件盒，他刚伸手拿文件盒就听到身后有人说话。

"不准动。"

沈跃感到有硬邦邦的东西抵住了他的腰间，他放下了文件盒，慢慢举起了双手，缓缓转过身，霓虹灯透过窗外射了进来，只见陆肖站在他的面前，手里拿着一支手枪。

陆肖冷冷地说："沈跃，你跑不了了。"

沈跃忽然笑了起来："就凭你的玩具枪？陆肖，你已经不是警察了，你没资格配枪。"说着，他试图抢陆肖手中的枪。

"他没资格配枪，可我有。"从黑暗里传来了另外一个人的声音，"沈跃，你再动一下我就开枪了。"

沈跃的脸色微变，他立即打算往窗边跑去，陆肖急忙抱住了他，两人纠缠在一起打成了一团。黑暗当中谁也看不见谁，只听到拳打脚踢和家具碎裂的声音。

杜江急忙摸到墙边，按下了开关，瞬间房间灯火通明，刺得三人都睁不开眼。沈跃和陆肖纠缠在一起，他趁着灯光刺眼的工夫，狠狠打在陆肖的脸上，而后往窗边跑去。

杜江大吼一声，按下了扳机，一颗子弹呼啸而过射穿了玻璃。

"沈跃！你要是跑了，我就抓余美！"

沈跃像是被施了定身法一样定在了原地，杜江握紧枪，一步步走到他面前："沈跃，你被捕了。"

杜江和陆肖押着沈跃上警车的时候，忽然下起了雨，淅沥沥的雨水浇在沈跃的脸上，他忽然笑了。

他仿佛看见了那年的秋天，细雨蒙蒙，他因为淘气被打，气呼呼地跑到了马路上，却意外地看见了一名少女低着头站在站台边。那场淅淅沥沥的雨在他心里一直下到今天。

10.

沈跃一问三不知，不论说什么，他都不肯开口。杜江很恼火，他打电话问陆肖："你那儿还有什么证据？"

陆肖摇摇头:"都移交给你们了。"

"这小子嘴太硬了,我什么都问不出来。"杜江咬牙道,"有没有什么办法让他开口?"

"你问他时雪筠的事了吗?"陆肖问道。

"问了啊,我还问了余美,这小子简直是王八吃秤砣铁了心,一个字都不说。"杜江很无奈。

"你带余美来见他吧。"陆肖沉默了片刻后说。

"我可不敢再随便带她来了,好家伙,她来一次局里,我们门口都快被堵成菜市场了。"杜江连连摇头,"而且她对我们有抵触情绪,我估计也不一定会配合,要不你来帮我们问问看?"

"好。"陆肖答应了,"我来会会他。"

11.
陆肖出现在审讯室的时候,沈跃并没有反应,他甚至都没有多看陆肖一眼。

陆肖坐在他对面,静静地看了他一阵后问道:"你还记得杜瑜吗?"

沈跃没有说话,陆肖接着说:"就是时雪筠差点嫁给他的那个男人。"他顿了顿接着说,"应该说是时雪筠当时想嫁的那个男人。"

沈跃垂着双眸,像是入定的老僧望着桌面,什么话都没有说。

陆肖点了一根烟,又递了一根烟放在沈跃面前,接着说:"我一直都很好奇一件事,和时雪筠约会过的男人到底有多少?十个?二十个?还是一百个?"

"她约会过多少男人有罪吗？法律上好像不管男女约会对象的事吧。"沈跃终于开口说话。

"当然没有罪，收男朋友的高档礼物也没罪，你情我愿的事。我只是好奇你到底是怎么想的。一个男人，自己深爱的女人频繁和别的男人约会，甚至多次订下婚约，他的心里是什么感觉？"陆肖的双眸如利刃逼向沈跃。

沈跃拿起了桌子上的烟，在鼻端闻了闻又放下了，他望着陆肖笑了笑："你不懂，所以你别问。"

"哦？你不妨说说看。"陆肖好奇地问，"你不说，我怎么会明白。"

沈跃嗤笑一声说："你是个自私的人，我说了你也不会明白。你觉得爱就是占有，就是控制，就是为所欲为，而我觉得不是，我觉得爱是成全，是满足。"

"成全和满足？成全她所有想要的一切，不管对方要的是什么，哪怕她让你作恶？你还真是伟大，伟大到连做人最基本的原则都没有了。你以为你爱得这么伟大，就是她心里唯一的那一个？你只是她数不清的男人当中的一个罢了。"陆肖轻蔑地说。

沈跃的眼里腾地冒出了火花，他扬起了头，冷声说道："我和他们不一样。"

"真的不一样吗？"陆肖掏出手机，打开照片一张张给沈跃看，照片上面的女子和不同的男人亲昵无间。陆肖指着一个个男人对他说，"这些男人你应该都知道，你和他们最大的区别不过是你肯没有底线地为她做任何事。对时雪筠来说，你算不上什么唯一的男人，她想要的东西，你给不了。"

陆肖找到一张照片给他看，照片中的女子和另外一名男子一起在酒店的泳池边喝着香槟，他们身旁的桌子上随意摆放着几只盒子，盒子里面放着的是大颗的红宝石和翡翠。

"这个男人你应该记得，他是缅甸的军阀。"陆肖望着沈跃说，"拥有的金钱和权力绝不是普通男人可以比拟的，你凭什么认为你在她心里的地位超过了那个男人？要不是后面出了意外，我想今天她已经今非昔比。沈跃，你拿什么和人比？你仔细想一想这么多年里，时雪筠是真心和你在一起的吗？她需要你来处理问题的时候才会找你吧，不需要你的时候，她都是和别的男人在一起，这么想来，你可能还不如那些男人，他们至少曾经是她的男友，而你是什么？永远见不得光的那个？"

沈跃的脸上露出了戾气："这与你无关。"

"看来你也不是心甘情愿，你为她牺牲了自己的所有，据我所知，你曾在十五岁的时候就考上了名牌大学的少年班，都说你是天才少年，你却半途退学，和家里人决裂，活到今天成了罪犯，你到底得到了什么？"陆肖说。

沈跃沉默了许久，突然笑了起来："你既然都已经调查清楚了，就该知道这些都是我做的，我所做的一切都是我自己心甘情愿，与她无关，不必再浪费口舌了。"说完，他闭上了双目，手里捏着那根香烟碎成了粉末。

陆肖见他拒绝配合也不再说话，只是缓缓站起身来，转身离开。就在这时，沈跃忽然开口说："我爱的是她的灵魂，不论她变成什么样子，我都爱她。"

陆肖若有所思地望着他："灵魂？她变成了什么样子？变成了余美吗？"

沈跃却再也没说话，只是像一株被吸干的树，木然苍老。

12.

这个世界很宽阔，容得下一切，温暖的，光明的，也包括邪恶的，却无法容纳沈跃想对时雪筠好的心。

他还记得那年的冬天，天气格外冷，天空飘着雪花，他和时雪筠一起站在商场的玻璃橱窗外，时雪筠的身上落满了雪花，像披上一件白色的婚纱，她两只眼睛里闪着星星一样的光芒，望着橱窗里面。

橱窗里面摆着一枚闪闪发光的钻石胸针，价格卡上一长串的零让沈跃心惊肉跳。他看着时雪筠的眼神，脱口说道："我以后挣钱一定买给你。"

时雪筠的眼神里有一闪而过的惊喜，却对他说："不用了，我不喜欢，这个胸针太老气，不适合我的。"

她努力收回喜欢的眼神，装作欢喜地望着街头小贩廉价俗气的玻璃发卡对他说："快来看，这个好可爱！"

沈跃看着她勉强挤出的微笑，眼神从明亮变得暗淡，心里暗暗发誓，一定要给时雪筠买这枚胸针，他再也想不出除了她，还有谁配得上这枚胸针。

他要把这世上所有的美好都献给她，只有她才配得上美好的一切。

为此他甘愿背上所有的罪孽，他偷了学校科研项目的秘密配方卖给别人，他暗自设法编写程序，从ATM机里面偷窃，从别人的银行账户里面转账。

他终于为她买下了那枚胸针，终于看到了她脸上露出如花的笑靥。她的眼睛里闪耀着光芒，她搂住他轻声啜泣："沈跃，你是这世上对我最好的人。"

他紧紧将她抱在怀中，觉得他所做的一切都值得。

人一旦尝到了甜头，就再也回不了头，沈跃原本只想干这一票就收手，继续打工。

可是打工挣钱太慢太少，远远不足以让他奉上所有的美好给时雪筠。

他看见别的同龄少女浑身上下穿着名牌，骄傲地坐在豪华跑车里，而时雪筠却只能穿着廉价的衣服拎着假名牌包，灰头土脸地挤在散发着臭味的公交车里，他就忍不住心疼。

欺骗、诈骗。

永远有想要一夜暴富的人让沈跃可以利用。

他洞悉他们的内心，嘲笑他们的贪念，拿着他们的钱财，为他心爱的时雪筠买下一身身漂亮的衣裳，一颗颗昂贵而美丽的宝石，一个个精美的箱包。

他看着她的眼睛里闪过惊喜，看着她快乐地搂着他转圈，她温柔地靠在他的怀中，一遍遍地呢喃："沈跃，我爱你。"

她的体温熨贴着他冰凉的身体，令他感到自己还活着，这是他在人世间唯一眷恋的温度。

为了这份温度，一切都是值得的。

"下次我们一起吧。"时雪筠依偎在他的怀中说。

"不行！"沈跃断然拒绝，"我的手是脏的，但是你的手是干净的，你不能做这些。"

"我的手早就不干净了，这些衣服、这些包包都不是干净的，但是我不在乎，我知道你所做的一切都是为了我。"时雪筠捧着他的脸说，"这个世界本来就很黑暗，只有我们两个人才能一起取暖，我不在乎干净或者不干净，我不愿意一个人上天堂，没有你在的地方都是地狱。"

沈跃紧紧抱着时雪筠，像抱着生命的最后一盏灯："筠筠，你是这世上最完美的人，你不会下地狱的，我不允许。"

时雪筠的嘴唇格外红艳，闪着妖异的光芒："我们都不必下地狱，我们可以一起去天堂。干吗一定要去做那些危险的事情，这世上的钱就放在那里，能拿到多少就看我们的本事。"

时雪筠的确有本事，只不过每个目标都让沈跃心里堵得慌。她游走在有钱的男人身旁，谈笑之间，那些男人都会大把地奉上钱财。而他却只能当成一个隐形人，偷偷在一旁为她打下手，她设下圈套，他收网。

偶尔有失手的时候，为了永绝后患，他利用所学专业，用致命的化学药剂将那些曾经与她亲密无间的男人毒死，看着他们在痛苦中挣扎哀号，心头都是报复的快意。

他们不配得到她，他也不配。

她是这世间最完美的。

他要献给她所有的美好，哪怕站在地狱的沼池里，都要为她摘下一朵血莲花。

只要她愿意，他可以永远陪着她。

可是他万万没想到，她居然看上了那个平凡到一无是处的银行职员。

"沈跃，我累了，这么多年我们赚的也够了，我们把钱分了，我想过正常人的生活。"她的眼神异常的温柔。

"好啊，等我们把这票干完，我们就去你喜欢的地方买个房子，过你想过的生活。"沈跃笑着说。

时雪筠却寂然无语,半晌后才说:"我觉得现在的生活就是我想过的生活。"

沈跃的心口像是被人重重捶了一拳,他的耳朵嗡嗡作响,凝望着她的嘴唇,却听不清她的话,只陆陆续续听她说"喜欢……平静……他很好"……

"你要抛弃我?"沈跃喉咙发干,好不容易挤出一句话。

"我们谁也不会抛弃谁,只是我现在想要过这样的生活。沈跃,不论我想要什么,你都会给我。"她用平日里撒娇的口吻对他说,"答应我呀。"

沈跃凝望着她渴望的眼神,一如当年她望着橱窗里昂贵的宝石胸针一样。他忍了很久,才挤出一个淡淡的笑容:"好。"

时雪筠踮起脚亲吻了他的额头:"我就知道你对我最好了!这世上只有你对我最好!"

那天,她走后,沈跃呆呆地坐在窗边许久,从天黑到天亮。

几天后,时雪筠怒气冲冲地来找他,抬手就是几记耳光,沈跃也不躲,任她打。

"沈跃!你为什么要启动程序!你明明答应过我停止的,为什么你还要这么做?"

他面无表情地说:"这一切都是你的计划,是你要接近他,拿到登录密码修改程序,再把那些无人在意的零钱转入我们的账号。我一直都是按照你的要求做的,为什么现在你要来问我?"

"你明明知道我已经改了主意!为什么还要启动这个程

序？你现在把他送进监狱了，你高兴了？"时雪筠双目通红，"你为什么见不得我能过正常的生活？"

他抓住她的胳膊，盯紧她的眼睛说："已经回不了头了，筠筠。"

时雪筠狠狠地咬住他的胳膊，鲜血淋漓，他却没有喊疼，只是紧紧地抱着她，任她如何踢打都不松手。

时雪筠质问他："你凭什么觉得我回不了头！"

"凭我们都是一类人。"

沈跃搂着她继续说道："凭我爱你，凭我是这世上最爱你的人。"

时雪筠眼神冰冷地对他说："沈跃，你记住，这次是你欠我的。"

她最终听从了他的安排，假装死亡，从此开始了逃亡的人生，在逃避追捕的过程中，她漂亮的脸蛋被划上了一道遮掩不住的伤痕。

像一条罪恶的沟渠，时刻提醒着她。

她恨极了这样的生活，直到沈跃费尽心机，查阅大量的资料，终于找到了那家科研机构，可以替她换一个身体。他欣喜若狂地将消息告诉她，她却平静地看着他淡淡地说："知道了。"

数日后，她人间蒸发，仿佛这世上从未有过一个叫时雪筠的人。连同她一起消失的，还有所有的钱财。

她抛弃了他，像抛弃一条狗，作为对他的报复。

他像一条被主人遗弃的狗四处搜寻她的踪迹，直到他在那个叫余美的人身上看到了曾经熟悉的眼神。

可是她却拒绝和他相认，直到她需要杀一个人。

他毫不犹豫地替她处理了那个讨厌的主持人，她终于再次对他露出了笑容。

他肯为这笑容与全世界为敌，而她却只当他是一条狗而已，因为喜恶随意抛弃。

他只是她世界里的一部分，而她是他世界的全部。

13.
那栋看似平凡的写字楼里。

余美静静地望着镜子，她觉得很陌生。她一直都是那个丑陋的女孩，从未改变过。

是她贪心，想要拥有不属于自己的东西，不是她的，再怎么贪心都得不到。

她平静地签下了所有的合同，拿回属于自己的身体，她要做回余美丽。

虽然丑陋，却很踏实。

她舍不得俞沐辰，但她别无选择。

冰冷的手术台上，余美想起了俞沐辰，缓缓闭上了眼睛，一滴眼泪自眼角滑落，她再次陷入了无梦的时刻。

再次醒过来之后，余美默默地站起身，她没有看病房里的镜子，只是戴上事先准备好的墨镜和口罩，准备离开。可刚打开门，她却发现俞沐辰和陆肖都站在了门口。

余美大惊，忙捂住脸低着头迅速退回了病房，两人也跟着走了进来。余美捂着脸一边对他们两人连连摆手："别进来！

别看我!"

"小美,你别激动。"俞沐辰耐着性子说,"你先照照镜子再说。"

"我不照!"余美捂着脸像个没头苍蝇在病房里乱窜。

陆肖拦住了她的去路:"别跑了,先看看再说。"

"你看看吧。"俞沐辰拉着她站在镜子前,"就看一眼。"

余美飞快地瞥了一眼镜子又收回了目光,她陡然愣了愣,再次看向了镜子,摘下了墨镜和口罩,镜子里面的她和之前一样,根本不是她自己的身体。

"这是怎么回事?我的身体……"余美欲言又止。

"别再隐瞒我们了,"陆肖说,"我们什么都知道了,我们可以告诉你,现在这个身体只属于你一个人。"

余美惊讶万分:"我一个人?那白珂她……"

"白珂?你说的是时雪筠吧?她已经回到了她自己的身体。"陆肖说,"真是亏她想得出来,和你共用一个身体,用你的身份来掩藏她的身份。"

"那钱……"余美想起那笔天价手术费,不禁心惊肉跳。

"我们要抓时雪筠,总不能只抓她的意识,法律上也没办法判罚,所以她回到了她自己的身体,接受她应得的惩罚。"陆肖笑着说,"至于钱嘛,当然是她来支付。"

余美呆了半天,才想起来问:"你们是怎么知道这里的?"

陆肖冲着俞沐辰点点头:"你问他。"

俞沐辰挠了挠头说:"自从我知道了你人格分裂后就一直研究人格分裂的资料,但是总觉得你和人格分裂的人不大一样,后来陆侦探来找过我几回,问了你的事,我觉得你整容的事太过奇怪,就去找你整容的资料,最后发现了你们签的合同。就找到了这家公司,正好看到你要换回自己的身体,我们就擅自做主先抓出了时雪筠。"

陆肖在旁说:"就是这样的,我去找他的时候,他都已经考上了心理咨询师,正在学催眠,打算给你做精神治疗。"

余美呆了呆:"那么久你一直都在学心理学?"

俞沐辰点点头:"我想为我们的将来找个出路。不管你叫余美,还是余美丽,长的什么模样,对我来说都一样。"他伸手抱住了余美,催眠一般在她耳畔喃喃低语,"我爱你。"

陆肖缓缓地走到了门外,关上了房门。

他靠在门边看着不远处的房间,时雪筠不久前刚从那里被带出来,她得知自己被抓的时候,对他说的唯一的一句话是:"等一等,让我梳一下头发。"

他看着她梳好头发,打扮得和平时一样优雅,这才从容地跟着警察离开,从始至终,都没有说话。

14.

时雪筠和沈跃被执行死刑的那天,正是余美开演唱会的那天。

那个细雨迷蒙的早晨,时雪筠和沈跃最后一次站在一起,沈跃望着时雪筠憔悴的脸庞,艰难地吐出三个字:"对不起。"

时雪筠面无表情地望着远处的天空,像是没有听见一般。远处的天空,乌云滚滚,大雨即将来临。

15.
余美回到了自己的家乡,大大方方地回到自己家中,在父亲惊讶的眼神里将母亲接走。

"你真的是余美丽?"父亲依然不敢相信。

"我是谁不重要,重要的是她是我妈妈。"余美抱紧了母亲,"妈妈,对不起,从前是我不懂事,让你受苦了。"

母亲抱着她泪如雨下:"你不管叫什么,长什么模样,我都知道你是我的女儿。"

16.
夜幕降临之时,她身穿黑色镶钻的衣裙,顶着妖冶的妆容,光芒万丈地站在舞台正中,宛如夜的女王。

她如今是炙手可热的新人,宋摇也为她编了新的歌曲。

她的名字家喻户晓,她的歌曲人人传唱。她的海报铺天盖地,她的广告代言遍布大街小巷。

她站在舞台中央高声歌唱,台下数万人大声附和,所有人都为她欢呼。

俞沐辰在众目睽睽之下走上了舞台,牵着她的手,在所有人的尖叫声里单膝跪下,手里的钻戒比舞台的灯光还要闪亮。

余美握紧他的手,泪流满面地大声喊道:"我愿意!"

观众席上,陆肖望着被幸福笼罩的两人,面无表情地从人潮中挤了出去。

天边一轮明月独照,无星也无云。

$\frac{1}{2}$ Ci Chu Lian

番外

俞家夫妇的婚后日常

1.

漆黑的夜里,余美睡得正熟,忽然感到有烟雾喷向自己。

她立即睁开了眼睛,只见昏黄的灯光下,一个人影站在自己的面前,口中不断地喷着烟雾。

因为逆光和烟雾,她看不清人的模样,只觉得此情此景和电影里面的恐怖片一样。

余美吓得浑身发软,正要大声喊叫,忽然听到俞沐辰的声音:"我把你吵醒了?"

余美这才恍惚发现,原来站在自己面前喷烟雾的男人是俞沐辰!

"你搞什么鬼?"余美的心仍在怦怦乱跳。

俞沐辰忙伸过手将她搂在怀中,连声道歉:"对不起啊,我不是故意的。"

余美看着他手中的茶杯,正冒着热气。

"你干什么?"

"家里的加湿器坏了,你不是说嗓子不舒服吗?我想着给你喷点水汽,你明天嗓子会好点。"俞沐辰一边说一边又举起茶杯对她吹了一口热气,"你觉得舒服点了吗?"

余美满心的怒气、恐惧和哭笑不得的情绪汇聚在一起,抱着俞沐辰:"有你在就很好。"

2.

余美看到网上的段子,也学着发给俞沐辰。

"老公,不好了……"余美发给俞沐辰一条消息。

俞沐辰吓了一跳:"怎么了?"

余美发了一张照片给他,雪白的纸上是一颗红色的心:"看——"

原本的剧情是俞沐辰问她这是什么?然后余美回答这是我爱你的心呀——

结果……

让余美万万没有想到的是,俞沐辰一本正经地回答:"唉,看来我们上个月的造人计划失败了,老公得再努力了……对了……你最近别吃冰的了,要多喝热水……"

隔着屏幕的余美满脸通红:"你这个榆木脑袋!"

3.

"人家说爱情是要保鲜的,你要经常对我说情话。"余美对俞沐辰说。

俞沐辰认真思考了一下："晚点遇见你，余生都是你。"

"为什么要晚点遇见？"余美不满意。

"为了让自己更完美，这样才配得上最完美的你。"俞沐辰说。

"哎呀，我要得糖尿病了。"余美笑着说。

"别怕，我是你的胰岛素。"俞沐辰抱紧她，"你身体的糖分由我负责。"

4.

"你说婚姻是爱情的坟墓吗？"余美问道。

"不是，长久的婚姻是一次又一次爱上，所以婚姻是长久的爱情。"俞沐辰答道。

"哎呀，太甜了，你今天是不是吃了蜂蜜？"余美搂着俞沐辰，假装闻他的嘴巴，突然亲了一下，"哎呀，好甜啊。"

连载点击量突破百万【晋江文学网2亿积分】

2018年古言宫斗巨作

《世间戏·奸臣直播间》1、2、3、4
集权谋、霸宠、宫斗为一体!

文/四藏

定价(单册):36.80元

她曾被心爱之人害死全家!
为了复仇她不惜接近
十大奸臣之首——**裴迎真**

"裴迎真,如果我说对你好只是利用你呢?"
"如你所愿,只求你不要半途而废。"

大仇要报,天下要赢,
而我们的恋爱,也必须要读!

全新精修
新增万字番外独家放送!

《纯美校园三部曲》系列

鹿尧 著
LU YAO WORKS

甜宠校园 - 充满课间回忆 - 学霸与学渣的初恋

《臻心喜欢你》

温润学霸男神
♥
土气学渣少女

"你觉得长大有什么好处?"
许奕臻:"可以追何念棠了。"

《一如年少迟夏归》

中二学渣校草立志
要拿下高冷学霸校花

安迟夏:"你怎么来了?"
顾执:"我想送你回家,可以吗?
天南地北都顺路。"

《又想骗我谈恋爱》

看两个学霸如何
一边考高分一边撒狗粮

三年明恋三年喜欢,
所以,大学我要追你了!

封面以实物为准